怪咖奇异事件簿

STRANGE EVENT

海 岛 梦 境

蔡必贵◎著

贵州出版集团
贵州人民出版社

图书在版编目（C I P）数据

怪咖奇异事件簿．海岛梦境 / 蔡必贵著．-- 贵阳：贵州人民出版社，2022.8（2023.4 重印）

ISBN 978-7-221-17036-1

Ⅰ．①怪… Ⅱ．①蔡… Ⅲ．①长篇小说－中国－当代 Ⅳ．① I247.5

中国版本图书馆 CIP 数据核字（2022）第 002561 号

怪咖奇异事件簿·海岛梦境

GUAIKA QIYI SHIJIANBU · HAIDAO MENGJING

蔡必贵 / 著

责任编辑 马文博 代 勇
装帧设计 王 鑫
出版发行 贵州出版集团 贵州人民出版社
地 址 贵阳市观山湖区会展东路 SOHO 办公区 A 座
邮 编 550081
印 刷 大厂回族自治县德诚印务有限公司
开 本 620mm×889mm 1/16
印 张 16
字 数 208 千字
版次印次 2022 年 8 月第 1 版 2023 年 4 月第 2 次印刷
书 号 ISBN 978-7-221-17036-1

定 价 49.00 元

怪咖奇异 事件簿 | 目录

STRANGE EVENT

第一章

鹤璞岛

一架白色的民航客机，在漆黑的海底飞行。机舱内的灯都亮着，但是透过舷窗往里看，座位全都是空的，一个人也没有。

我悬浮在伸手不见五指的深海，飞机从身旁轰鸣而过。靠近我的左边翼尖闪着红灯，另一侧的翼尖闪着绿灯，海水灌入机翼上的圆筒状的发动机，又变成透明的漩涡排出。突然间，一只手用力拍在舷窗的有机玻璃上，之后是一张披头散发的脸。

“鬼叔，救我！”一个曾经熟悉的妹子的声音。

叮咚。

“先生，请您扣好安全带。”

我迷迷糊糊地睁开眼睛，红色的空姐帽下面，是一张涂得很白的脸，展露着职业笑容。机舱中的广播也在持续放送：“本次航班即将在半小时后到达北京首都国际机场，现在飞机已经开始下降，请您扣好安全带，调直座椅靠背，收起小桌板，打开遮光板，所有电子仪器……”

我对身边的空姐笑了一下，然后坐直身子，扣好安全带。

空姐走开之后，我深深吸了一口气，环顾四周——我正身处从深圳飞往北京的航班上，不知道在海拔多少千米的高空中。舷窗外面是黑漆漆的夜空，马上又变成灰蒙蒙的云雾——这是飞机下降，正在穿越云层。

我感觉口干舌燥，用手挠了挠头，想起刚才的那个梦。

日有所思，夜有所梦。如果从心理学的角度分析，刚才做的那个梦，每个元素都有迹可循。首先，会梦到飞机，是因为我现在就在一架飞机上；其次，梦里我跟飞机都在海底，是因为我正打算去一座热带岛屿，还因为我早上游了两千米，又因为半年前有一架同样从吉隆坡飞往北京的飞机半路失联了，肯定是掉到了海里……至于梦到那个曾经熟悉的妹子——小希，纯粹是因为我在想她吧。

我头靠在椅背上，重新闭上了眼睛。

两个月前，在云南最高峰——卡瓦格博峰上面，我眼睁睁地看着小希从山顶飞升，去了空中一座颠倒的红色雪山。从此，她消失在我的世界里。

如果我的推测没错，这次我计划要去的海岛，跟卡瓦格博雪山一样，也是两个平行世界的连接点。虽然说你高山，我深海，但同为时空缝隙什么的……说不好，从雪山顶消失的小希，会在海岛上再次出现。这样的话，我就能跟她再续前缘了。

我深深地吸了一口气，现在想再多都是“然并卵”[1]，我首先要做的，是说服雪山之行的另一个小伙伴——水哥，跟我一起去海岛。

这一次，我特意从深圳飞来北京，就是为了给水哥洗脑，美化上一次在雪山遇到的风险，让他陪着我，再次踏上作死的旅途。对此，我有着充足的信心。

“两个男的，去马尔代夫？”水哥吞下嘴巴里羊腰子和燕京啤酒的混合物，瞪着两只铜铃大眼问我。

我点了点头：“嗯。”

[1] 然并卵：“然而并没有什么卵用”的缩略词，多用来表达无奈、调侃之情。

他坐在一张小塑料桌对面，手里举着铁扦，此时此刻，我们正在从事着一项在深圳叫作“吃烧烤”，在帝都称为“撸串儿”的活动。

北京的十二月，冷飕飕的，坐在室外撸串儿，需要一定的意志力。这家鼓楼旁边撸串儿的店，是水哥领我来的，店里的烤羊腰子最出名，用料新鲜，膻味刚刚好，即使是我这种南方人也可以接受；两片腰子中间夹着羊油，咬一嘴香喷喷、油乎乎的，再来一口“牛二”，绝了。当然，这次我特意从深圳过来找水哥，不光是为了撸串儿。

从雪山回来之后，他就回了帝都。水哥本来就是北京土著，家里人早催他回来了——父母年纪大了，要他找个麻利的媳妇，把家里的烤鸭店继承下来。不过，水哥闻了二十多年的烤鸭，对这玩意儿深恶痛绝，坚决不肯子承父业。他爸老霍一气之下，把他赶出了家里的四合院，水哥只好在和平里租了间房子，凑合住着。

没女朋友，没正经工作，因为在深圳待了太久，这边的小伙伴们也生疏了，有时候想喝酒都找不到人。这大概是水哥三十多年的生命里最黯淡的一段时光。

这个时候，我出现了。

一开始听说我要请他去马尔代夫，他的表情非常生动，内心非常雀跃：“必贵，你小子可以啊，不枉我把你从卡瓦格博雪山上扛下来。”

水哥说得没错，他不仅把我从雪山上扛了下来，实际上一群人能从雪崩里死里逃生，全靠寄生在他体内的那只能吞噬一切的红色虫子——上古神兽貔貅。这也是我去海岛寻找时空连接点，一定要带上水哥的原因。也许，关键时刻他能再救我一命。

又聊了一会儿，他听明白了我的意思，是我跟他两个大老爷们儿一起去马尔代夫。这时候，他一副基本崩溃的表情，瞪着眼睛看我，腮帮一鼓一鼓的，手里举着个铁钎，忘了吃的羊腰子都被风吹凉了。

水哥重复问道：“你是说，你，跟我，我们俩，一起去马尔代夫？”

我再次认真地点头：“没错。”

水哥放下了手中的铁钎子，神情严肃地说：“别闹。”

我抿了一口玻璃杯里的白酒，虽然跟“麦卡伦”（一种苏格兰威士忌）没得比，但是下雨天，烧烤和“牛二”更配哦。火辣的白酒穿过食道，我借着这股热情说：“别这样啊，水哥，商量一下。”

水哥严词拒绝：“没什么好商量的，别的地方还好说，马尔代夫，这可是度蜜月的地方，两个男的去，不是摆明了‘出柜’吗？”

我放下玻璃杯：“身正不怕影斜，直男不怕别人说弯啊。”

水哥撇着嘴摇头：“别闹，你不怕，我怕，我这老婆都没娶上呢。”

他回头喊“老板，羊腰子帮着加热一下”，又回过头来问：“你小子到底怎么想的，不年不节的去什么马尔代夫，还把岛都看好了……是哪个岛来着？”

水哥开始问岛的名字了，看来心里多少还是感兴趣的，并不像口头上说得那么坚决。我心里偷偷一乐，脸上却不动声色地说：“鹤璞岛。”

水哥瞪大了眼睛：“什么贺什么谱？哪两个字？”

我解释道：“仙鹤的鹤，璞玉的玉，不对，是璞玉的璞——鹤璞岛。”

水哥眼珠子滴溜溜转了两圈：“这名字没听过，新开的岛吗？”

趁着他有兴趣，我开始大力推荐这座岛：“嗯，新开的最奢华的岛，跟 LV 旗下的那个白马庄园一个级别，好像还更贵点儿。英文名叫 HARP，也就是竖琴的意思。来，你看看这张图片……”

我拿出手机，展示保存在相册里的岛屿航拍图：“水哥你看，这座岛的本体，是不是像竖琴的共鸣箱？嗯，一个变形的阿拉伯数字 3。岛两边围起来的这个潟湖，就是琴弦的部分，最外面的环礁是琴柱。”

水哥点点头：“你这么一说，确实是挺像的。竖琴岛，鹤璞岛。西方的竖琴，东方的仙鹤，中西合璧，有意思，有点儿意思……”

我本来想说点儿什么，但转念一想忍住了，也附和道：“对对，我也觉得特别有意思。要不这样，水哥你再回去想想？”

“羊腰子来嘞！”老板把加热好的羊腰子重新放回塑料桌上。水哥看了我一眼没有说话，重新拿起铁扦，专心对付他的烤腰子。

我知道，他的内心已经开始动摇了。

不过，刚才我没说出来的，是关于岛名的另一个联想。仙鹤、竖琴，可以组成一个四字成语——煮鹤焚琴。

在粉蓝色的印度洋海水上，竖琴形状的岛屿在熊熊燃烧，白色的仙鹤惊飞。在我脑洞大开的想象中，这种一半是火焰一半是海水的调调，有点儿悲壮，有点儿浪漫，有点儿不吉利，有点儿危险，不过对我来说，更多的是致命的吸引。

撸完串儿，两瓶“牛二”下肚，我跟水哥带着几分微醺，分道扬镳——他回出租屋，我回酒店。水哥也答应我，关于我去马尔代夫鹤璞岛的建议，他会“回去再考虑考虑”。

按照我对他的了解，他的答复我持乐观态度。反正他在北京也没事，有人愿意出钱让他去马尔代夫的顶级奢华岛玩，虽然背负着“搞基”的嫌疑，但是又不用真的搞。

在我这方面，为什么会想去鹤璞岛，还得从前两个月发生的事情说起。

10月上旬，我先是跟水哥去了趟云南的卡瓦格博雪山，上山时是个大好青年，下山就变成右腿负伤的残疾人。之后我就安心在家里养伤，谁知道就这样待在家里，竟然遭遇了比在雪山上还凶险的奇事。总之，在侥幸逃过一劫之后，我得到一个线索，这个线索，应该是真正的“高维生物”给我留下的。

当时我躺在自己家的浴缸里，时空切换，原来的浴室变成一片天堂般的热带海洋，不远处有座岛屿，隐约可见沙滩上竖着四个白色的巨型字母标识牌，第一个字母是H，最后一个字母是P。

当时空切换被重置，我又回到黑漆漆的浴室，当时便打定主意：要搞清楚这座岛屿是不是真的存在于地球上，高维智慧生物让我的浴缸变换到岛屿附近，又是出于什么样的目的。在做了大量的功课后，我基本确定当时看见的岛，就是上文所说的竖琴岛，也就是鹤璞岛。

这座岛是前两年新开发的，颇有些神秘，网上能找到的资料不多，在“蚂蜂窝”上面连一篇攻略都没有。在微博上搜索，也只能找到一个香港年轻富太在今年8月发的两张照片——她在岛上的海底酒窖，举着高脚水晶杯，窗外是蓝蓝的海水和两条魔鬼鱼。

不过，找不到太多资料也很正常，高端人士一般不会有时间去写攻略，更不会去了一座海岛，就连刷几天的微博、朋友圈来炫耀。而且，从鹤璞岛本身的角度来看，它本来的接待能力就有限，只做高端客户，所以靠口碑营销就行，不需要大张旗鼓地宣传。

不光如此，无论是各大旅行社，还是携程、Agoda（安可达）这样的网站，都没办法预订鹤璞岛的房间。就连在鹤璞岛简洁高端的官网上，也无法查询房间的预订状态和价格，只能发邮件咨询。而且，官网上也写明了，鹤璞岛在马尔代夫的机场岛上不设接待处，要上岛必须提前预订，他们会派人来接机，再乘专用的水上飞机到鹤璞岛。

可能是离机场岛比较远，或者是为了彰显档次，总之水上飞机是游客唯一的上岛方式，像游艇这么Low（低端）的交通方式，鹤璞岛是不提供的。

总而言之，这是一个逼格满满的岛，不光神秘感十足，要上岛的话，你的预算也得十足。如果按照去马尔代夫的标准行程（4晚6日），不算其他消费，两个人的起步价就要8万人民币。

这次来帝都，我订的是北京国贸大酒店，楼层高、视野开阔，酒店设施也不错。我最欣赏的是酒店的泳池——水下设有音响，一入水就能听到古典音乐。这样一来，身心能同时得到放松，是一种非常愉快的体验。

跟水哥撸完串儿的第二天早上八点多钟，我就跑到游泳池去了。一般来说，这时候的游泳池一个人都不会有，自己独占一个池子，那感觉就是两个字：爽爆。

毕竟快冬天了，虽然是恒温泳池，我也游了一会儿才感觉暖和起来。因为是用蛙泳的姿势在慢慢游，加上起床有点儿早，又有播放音乐，所以游着游着，竟然有点儿想睡觉。于是，我尝试着闭上眼睛游泳，碰到池壁需掉头时才睁开。

一开始，感觉还挺不错的。过了一会儿，闭上眼睛的时候，我突然有一种感觉——自己现在不是在贴着马赛克的水泥池子里游泳，而是徜徉在无边无际的大海里。我虽然游泳技术不错，但是因为小时候有溺水的经历，所以对于踩不到底的水域，还是有很深的恐惧。

这么想着，心里突然就慌了起来。当我猛然睁开眼的时候，却发现了更加了不得的事情。

游泳池的马赛克有三种颜色，粉蓝、宝蓝、深蓝，三者以随机的方式，至少是看起来随机的方式，组合在一起。三种蓝色的马赛克之间，是白色的勾缝剂。现在，这些白色的勾缝剂消失了，变成黑色的缝隙，且缝隙还在不断扩大，三种蓝色的马赛克，突然之间哗啦一声，全部掉进了深不见底的缝隙里。

这黑色的缝隙，原来是深不见底的海水。马赛克在海水中慢慢下降，在我的正下方，正静静地躺着一架白色民航客机。我虽然对飞机型号没什么了解，但是却马上能够确认，它就是我在来北京的路上梦见的那一架。

心里疑惑着到底怎么回事，难道自己不知不觉间，穿越到了哪个海面？

一分神，换气时头抬得不够高，嘴巴张开要呼吸，却喝进了半口水。我大惊失色，手脚不由得胡乱扑腾起来，身体却向着海底沉了下去。

幻觉，这一定是幻觉。

我在心里安慰自己，重新闭上眼睛，放松身体。下一秒，我的脚碰到了硬硬的东西，那是游泳池底的马赛克。

头露出水面的一刹那，我张大嘴巴呼吸，看见泳池旁边高高的椅子上，救生员半个身子都坐了起来，盯着我疑惑地看着。如果我晚一秒站起来，估计他就跳下水来救我了。小伙子肯定是在想：“这哥们儿在搞笑呢？在一米四深的泳池里也能溺水？”

我抱歉地一笑，低下头，透过泳池的水，我的双脚正踩在三种蓝色的马赛克上。没有深海，更没有什么飞机。虽然不知道为什么会有这样的幻觉，但我知道，以我现在的精神状况，不适合再游泳了，于是我慢慢走向泳池边缘，爬了上来。

我一边回忆着刚才在泳池里看到的幻象，一边从更衣室的柜子里拿衣服，刚好听到电话响了起来。接起来一听，原来是强导。他知道我来了帝都，一定要约我吃饭。我想想反正也没事做，就答应了他，中午一起去吃大董（饭店名）。

强导之所以叫强导，是因为他名字里有一个“强”字，又一直混着影视圈。他的外形跟职业也很相称——戴鸭舌帽，满脸的络腮胡子。现在，我跟他面对面坐在大董里。我一边吃着烤鸭，喝着五粮液，一边听他大声说着影视圈的血泪史，各种导演、明星的恩怨情仇。因为是午饭时间，又不是周末，所以店里食客稀稀疏疏的，不怕被别的客人听见。

早知道贵圈很乱，没想到，比坊间传闻的还要乱。

说完了影视圈的秘辛，强导开始说业内现在的情况：不缺钱，不缺好演员，甚至不缺观众，最缺的就是好故事。

我半瓶五粮液下肚，也有了讲故事的欲望，于是就问强导：“好故事，我有，你想听吗？”

强导看了我一眼，不屑地说：“你？”

像我这么淡定、这么有城府的男人，对于旁人的轻蔑，我的态度是——根本不能忍！

我“谦虚”地说:“强导，我的构思很不成熟，你就随便听听，听完献上你小子的膝盖就行。”

强导没有说话，只是又用饼卷了片鸭肉。

看着他轻蔑的样子，我在脑子里盘算了一下，准备给他讲一个关于雪山的故事。当然，我不会说这是自己的亲身经历，以免强导觉得我是个大忽悠，或者直接认为我的精神出了问题。所以，我只说这是我在两个月前遇到雪崩的时候，结合亲身经历，脑洞大开想出来的构思。

在我讲了五分钟之后，强导就不吃烤鸭了。故事讲到一半时，他连五粮液也忘记喝了。十几分钟后，当我把结局讲完，他的眼睛基本是放光的。

“我的天，这就是一个完整的剧本梗概啊！”强导惊讶地说。

看着他的样子，我的虚荣心得到极大满足，嘿嘿一笑:“是吧，你要觉得好，这剧本卖你。”

我一句开玩笑的话，强导却当了真:“真的？我真买啊，你开个价。”

我又随口说了句:“一百万。”

他却认认真真地谈起了条件:“一百万是税前还是税后？你什么时候能写完给我，两个月行不？”

我皱起眉头:“你是认真的？”

强导不愿意了:“谁跟你开玩笑？”

我仔细观察他的表情，确实不像是在开玩笑。到这时，我才把这件事当成一件正经事来考虑。要知道，这里可是皇城根儿下，人人都带着一股腾云驾雾的仙气：随便一个出租车师傅都能跟你讨论国家外交政策，随便一个四合院的大爷都敢跟你说他“海里有人”；饭局上一个不太说话、其貌不扬的人，邻座就有可能神秘兮兮地告诉你，这人祖上如何如何有背景。至于像强导这样的文艺工作者，说的话就更不靠谱了，瞎扯淡可以，如果正儿八经谈合作，你得先分辨他是不是还在瞎扯淡。

但是，这回强导赌咒发誓，说他真不是在扯淡，确实有个项目——

有个投资人想拍类似的题材，关于平行世界什么的——但一直没找到合适的剧本。

强导脸上的表情，活像是发现了千里马的伯乐：“鬼叔，你把这故事写出来，一定能行。”

写东西我倒不发怵，虽然大学读的是理科，但高考作文叔可是拿了满分，虽然荒废多年，但底子还在。不过剧本是个比较专业的东西，有各种格式、各种要求，我从没尝试过，也懒得去学。

我挠了挠头，想出了一个折中的解决方案：“强导，剧本我写不来，你看要不这样，我把刚才跟你讲的这个故事写成小说。写完了你再看看，能行的话就拿去改编剧本。”

强导一拍桌子：“也行！”

他话音一转：“不过，你可得快点儿给我，两个月，一定要写完。”

我心里盘算了一下，写成小说的话，也就十五万字左右。反正故事是现成的，我光是转化成文字而已，一天六千字的话，一个月就能写完。

于是我答应道：“好，我尽量，春节前给你。”

强导眼睛放光：“一定！”

看着他一副笃定的样子，我反倒怀疑他是不是在跟我开玩笑，想了想，说：“写出来你不要呢？”

强导又急眼了：“我今天把话放这儿，鬼叔，你把刚才的故事写出来，我一定要，就算不要，也帮你卖个一百万，税前。”

我纠正道：“税后。”

强导一愣，然后笑了：“你小子……行，税后就税后。那我们就说定了。”他举起手中的酒杯，“鬼叔，干！”

我跟他碰了一下杯：“干！”

跟强导吃完饭，一回到酒店，我就开始用笔记本写小说。即使大学毕业之后就没写过什么东西，竟然也不觉得生疏，一晚上就写了三四千字。毕竟是理科生，虽然写的东西逻辑会严密些，但文笔是弱项，所以写完之后，看着 Word 里的这些字，我心里犯起了嘀咕：到底写得好不好呢？自己写的东西，作者本人的判断，很难说会客观。

这么想着，我就顺手把这个故事的开头发布到一个论坛上。我打定主意：以后每天写一点儿，写完就更新到帖子里，然后观察一下帖子的点击率高不高，回复多不多，是赞的人多还是骂的人多。这样一来，心里大概就有了个了解。

我不禁为自己的机智点赞。

帖子发布的时间是 2014 年的 12 月 8 日。很久以后我才知道，这一天对于我的人生，有着特殊的意义。

弄完这一切，已经是晚上十一点多，我正准备洗洗睡了，突然手机响了，是水哥打过来的。我大喜过望，这么晚打电话过来，看来这哥们儿是答应跟我一起去鹤璞岛了。

一把接过电话，没等他开口，我便喜不自禁地问："怎么样，水哥，决定跟我一起去马尔代夫了吧？"

水哥在另一边却说："鬼，你在电脑旁边吗？"

我皱着眉头，有点儿莫名其妙："在啊，怎么了？"

水哥的声音有点儿不太高兴："你打开鹤璞岛官网的注意事项那一页。"

我根据他的指示，打开了那个二级页面，里面用英文列了长长一串注意事项，我也没认真看。马尔代夫各个岛的禁忌基本都差不多，无非就是不能私自钓鱼，不能在酒店房间煮东西吃，还有就是出于宗教信仰，男的不能穿背心，女的不能穿无袖的衣服进餐厅，不准裸体游泳，诸如此类。

我回答水哥："打开了。"

水哥指示道："你仔细看看第十七条。"

我把页面拉动到那里，认真读了起来。

坑爹啊！

这条规定的内容是："本岛因为某种原因，不允许两位相同性别之客人，即两名男性客人，或两名女性客人，同时入住同一间客房。多谢谅解。"

这是什么鬼规定啊？"某种原因"又是个什么原因？

我皱着眉头，虽然马尔代夫是信某教的没错，但据我上次去马尔代夫的经验，那边还算是比较世俗化的，不至于严格到这种程度。

这么说来，这一条规定，更像是鹤璞岛的岛主，或者说是管理人，依据个人喜好规定的。

好吧，反正马尔代夫的岛那么多，既然鹤璞岛对 LGBT（非异性恋）那么不友善，他们不妨就去别的岛好了。但是，现在这个奇葩规定，对我的原计划却造成了极大的困扰，因为这样，我跟水哥两个人就没办法一起去鹤璞岛探险了。

不对，我想了想，对水哥说："那这样，我们一人住一间房好了。"

水哥冷笑了一声："你再看第十八条。"

我心里一惊，这个鹤璞岛，不会奇葩到这种程度吧？

我一边想着，一边往下看，网页上赫然写着："本岛因为某种原因，不允许单独的客人入住客房。多谢谅解。"

我心里一万头条鼻海豚奔腾而过。这个鹤璞岛主到底怎么回事，不光禁止同性恋，连自恋都禁止了？还是说这个条款的制定者洞察到自恋在本质上也是一种同性恋？

总而言之，这个高冷傲娇的鹤璞岛，一间房只允许一男一女同时入住，要是满足不了这个条件，那就只能"多谢谅解"了。

我一时没了主意："水哥，那你说怎么办才好？"

水哥在那边哼了一声："还能怎么办，不去了呗。"

我沉默了几秒钟，水哥准备挂电话了："就这样吧，洗洗睡了。"

我赶紧阻止："等会儿，等会儿，你听我说。"

水哥似乎有点儿不耐烦:“又怎么了?”

我吸了一口气说:“其实呢，也不是没有办法。这岛不是要一男一女吗，那我们再找两个女的就行了。”

水哥骂了一句，然后说:“理论上是可以，但是实际上太难了。上这岛一个人得四五万吧?你到哪里找两个有钱女的，还愿意给我们打掩护，一起陪着上岛?”

我想了一会儿，斟酌着说:“是挺难的，不过如果全部费用由我来负责，可能会好找点儿。”

水哥又骂了一句:“你钱多了烧的?四个人一起去，二十万,二十万啊!要不这样，我帮你找个妹子，你们俩去得了，能省一半钱。”

其实呢，二十万说少不少，说多也不多。上个月叔收到一瓶 1949 年的麦卡伦单一麦芽威士忌，就得二十多万，还不是两天就喝完了?而且，钱对现阶段的叔来说，并不是最稀缺的，开心才是;自己掏钱，找人陪着一起去玩的事情，又不是没有做过。上次跟水哥还有两个妹子一起去雪山，就是这样的模式。

这么想着，我在电话里说:“这不行，要不是水哥你救了我一命，我就死在雪山上了，无论如何都要报答你一下。”

水哥可不上我的当:“你真要报答我，把我这份折现就行。我看你小子，压根儿就是想让我再给你当保镖。上次去雪山，我差一点儿没能回来，这次肯定也没啥好事。”

我嘿嘿一笑:“水哥你这么英明神武，我这点儿小心思当然瞒不过你。不过，我听说，这岛上有个海底酒窖，里面都是岛主珍藏的单一麦芽威士忌……”

海底酒窖是真的，我在那个去过鹤璞岛的富太微博上看见了，不过她喝的是红酒;至于“岛主”的酒窖，以及里面的单一麦芽威士忌什么的，是我为了迎合水哥口味，展开的合理联想。嗯，不能算骗。

电话那边安静了一会儿，我仿佛听到了水哥吞唾沫的声音。

作为一个单一麦芽威士忌的深度爱好者，好吧，作为一个酒鬼，当然知道怎么诱惑另一个酒鬼。

我打铁趁热，继续编：“我听说，岛主有时候跟哪个客人聊得来，会直接拿瓶几十年的麦卡伦啊、轻井泽什么的一起喝，不算钱。水哥，你这么能侃，我看问题不大。”

水哥果然上钩了：“可我不会英语呀。”

我嘿嘿一笑：“那还不简单，你物色妹子的时候，找个能当翻译的。”

水哥又骂了一句，不过这次是骂自己：“我怎么那么傻，又着了你的道。行行行，我开始找人，不过可说不准什么时候能找到。你要是心急的话，自己那边也找找。”

我心里乐开了花：“没问题，你说了算。”

他又补充了一句：“那有两个条件。第一，等我找到妹子了，出发前四个人先聚聚，你小子再拿一瓶麦卡伦 25 年的；第二，到时候，你得老老实实告诉我，为啥非得去那个岛。”

我打了个响指：“没问题，就这么愉快地决定了。”

跟水哥谈好条件之后，我就定了机票回深圳。

第二章
万事俱备

原以为水哥很快就能找到合适的妹子，没想到一等就是小半个月。每次问他，他都说再等等，再等等。这时候已经是十二月下旬，也快到农历春节了，工厂里没什么订单，我更是闲得无聊。

幸好之前答应强导，要把雪山的经历写成小说，总算还有点儿事干。按照他的说法，一个剧本能卖一百万，相当于厂子里半年的利润。要是能在春节前把小说写完、卖掉，就能把厂子里的利润多留点儿出来，给工人们发奖金。毕竟辛苦了一年，大家都不容易。

抱着这个打算，我坚持每天写五六千字，写完就发论坛上。

没想到的是，帖子的反响比我预料的还要好，开始几天没什么人看，但一个星期之后，点击数跟回复都飞速地往上涨。骂的人虽然多，但支持的更多。自己写的东西竟然有那么多人认可，让我甚至怀疑是不是转行写小说才是正确的道路。而且我还发现，喜欢看这类故事、在帖子里留言催更新的，大部分是年轻妹子。

认识到这一点后，我的思维就打开了。水哥这边不是没找到在鹤璞岛一起同住的妹子吗？那我就在帖子里征集一下，这些人来自天南海北，说不定会有合适的人选。反正死马当成活马医，发个征集没有任何成本，找不到也没损失。

这么想着，我就在帖子里把需求描述了一下，并附上鹤璞岛的官网，让有意者直接用站内短信联系；为了避免招来骗钱的，所以我并没有提自己来承担旅费。如果真有合适的妹子找上门来，看情况再跟她们说明这件事。

不过，因为帖子还没有火起来，看帖的人基数不大，所以我并没有抱太大希望，发出去之后也就忘了，主要的希望，还是放在水哥身上。

没想到，第二天，我就接到一条应征的留言。这也是我在这个论坛上除了刷帖之外第一次收到的信息。

留言的用户没有头像，名字也是一堆无意义的乱码，看上去是特意为了留言注册的新账号。内容是这样的："鬼叔，冒昧打扰。我们对您所说的鹤璞岛非常感兴趣，方便的话，请告知您的行程安排。"这后面，还留了一个联系用的微信号。

这人说话的语气那么彬彬有礼，又那么官方，感觉根本不像是一个年轻妹子。不过怀着试一试的心情，我还是搜索了那个微信号。

他的微信名字中英文兼备，叫"SongTong 唐双"。把"双"拼成"Song"，"唐"拼成"Tong"，是香港那边的方式，确实，资料上所在地写的也是香港。

唐双的头像是一张小鲜肉的脸，侧脸，大背头，剑眉星目，脖子下面露出一件白色衬衣的硬邦邦的领子，帅气得像某个刚出道的男明星。因为禁止"对非好友展示十张照片"，所以看不到他的朋友圈。

果然不是妹子啊，这不是来捣乱吗？

等一下。

我仔细观察了一下这张英俊白净的脸，认真看的话，其实有一些女性化的特征——这张脸虽然很英气，但是线条稍微圆润了点；如果是男人，线条应该更硬朗一些。

难道说，这个留着大背头，剑眉星目的人，是一个很帅气的妹子？

有趣。

我发送好友请求:“你好，我是论坛上的鬼叔。”

本以为对方不会那么快回应，没想到马上就通过了。我在聊天对话框里发了个戴墨镜的“得意”表情，然后就心急地去翻他——哦，或者是她——的朋友圈。

这个叫唐双的性别可疑的人，发朋友圈的频率不高，一个月三四条的样子，不过场景可都很高级：游艇、高尔夫球场、晚宴，同行的人看上去来头都不小。目测，唐双应该是个上流社会的孩子，官二代还是富二代就不好说了。

我翻到了一条他在7月份发的朋友圈，文字是说跟对面某个久未见面的姐姐一起喝下午茶。配了一张图片，环境像是高级酒店套房的客厅，桌子对面是一个漂亮又有气质的妹子。虽然说是姐姐，但看着很年轻，不超过28岁。不过这都不是重点，重点在于桌子上放着的一瓶酒。

虽然叔对红酒没什么研究，但是这个酒标可太好认了，是比人尽皆知的拉菲还要高一个等级的“红葡萄酒之王”——罗曼尼康帝（La Romanee-Conti)。这样一瓶红酒，市价起码七八万人民币，而他只是轻描淡写了一句——喝下午茶。而且，从他拍照的角度看，不是故意在炫耀这瓶红酒，能看出这样一瓶贵重的好酒，对他来说也只是日常生活罢了。

在一张跟外国人握手的照片里，他露出了腕上戴着的手表。我把那张照片放大，吓了一跳，那竟然是一块菲利普·杜福尔（Philippe Dufour)。

Philippe Dufour是个独立的手表品牌，国内听过的人都不多，更别说戴了。杜福尔老爷子曾经在积家等大厂工作过，后来成了独立制表师。他家的所有手表都是纯手工打造，由他本人及几个学徒来完成，每年产量有限，所以是真正的手工限量版。而且，Philippe Dufour的手表根本没有现货，想要一块Philippe Dufour，要么交70%的订金，等个两三年，要不然就得去找二手转让。

一块江诗丹顿或者百达翡丽的简单款，手卷，没有日历跟其他功能，国内专柜大概是 10 来万人民币。但是同样的款式换到 Philippe Dufour，却要高达 30 万人民币以上。而这张照片里，唐双手上戴着的，赫然是一块带万年历的大三针白金 Philippe Dufour，没有 100 万人民币拿不下来。总之，光从这一块表就能彰显他的经济实力，还有不俗的品位。

看着照片里的这块 Philippe Dufour，叔手腕上戴的萧邦，被这样一比，生生变成了 Swatch（斯沃琪）。

我退出朋友圈，回到跟唐双聊天的界面。感谢有朋友圈的存在，在它被发明之前，判断一个人的社会地位、经济实力、各种爱好、感情状况，从未如此高效。

他已经回复我："鬼叔，您好，对不起，我现在不太方便打字，请问可以发语音吗？"

在微信上发语音，确实是件挺打扰人的事情，一个是因为听语音不如看文字高效，另一个是因为讲话比打字方便，所以语音经常一发就长了，信息不够精简，更加浪费接收一方的时间。不过，在发语音之前还先用文字征求对方意见的，我也是第一次遇见。这个小小的举动，迅速博得了我的好感。

我回复："当然可以。"

因为我之前就怀疑"他"其实是个女孩子，现在可以从声音里得到更多信息。

过了十几秒，他发来了一条语音信息，我迫不及待地点开，果然，验证了我之前的想法。

唐双并不是"他"，而是一个"她"。虽然她说话的时候有意压低音调，希望声音能让人听起来更沉稳、更男性，但是"然并卵"，稍微认真分辨，就可以知道这是一个原本清亮的女声。

这个故意装成男孩子的声音说的是："鬼叔，您好。您的故事写得真的特别好，我很喜欢。昨天在论坛上看到您发布的征集，实在是太巧了，我跟女朋友之前就想去鹤璞岛，但是因为跟您一样的理由，无法成行，所以看完您的帖子，我当时就决定要一起去。”

她的这一段语音，信息量太大，简直要超负载了，所以在回复之前，我得先好好捋一捋。

首先，我确认唐双是个女人，一个女人说她有“女朋友”，那么她可能是个“拉拉”，而且是“拉拉”里面的 Tomboy，国内简称“T”，也就是扮演男性的那一个。

其次，唐双说她跟女朋友之前没去成鹤璞岛，是因为“跟您一样的理由”。也就是说，她已经把我跟水哥当成一对 Gay（同情恋者）。在她看来，这就是一对男同性恋，找一对女同性恋进行完美“形婚”的旅行简化版，或许可以称之为“形旅”。

稍微不同的地方在于，形婚是要骗过家里人跟周围的人，而我们这次“形旅”，要骗过的是拥有奇葩规定的鹤璞岛管理方。

我深深吸了一口气，作为一枚铁铮铮的直男，我大概是被误会为 Gay 的次数最多的一个。

我再次深深吸了一口气，同样用语音回复道：“你好，帖子是叔一时写着玩，难得你喜欢，感谢。能有你们这样的同伴一起去鹤璞岛，我非常开心，但是有一点要澄清，叔是百分之百的直男，如假包换。”

她那边的回复隔了一会儿才发过来，听得出语气里是诚恳的抱歉：“对不起，鬼叔，是我太想当然了，向您道歉。我理解被人误会性取向是一件多么令人懊恼的事情。我和女朋友想请您吃一顿饭来表达我的歉意，不知道您方便吗？如果您不介意，也请带上那位朋友，我们可以聊聊这次出行的细节。”

她没有胡搅蛮缠，这让叔心里舒服了一些。不过关于请吃饭的邀请，我想了一下说：“吃饭的地点是在哪里？我本人在深圳，但是那哥们儿在北京，所以比较难凑到一起。”

唐双的答复，充分展示了什么叫作土豪："我们把地点约在深圳吧，您的那位朋友，如果时间能安排得开的话，我可以负责他所有的差旅费用。另外如果您二位不介意，这次去鹤璞岛旅行的费用，也希望能由我来承担。毕竟如果不是鬼叔您二位的出现，我也无法满足女朋友去鹤璞岛的梦想。"

叔虽然没什么节操，但还是有些大男子主义，让女人来埋单这种事情，实在接受无能。不过，AA（各自付钱）总是没问题的，这样一来，就节省了我一半的开支。

赞啦。

至于水哥，他比叔更没节操，压根不在乎请他的是男人女人，甚至是不是人，所以来深圳的差旅费，我就替他谢谢唐双了。

于是我回复道："好的，那先谢谢你了。吃饭的时间、地点你来定吧，留一天时间给我那朋友坐飞机就行。具体细节，我们等见面了再详谈。"

唐双给我的答案简单干脆："好的，那您等我确认时间。"

我回了个 OK 的手势，然后放下了手机。

困扰了半个月的事情，就这么简单解决了，而且结果比想象中还要好。这都要多谢发在论坛上的那个帖子，看来会写东西，也是个很不错的才能啊。

我眉头一挑，又拿起手机打给水哥，告诉他喜讯，顺便嘲讽一下他的办事效率。

接下来，我们建了个微信群，我把水哥拉了进来，唐双则邀请了她的小女朋友，名字很霸气，叫"甜爷"。甜爷的头像特别美，是个娇俏可人的小女生，二十出头，样子像个嫩模。

很快，唐双安排好了这次会面，地点是华侨城里一家叫"T 馆"的店。这店刚开张时叔就去过，环境好、逼格高，是个安静的适合聊天的地方。唐双的安排非常恰当，非常合我心意。

至于水哥，他兴奋地跟我说，唐双给他订了公务舱的票，还有两晚威尼斯假日酒店的套房。他把跟唐双的对话截屏给我看，她跟水哥道歉说，威尼斯酒店环境不算太好，但是就在我们约吃饭的华侨城。总之招待不周，请见谅。

水哥十分担忧地跟我说："必贵，你找来的这个同伴，没问题吧？热情得我都有点儿怕了，别是为了偷我的肾吧？"

我真挚地安慰他："别担心，你那腰子根本没人要，用来烤串儿都太膻。"

水哥非常感谢我，所以同样真挚地"关心"了我的家人："去你大爷的。"

在唐双跟我联系的第三天，我们就见上面了。

约的是吃中午饭，我去机场接了水哥，就往华侨城赶，那地方特别不好停车，等我们到了店里，已经接近下午一点。

唐双跟甜爷早就到了，她们没有坐在室内，而是选了院子里大树下面的位置。

正是深圳的十二月中旬，这一天很干爽，有风，阳光从树叶的缝隙里洒落，斑驳地摇曳在白色的桌布上，还有那一对璧人似的情侣身上。

看见我跟水哥急急忙忙地走进院子，她们两人都站起来迎接。唐双大概有 1.7 米的样子，身上的深蓝色小西服剪裁得体，衬得她就像个天生的衣服架子；再配上她帅气的脸，如果再高个几厘米，完全可以去当女模，中性风的那种。

站在她旁边的小女朋友甜爷，目测净身高 1.65 米，12 月了还穿着热裤，露出两条健康的长腿；大嘴猴的粉红色短袖上衣，发型是最近流行的空气刘海。如果把甜爷单独拎出来，她绝对是真正意义上的——而不是客套话的那种女神。不过，笼罩在唐双的霸气力场里，她也就是个小鸟依人的甜美女生。

这一对情侣非常般配。如果不知底细，我们会以为是一个英俊的富二代，带着小明星女友，绝对羡煞旁人。

我跟水哥赶紧走到那张桌子前，唐双朝我伸出右手："鬼叔，初次见面。"

跟在微信里一样，她尽量把嗓音压低，但仍然是很好听的稍微沙哑的女声。这样的一个嗓音，跟眼前贵公子的形象其实不是太搭。

我把手心在裤子上擦了一下，才敢递过去，她的右手骨感明显，轻盈却有力。我握着她的手说："第一次见面。"

唐双爽朗地笑了："我是您的忠实读者，所以这一次，应该算是粉丝见面会。"

虽然明知是礼节性的说法，但听起来还是很舒服，我收回右手，嘿嘿笑着挠了挠头："承蒙错爱，还有，千万别说'您'这种敬语，都是朋友，都是年轻人。"

唐双笑着点了点头："好的，鬼叔，我接受你的建议。"

水哥毕竟胖，刚才跑了这一段路，有点儿喘不过气，吭哧着说："坐下聊？"

我帮他拉开椅子，四个人纷纷落座——我的对面是唐双，水哥则对着甜爷。

屁股刚贴到椅子上，水哥就看着桌对面的甜爷说："你真人比照片还好看。"

甜爷抿着嘴笑："看来水哥是被'照骗党'吓怕了。"

水哥瞪大了眼睛，夸张地说："那可不，教训惨痛啊！"

我补充道："嗯，要我说，PS（图像处理软件）是人类历史上最泯灭人性、丧心病狂的发明。现在这个社会，已经很难有你们这样诚实的人了。"

说完这话，我饶有趣味地打量着唐双。水哥说的"真人比照片更好看"这句话，在她身上也同样适用。如果只是偶然路遇，凭她的打扮和气质，我肯定分分钟将她误认成某个自己不认识的明星。

不过，相比于她英姿飒爽的五官，我更感兴趣的是她的表情——自己的女朋友被别人当面搭讪，不知道她会怎么处理。

唐双比我想象中的大方多了。她脸上一样是温暖而又礼貌的笑，先是对我说："鬼叔，你也比我想象中要帅。明明可以靠脸吃饭，还把小说写得这么好，真是太厉害了。多写两年一定会红的，在这之前，可不可以先给我个签名？"

毕竟在社会上混了几年，如果是那种客套的奉承，我会嘻嘻哈哈应付过去，不过看着唐双真诚的表情，我是真心感到不太好意思，甚至脸上都稍微有些发烫："哪里，我长得一般，写得更一般，会红什么的，真心不敢想。"

唐双的十指互相扣住，放在桌面上，认真而有力地说："鬼叔，不用太谦虚，我看人很准的。相信我，你一定会红的。"

被她这么一说，我更不知道该怎么回答了，一边挠头，一边试图转移话题："对了，你叫唐双，我总是联想到糖霜，白糖的糖，冰霜的霜，这个名字太甜了，跟你的外形……你知道，那么帅气的外形，有点儿违和。"

唐双好看的眉毛向上一挑："鬼叔，你的问题，很多人都问过，我可以提供一个解决方案。香港的黄易写过一本书叫《大唐双龙传》，唐双，你把我的名字当成书名里的两个字就好。"

我信服地点了点头，小声重复道："大唐双龙，唐双……"这本书我看过，主角是隋末唐初的两个叱咤风云的男人，没记错的话分别叫寇仲跟徐子陵。

大唐双龙——唐双，这样一来就男性化十足了。

唐双爽朗一笑："怎么样，是不是感觉好多了？"

果然，我抬起头来，再看她的笑容时，里面已经有了寇仲跟徐子陵的豪气。

甜爷打趣道："要不然，你们也可以跟我一样，叫她——唐大少爷，唐少。"

唐双轻轻地打了她一下："别调皮。"

我点头笑道："这名字不错，以后就这么叫——唐少不介意的话。"

唐双笑着看了我一眼，没有拒绝，然后她转过头去，对着右边的水哥说："水哥，远道而来辛苦了。"

水哥已经被甜爷吸引住了，还在盯着人家看，我用手肘戳了他一下，他才回过神来："哦，啊，不辛苦不辛苦，公务舱坐着很舒服。"

唐双笑了一下，举手叫服务员点菜。我注意到，从她西装袖子里露出来的，不是朋友圈里那块 Philippe Dufour，而是另一块铂金表，品牌的字太小了看不见，应该是萧邦或者伯爵。贝母表盘，很素净，非常衬她今天西装的深蓝色。所谓"穷玩车，富玩表"，根据当天的衣着来搭配手表，也是上层阶级的一个标志。

唐双并没有咨询我们的意见，而是安排好了全部菜式，然后才问我们喜欢什么甜点。水哥要了个盆栽蛋糕，甜爷点了一块奇葩的冬荫功蛋糕，我一向不喜欢吃甜的，唐双自己也没有点。

菜式安排好之后，我们开始讨论去鹤璞岛的行程安排。

水哥是个无业游民，我的小作坊也不用怎么费心，所以随叫随走，不用考虑我们俩的时间安排。甜爷在香港读书，艺术专业，倒是可以随时请假，关系不大。所以，我们三个人都没问题，最终是要看唐双的时间安排。

唐双没有跟我们仔细介绍，但听她的意思，应该是在帮忙打理她爸的产业——一个香港的物流公司。就在下周，12 月下旬，她可以抽出一星期的时间，不然就得等到明年了。

我也想早点儿上岛，去寻找高维智慧生物留给我的信息，所以对于下周出发这个提议，我马上赞同。

水哥本来很开心的，突然想到了什么，叫道："不行啊，我的港澳通行证过期了。”

我一时也没反应过来：“赶紧去办，加急的话一周能行吧？”

唐双淡定地一笑：“水哥，没事的，不用通行证，凭国际机票就能直接过关。对了，如果你们不介意的话，把个人信息给我，我来帮你们订机票。”

水哥大喜过望：“好好好，当然好。”

我知道唐双的意思，她说的不是“帮忙订”这个程序，而是说由她来出钱买机票。相比水哥，我还是有那么一点儿节操的，于是挠着头说：“唐少，这样不太好吧？”

水哥瞪了我一眼，抢着说：“你说，我们坐哪家航空公司的飞机好？”

我也明白水哥的意思，要我来订票，肯定是经济舱；看唐双的样子应该会帮我们订个公务舱，这样长途飞行会舒适很多。

既然这样，我也懒得跟水哥争了，耸耸肩膀：“反正不要是马航的就好。”

叔本来就多少有点儿“恐飞症”，尤其是坐小飞机，在空中遇到气流颠簸的时候。现在，被马航这么一闹……

唐双知道我在担心什么，看了我一眼，笑道：“鬼叔，不用担心，马航没有从香港飞马累的航线。如果大家没意见的话，我们这次坐国泰航空的航班。”

水哥来了兴致：“怎么说，他们家空姐比较好看？”

对于水哥的无聊问题，唐双却认认真真地解释：“香港飞马累的话，好的选择只有国泰跟新加坡航空，因为他们全都是大型飞机，国泰是A330-300，新航是中转，可以有A380、A330-300、B777-200/300ER。如果要从机型来讲选择的话，HKG-MLE（香港到马累）属于洲际跨洋航线，坐大型机的好处就是更平稳，因为这些机型可以申请更高的实用升限，飞到越高的平流层受到空气对流的扰动就越少，平飞过程中的乘客的舒适感就越高，而且起降过程也更平稳。”

听完她一长串的专业解答，我不禁赞叹道：“唐少，你好懂飞机啊！”

我明明是在说唐双，甜爷却自然而然地接了过来：“我们唐大少爷呀，简直是对飞机着了魔。哎，你们知道吗？有时候她会带一个单反，一个人开车到机场附近，拍那些起降的飞机……”

虽然是在跟我说话，但甜爷却一直看着唐双，表情像是脑残粉近距离接触偶像，眼神里满是爱慕。

唐双拍拍甜爷的手背，假装责怪道：“说得那么夸张，我只是对民航飞机有点儿兴趣啦。”

我挠了挠头：“之前我去过一趟马尔代夫，好像坐的是新加坡航空，要在樟宜机场转机的。”

唐双点了点头：“这就是我们为什么不挑新加坡航空，他们两家的区别就是香港出发，国泰是直飞，6 个半小时的 HKG-MLE，坐公务舱会是一个很舒适的旅行。新航在新加坡转，飞马尔代夫路线上很顺，可以在这里稍作停留转机。新加坡是个很有意思的枢纽机场，看看华人、马来人、南亚裔、澳新、欧美的各色人忙忙碌碌的身影会很有趣。可惜这次我们行程比较赶，如果时间宽裕也可以去新加坡市区喝杯‘新加坡司令’，去金沙赌两把再走。”

水哥撇了撇嘴，小声说：“我时间宽裕得很，是你们自己没时间。”

唐双假装没有听到水哥的抱怨，对着我说：“国泰跟新加坡航空在全球十大安全航空公司里，排名第四跟第五，所以鬼叔，安心啦。”

我点了点头：“嘿嘿，那就好。”

这个时候，服务员开始上菜，我们确实也都饿了，便开始吃东西。

甜爷往唐双碗里夹了块素鹅，唐双给她舀了一勺子的鲜虾蒸蛋，两人秀得一手好恩爱。

我看了一眼水哥，他想的估计跟我是同一个问题。

航班的问题解决了，可是更重要的难题是——鹤璞岛的酒店怎么订？

我们这四个人，一对好“基友”，一对“拉拉”，因为鹤璞岛上的奇怪规定，必须拆分成一男一女以掩人耳目，入住酒店。问题的核心在于，我们四人要怎么搭配入住呢？

水哥当然是想跟甜爷住一间房了，可他的色心都写在脸上了，唐双应该不会这么安排。

我倒无所谓，反正主要是去看高维智慧生物留下的线索，跟甜爷住也行，跟唐双住更好，一个直男跟一个帅T一起，什么想法也不会有，不用耽误我的正事。

这么想着，我看了水哥一眼，又转过去面对着唐双，试探地问了一句：“唐少，你说到了岛上，我们四个人……该怎么分配呢？”

唐双看了我一眼，反问道：“鬼叔，你说呢？”

水哥抢着说：“你们那么聊得来，干脆一起住得了。”

我皱了下眉头，虽然说食色，性也，但水哥的表现也太过猴急了。两个多月前去雪山的时候，他虽然也跟妹子上了床，但那是旅途进行到后半部分，双方都熟悉了。现如今，他是第一次见甜爷，那样子恨不得把人家生吞活剥、就地正法了。

另外，我发现水哥吃起东西来也是狼吞虎咽的，有一股从前没有的狠劲。

总而言之，无论对食物还是女人，水哥正变得越来越馋，越来越贪；不知道是不是因为体内那个只吃不拉的貔貅，造成了他性格上的改变。

细思极恐。

这时候，唐双说话了。对于水哥这个提议，我本来以为唐双会断然拒绝，她却笑盈盈地说：“我可以呀，只要鬼叔没意见的话。”

唐双的回答，大大出乎我的意料。

水哥喜出望外，抢着回答道：“他能有什么意见？就这么办。”

我挠了挠头：“是，我没意见，不过她……”

我眼神转向甜爷，她却嗲嗲地说：“哎呀，人家听唐少的安排啦。”

说完这一句，她扭头看着唐双，两人心照不宣地笑了。不知道他们两人，葫芦里到底卖的什么药。我耸耸肩膀，随便了，人家都不在乎被“绿”，我瞎操心什么？

这样一来，所有问题都解决了，我们这个马尔代夫鹤璞岛旅行团，两男两女，正式成团。

我们把护照都拍照发给唐双，她会安排助理去订鹤璞岛的房间。我们一致同意，尽可能早点儿出发。马尔代夫是落地签，但是鹤璞岛酒店竟然要护照信息才能订房，比海关的事还多。但是也没办法，到了人家的庙，就要拜人家的神。

唐双坚持要帮我们把机票一并订了，水哥当然说好，我推辞一番，最后还是却之不恭，接受了。毕竟她比我富裕得多，这点儿小钱实在不算什么，大不了，岛上的消费我来负担，再请她在水下酒窖多喝几杯就好了。

聊到这里，大家也吃得差不多了。我借口上厕所，想到前台去埋单，结果被告知，我们这一桌已经结过账了。但是唐双跟甜爷根本没有离席过，我打量四周，估计有哪一桌就是唐双的助理吧，已经不动声色地解决了这一切。

我理想中的生活，就是做个大少爷，揽着美人的腰，带着几个随从，招摇过市。没想到，在现实生活里，过着我理想中生活的，竟然是个女人。

我苦笑了一下，走回桌子旁坐下，再闲聊了几句，便结束了这顿愉快的午餐。唐双说下午还有点儿事，带着甜爷先走了。

水哥跟我说，他索性不回北京了，让房东帮忙把去岛上要用的沙滩裤什么的快递过来，剩下潜水的装备直接在某宝买了，快递到酒店就行。我懂他的意思，遇到唐双这样一个金主，而且回去也没事，酒店不住白不住，她才不会心疼那几晚的房钱。

我虽然替水哥感到害臊，但他们俩一个没节操，一个不差钱，愿打愿挨的，也轮不到我说什么。

我送水哥去酒店，约好今晚带他去吃海鲜，然后到莉莉玛莲，一起去勾搭空虚寂寞冷的小白领。把水哥送到后，我就回了自己家，打开电脑继续写故事。毕竟网上那么多人等着看，有人甚至声称每十分钟刷新一次。挖了坑不填，并不是叔的风格。

这一天的状态很好，我行云流水般地疯狂码字，不知道什么时候，耳边响起一阵刺耳的铃声，我过了一会儿才回过神来，是手机响了。

我以为是水哥催我去接他，没想到，却是唐双打来的。

唐双的声音听着很开心，没有了她那个贵公子的外形在眼前晃，光听声音，简直就是个发育期的小女孩，偶尔学坏，熬夜抽烟，把嗓音弄得有些沙哑："鬼叔，我订到了鹤璞岛的房间，明天晚上，刚好我的工作也能安排开。你跟水哥没意见的话，我让助理赶紧确认订单。"

我觉得挺意外的，本以为鹤璞岛这么高逼格的地方，起码得等半个月才能订上，没想到那么快就能成行了。

我皱着眉头说："唐少，会不会有点儿太快了？能不能稍微晚几天？"

唐双像是早料到了我的反应，不疾不徐地说："我们运气特别好，明天的空房，是两对客人取消了，才意外空出来的。下一次的空房，要等到两个月后了。"

我还是有点儿抗拒，又想了个借口："我的装备都没准备好，潜水眼镜、脚蹼，还有水下相机什么的……"

唐双爽朗地笑了："没问题，我已经让助理去买了，我们四个人的。"

我挠了挠头："这怎么行，本来机票、酒店我就很不好意思了，连这些都要你来买……"

唐双诚恳地说："鬼叔，从你的小说里，能看出你是个不拘小节的人，我们不说这些细节了。带甜爷去鹤璞岛，是我答应她但是一直没做到的事情，多亏有你跟水哥的配合，这一次才可以完成。这些东西，就当是我对你们的答谢。”

我心里虽然还是有点疙瘩，但她话都说到这份儿上了，再拒绝下去实在没礼貌。而且，我本来的想法不就是早日上岛，早日找到两个平行世界的连接点吗？后天就能出发，实在是再好不过了。

这么一想，我也就不扭捏了：“那好，就这样定了。”

唐双开心地说：“太好了，谢谢鬼叔。”

被她这么一说，我反而不好意思起来：“那个，我们什么时候出发？”

唐双毫不犹豫地说：“我让助理订明天下午的机票，晚上10点多能上岛。我们从香港飞，我会派两地牌的车去接你们。鬼叔，你看这样可以吗？”

都安排成这样了，我还有什么可以不可以的？我耸了耸肩：“我没问题，就这样吧。等一下我跟水哥说说……”

唐双却笑道：“不用了鬼叔，我刚才已经打了电话给他，水哥也同意这个安排。”

看来，这个唐家大少爷习惯控制一切，安排一切。叔虽然不喜欢这样性格的人，不过目前来讲她的安排都跟我的想法相符，所以就先这样吧，把她当成一个全能的管家好了。

挂了电话，我继续写关于雪山的故事。明天收拾行李的时候，可要记得把这个笔记本电脑带上，这样上了岛才能继续写，继续发更新。叔以前看美剧总是嫌更新太慢，被吊胃口很难受；如今终于有一个机会，可以吊别人的胃口。然而，这种被催更新的感觉，其实也并不好受。

第三章

在路上

第二天下午，就像约定的那样，一辆两地牌的七座商务车，停在了我家楼下。

我一边打哈欠，一边上了商务车。昨晚写小说的状态很好，又写到情节上的一个小高潮，所以我一直码字到凌晨四点，精神有点儿疲倦。

因为潜水装备唐双都帮我准备好了，所以我的全部行李就装在一个 20 寸的 RIMOWA（日默瓦）拉杆箱里。不过这已经算隆重了，以前上班出差的时候，三天内的行程，一个双肩包就搞定。没办法，直男就是那么糙。那些出趟门带着大包小包，里面还有洗面奶、护肤品的花美男，妹子得多留个心眼了。

水哥已经坐在商务车上了，他的装束比我更牛 ×——黑色人字拖，绿色的沙滩裤，花里胡哨的短袖衬衫，就这么一身，猴急地都穿上了。这都快元旦了，虽然深圳的白天还能有十来摄氏度，但这么穿还是太逆天了。

我把行李箱扔到后备厢，坐下来就说："哥，你不冷吗？"

水哥嘿嘿一笑："不冷，从雪山回来后就特别抗冻，要不然尿那么多雪水都没事。"

听他这么说，我想笑又不敢笑，只好低下头来，假装端详他的一双毛腿。

水哥可能察觉到了，突然就开始发飙：“去你丫的，还不是为了救你们这群王八蛋。”

我咧了咧嘴，他说得没错。我们两个多月前去云南德钦的雪山，在卡瓦格博的顶峰上遭遇了一场雪崩。本以为必死无疑，岂料水哥召唤出了藏在他身体内的上古神虫，不，神兽——貔貅。

当时我晕过去了，所以并没有看见现场，但听别人转述，一道红光过后，水哥右手里的貔貅把汹涌而来的雪全部吸了进去。

当然，这样英勇的行为，给水哥带来的除了我们的感恩戴德，还有一点儿小小的后遗症——接下来的两个月里，水哥经常会无缘无故地一泡尿拉上一个多小时，有几次把马桶都拉满了。而且，据他所说，拉出来的尿冰冷刺骨，不，是刺“鸡”，他甚至能听到瓷马桶被冻得开裂的声音。

水哥原话是这样：“刺啦刺啦的，就跟汝瓷夜里开片似的。”

总而言之，貔貅吃了满肚子雪，就好像我们吃了几根冰激凌，应该是觉得冷才对，但事实却与之相反，水哥从此以后，反而变得不怕冷了。现在回想起来，上次在北京见面的时候，他也是逆天地穿着大裤衩跟短袖衫。

他之所以变成这样，症状类似更年期妇女，潮汗、怕热、失眠、多梦——好吧，后两个症状是我自己加的——客观地说，是为了救我们。

想到这里，我看着水哥的眼睛，诚恳地说：“水哥，万一你有个三长两短，我会照顾你的。”

水哥瞪了我一眼：“去你丫的，谁要你照顾。”

随后他又色眯眯地笑了起来：“到了岛上，我跟那甜爷住一间，她会照顾我，那小娘子，瞧身上那温柔的劲儿……不，不对，是我来照顾她的下半身，哈哈哈哈……”

水哥笑得跟淫贼田伯光似的，也不知道司机能不能听懂普通话，要是跟唐家少爷一汇报，这脸可就丢大了。

坐两地牌的车子过关，好处就是可以不用下车，好整以暇地坐在空调车上，把证件递给检查站的工作人员就行。

到了香港机场，司机却不带我们去候机楼，而是神神秘秘地到了停车场，把车泊在一个角落里。我们下了车，看见甜爷正在一边候着，守着四五个 RIMOWA 拉杆箱。她今天穿着一件满是破洞的牛仔裤，上身是潮牌短袖，整个搭配精神利落。

水哥立马站到她身边去，黏黏糊糊的，我装作没看见，问甜爷："唐少呢？"

甜爷笑得有点儿暧昧："换衣服去了。"

我不由得有点儿奇怪，难道唐双也跟水哥一样，不怕冷，所以先把短打扮都换上了？

这时候，在水哥背后的过道里，走过一个妹子：穿着色彩艳丽的长裙，纯白紧身短袖，勾勒出玲珑有致的身形，一头黑长直的秀发更是加分不少。我脑子里瞬间开启了 YY（意淫）模式，这妹子不知道是哪一个航班，万一要是跟我们一起去马尔代夫的就好了，她该不会是刚好单身吧……

妹子向前走了十几米，到了过道的路口时却突然转了个弯，径直朝我们走来。

她伸出手来，在甜爷肩膀上拍了一下："嘿。"

我不禁喜形于色："甜爷，这是你朋友？"

话一出口，我就知道自己傻 × 了。

刚才甜爷说唐双去换衣服，现在来了个换了衣服的妹子，走过来跟甜爷打招呼。按照逻辑推理，眼前这个好看得要死的妹子，当然就是唐双了。

可是，我完全无法接受这个事实！

昨晚没有休息好，一路上都有点儿犯困，但眼前的妹子就像是酷暑里的一罐冰镇可乐，让我精神为之一振，整个人都醒了过来。

无论我怎么努力，都无法把唐双这个"T"——我印象中帅得咄咄逼人的形象，跟眼前长裙拖地、温柔漂亮的妹子画上等号。这不可能啊……

前天见唐双的时候，她穿着一件深色的小西服，看上去根本没胸，可是如今却至少有C罩杯。裙子就不说了，可是上次见她的时候，明明是一头干净利落的短发，现在这一头卖洗发水广告似的秀发，又是怎么一回事？

甜爷回过头去，跟唐双自然地吻了一下，然后又对我笑嘻嘻地说："怎么样，没认出来吧，这就是我们唐家大少爷呀。"

我指着唐双的头发："这个头发是……"

甜爷抚摩着一束头发，摇头道："假发啦，你们直男真没常识。"

我挠了挠头发，好了，现在一切谜底都解开了，我终于能接受眼前这个好看的妹子，就是前天见到的男人婆。

然后，我抬起头来看着她。

还是完全接受不了啊！

唐双看着我的脸，突然扑哧一笑，然后走了过来，很自然地挽住我的手："鬼叔，到时间登机了。"

那一边，甜爷也使唤水哥："走吧，手推车好沉呀……"

水哥二话不说，雄赳赳地接过了手推车，看他那兴高采烈的样子，就跟遇见了女施主的二师兄似的。

我们乘坐的是国泰航空的航班，傍晚五点飞，当地时间晚上八点多就能到马累。马累的时间要比香港晚三个小时，所以看起来只飞了三个半小时，实际上飞行时间是六个半小时。

正如水哥所料的那样，唐家大少爷不差钱，四张票订的都是公务舱。六七个小时的国际航班，又是临时订的票，叔虽然不熟悉机票价格，但怎么也得两万一张票。四个人，单程八万，来回就是十六万；即使唐双的会员卡等级很高，能打的折扣也有限，更何况，她应该完全不在乎这点儿钱。

当有钱人家的大少爷，真爽。

这么想着的时候，鼻子却闻到了若有若无却又沁人心脾的香水味。

我们一行四人过了安检，正走在去登机口的路上。

前面甜爷一直挽着水哥，这一对露水情侣，戏演得非常自然。我跟唐双走在后面，看着自己的女人挽着另一个男人的手臂，她倒是一点儿反应都没有，不知道是真的不介意，还是城府太深。

唐双只是一开始挽了我一下，进了候机楼以后，就只跟我并肩走着。她净身高接近一米七，幸好穿的是没有跟的布鞋，所以跟我走在一起，也还算般配。

我装作不经意地转过头去，看着她的脸。这是唐双的脸，没错，上次见的时候搭配着一头干净利落的短发，这张脸就显得英气逼人；现在被柔软妩媚的长发包围着，这张脸又显出另一种风格——剑眉星目，像是古装电视剧里面的女侠，帅气跟美貌并存，而且非常和谐。

我皱起了眉头，终于抑制不住内心的疑问："那个……你真的是唐双?"

她也转过头来，好笑地看着我："要不然呢？"

我沉吟了一下："要不然……你是唐双的双胞胎妹妹什么的，那种编不下去的电视剧里面，不都是这么演的吗？"

唐双笑着摇了摇头："鬼叔，你想多了，我真的就是唐双。哦，不信的话，你可以看我的护照。"

我咧了咧嘴："护照就算了，'然并卵'，就算你是唐双的妹妹，长得那么像我也根本分不出来。"

其实我打心底希望，眼前的并不是作为 T 的唐双，而是她性取向正常的妹妹，这样一来我就有机会了。

我叹了口气："好吧好吧，那就先相信你是唐双。可是，你上次的样子，跟现在也差太远了。"

唐双对于我的无知，没有表现出一丁点儿的不耐烦："鬼叔，现在的化妆技术很厉害的，别说我本来就是女孩子，如果你愿意的话，给甜爷半小时，她也能把你打扮得美美的。"

我摆了摆手："谢谢，心领了。"

唐双笑而不语，回头朝前走。我们前面的两人黏得越来越紧，水哥的手揽着甜爷的腰，几乎就要摸到她被紧身牛仔裤包裹得浑圆挺翘的屁股上了。

我实在有点儿看不下去，好心提醒道：“唐少，让水哥跟甜爷一间房，真的不要紧吗？”

唐双语气里充满了自信：“鬼叔，谢谢你关心，不过甜爷嘛……弯得很彻底，要掰直不容易。你的话我会有点儿担心，水哥我表示没有压力。”

虽然明知道是在恭维我，被一个长得那么好看的妹子恭维，我忍不住咧嘴笑道：“哪里哪里，我也不行。”

我平复了一下心里的得意，正色道：“可这不光是掰直的问题，还有一个霸王硬上弓的问题。”

唐双笑得更灿烂了：“鬼叔，甜爷看上去很软、很嗲，对吧？可她是警校毕业的。”

我下巴都快掉到地上了：“甜爷？警校？”

唐双点了点头：“没错，她在警校的时候，能把一米八五的师兄过肩摔。”

唐双忍不住笑了：“像水哥这样……如果他真的想强行掰直甜爷，要小心……被强行掰折。”

再看看前面走着的甜爷，小胳膊小腿的，根本不像能把一米八五的大汉过肩摔的样子。不知道唐双说的到底是不是真话，不过提醒一下水哥总是对的。强行掰折……想起来就觉得丹田一紧，幸好打甜爷主意的是水哥，不是我。这花花世界那么美，叔还没体验够呢，可不想轻易就“狗带”[1]了。

走到登机口之后，没几分钟就开始登机了。从公务舱通道优先登机的时候，我感觉到了隔壁长长的队列里，射来了无数火辣辣的目光。在他们看来，我跟水哥肯定是富二代、土豪什么的，才能带着那么好看的妹子坐公务舱。如果眼神能杀人的话，我们这一刻已经被开膛剖腹，

[1] 狗带：英文 go die 的谐音，意为去死。

肠子流了一地了。

无论如何，他们也不会想到，两个好看的妹子才是真正的一对，从某种意义上说，我跟水哥只是她们“形旅”的小道具，如此而已。

我正在胡思乱想，突然之间，唐双走上来抱住了我的右手。

我不由得挺直腰板，眼睛也努力瞪大，毕竟美人在侧，我要装得更像土豪一点儿。

让嫉妒的眼神来得更猛烈些吧。

国泰航空从香港飞马累的飞机，机型用的是空客A333。大飞机就是好，公务舱跟经济舱是分开登机通道的，不用像飞国内航线的小飞机一样，先登机后傻乎乎地坐在座位上，接受鱼贯而入的经济舱乘客们的注目礼。

我们选的座位唐双跟我在前排，甜爷跟水哥在后排。入座的时候，有个问题在我脑海里一闪而过：如果唐双和甜爷的目的，只是顺利上岛，那她们大可以到了马尔代夫之后，才开始分别跟我和水哥装情侣就行了。而且，刚才两地牌商务车没有直接送我们到候机楼，而是到了停车场，用意很明显，就是要我们四个人以两对正常情侣的样子闪亮登场。

再结合刚才登机时唐双突然的亲密举动，我更有理由相信，有人在机场监视我们，不，确切地说，应该是监视唐双跟甜爷。同时，她们也知道自己正在被监视，所以才演了这么一出。

至于会监视唐双的人……她之前透露过，她爸爸在香港有一家物流公司，再看她的穿衣用度，挥金如土的范儿，总逃不了豪门呀、继承权啊这样的狗血剧情。

想到这里，我不禁有些头疼。叔还是“图样图森破”[1]呀，不够小心谨慎，这才卷入了一场豪门恩怨里。

飞机很快就起飞了，回到前面的话题，大飞机就是好，无论是飞行

[1] 图样图森破：英文too young too simple的谐音，意为太年轻，太天真。

的哪个阶段，都显得特别平稳。尤其是国泰这样的优质航空公司，吃好喝好，服务好，空姐更好，实在是一趟非常愉快的旅程。虽然要在空中停留六个多小时，想起来也不会觉得烦躁。

国泰的空姐出了名的优质，颜值高，笑容可掬；不过，跟和我并排而坐，隔着一条过道的唐双比起来，这些空姐就有点儿被比下去了。

她坐在靠窗的位置上，外面是逐渐变黑的天空，比夜空还黑的，是她一头黑长直的……假发。有钱人用的东西就是高端，我完全无法相信这货不是真发，好几次差点没忍住要去扯一把。

好吧，就先把这头黑发当成真的。眼前的画面很美，在万米高空的云层里，一个穿着碎花长裙、白色短袖的美人，正优雅地坐在公务舱红色的座位上。黑发挡住了她半边脸，让我不禁想起了罗大佑那首暴露年龄的老歌——《穿过你的黑发的我的手》。

美人低垂着头，缓缓翻动着膝盖上的厚厚的……一沓合同。

合同什么鬼，这也太破坏画面了吧！我定睛一看，上面还全是英文。

唐双似乎感受到了我的内心怒吼，抬起头来，对着我笑了一下："对不起，鬼叔，手上事情太多了。"

我挠了挠头："唐少，没什么对不起的，毕竟是霸道总裁嘛，忙一点儿很正常，不像我跟水哥这两个闲人。"

唐双揉了揉右边肩膀："霸道总裁，我才不想当呢，要是有人能帮我当就好了。对了，鬼叔你就别喊唐少啦，叫我唐双，好不好？"

我不禁有些发愣，没想到这个喜欢控制一切的"T"，也会有软弱的一面，而且软弱的这一面，非常有反差萌。

我吞了一口口水，情不自禁地说："好……"

她看着我呆呆的眼神，不好意思地笑了一下："对了，鬼叔，还没问过你，为什么要去鹤璞岛？"

我决定不告诉她自己是去寻找两个平行空间的连接点的，不然被当作神经病就不好了。于是我想了一下说："去鹤璞岛啊……当然是因为那里很漂亮啦。”

唐双那么聪明的人，显然不相信我这个敷衍的答案：“可是马尔代夫有很多漂亮的岛呀，白马庄园、芙花芬都不错，为什么你们非要去鹤璞岛?”

这个问题我确实回答不了，随便编一个又怕被鄙视，我挠了一下头，反守为攻：“唐双，你跟甜爷，又为什么非得去那么奇葩的岛？”

唐双看了我一眼，正想开口，突然之间，在她身后的窗户外，出现了一个人头！

我吓了一跳，见鬼了！

一秒后我发现，我是看花眼了，自己吓自己而已。

那人头并不是在窗外，而是从背后的座位伸过来的。这张正在笑着的脸，除了甜爷，还能有谁?

唐双看见我表情的变化，也回过头去，甜爷却趁她没有防备，出其不意地亲到了她嘴上。

真是秀得一手好恩爱。

唐双却似乎并不受用，急忙身体向后仰，同时用手捧着甜爷的脸，语气里竟有点儿不悦：“别这样。”

甜爷委屈地撇了一下嘴：“你那么小心干吗，他们又没上飞机……”

虽然我看不到唐双的表情，但却能听出她声音里的严肃：“这可说不准，你赶紧坐好，乖，上岛再说……”

甜爷虽然不太情愿，但还是挤出了笑容：“那好吧，我听你的。”

说完之后，她果然乖乖地坐回到座位上去了。

被甜爷这么一打岔，刚才跟唐双说的为什么上岛的话题也就被打断了。

唐双低头继续翻动着几十页的合同，我抬腕看了下手表，这才飞了一个多小时，还要再飞五个小时，才能到达那印度洋上天堂般的岛屿国家——马尔代夫。我于是打开娱乐系统，开始补最近没看的电影，如果规划得好的话，五个小时刚好能看三部。

挑了一部电影开始播，我舒舒服服地靠在椅背上，一段回忆却不知为何突然跳了出来。

两个多月以前，我跟水哥和另外两个妹子，也是同样两男两女的团队，去了云南德钦的雨崩村，然后爬上了当地藏族同胞心目中的神山——卡瓦格博。一开始，我以为其中一个叫小希的妹子只是单纯为了好玩才加入我们的团队，一起去雨崩。没有料到，她却是一开始就带着目的，她要去找失踪了好几年的大学时代的男朋友。

上次是去雪山，这次是去海岛，如果说在海拔相差那么远的两个地方，剧情再次重复，唐双或者甜爷，也是带着跟小希同样的目的，到岛上找某个人……

我摇了摇头，不，剧本不会是这样的。我之所以要去鹤璞岛，是因为高维智慧生物给我留下了个线索。如果顺着这个线索去找，遇到的还是雪山上类似的剧情，那这个高维智慧生物也太无趣了。

这么想着，我便开始聚精会神地看起了电影。

然后，没过多久，我就睡着了。

"鬼叔，醒醒。"

我吃了一惊，从梦里醒来。

唐双在隔壁座位上笑盈盈地看着我："你睡得真好，我们马上就到啦。"

我用手挡住嘴巴，打了个哈欠："不可能，我睡了那么久？现在是几点？"

她看了眼手腕上的卡地亚蓝气球——这是她戴的手表里面最低调的一块了："十一点二十，不过这个是香港时间，马尔代夫比我们慢三个小时，嗯，所以是八点二十才对。"

唐双一边说着，一边去调手表上的时间，我挠了挠头，还是不相信自己竟然睡了这么久，但是，飞机确实已经开始下降了。

不过就是熬夜写了几千字的小说，身体竟然累成这个德行。看来码字也是个体力活，不比在工地上搬砖轻松呀。

第四章

海底飞机

半个小时后，我们乘坐的空客A333，降落在马尔代夫的机场岛。

马尔代夫是一个多岛屿国家，因为每个岛屿都太小，所以首都马累连一个机场都建不了，只能在旁边挑一个岛来建机场，名字就叫机场岛。整个机场岛的面积，还没有我们国内的一个学校大。

一落地，我们就感受到了赤道的潮湿闷热，海风吹在脸上，又咸又湿。整个马尔代夫机场的建设，像是国内县城的菜市场，三个字：脏、乱、差。从高大上的国泰航空公务舱上下来，毫无过渡地来到这样一个地方，就像是从欧洲到了非洲，落差让人难以接受。

我在几年前陪当时的女朋友来过一次，早有心理准备，轻车熟路；水哥是第一次来，所以表现出极大的失望，对甜爷嘟囔："什么马尔代夫，早知道是这样，还不如去三亚呢。"

入境的卡我们在飞机上就填好了，顺利地通过了海关，推着托运的行李，走出了机场。

在机场出口，一个个当地人举着牌子，都是各个岛派来接机的。我们一眼就看到鹤璞岛来接机的人，他在众多接机人中显得特别显眼，因为这是个高大的白人。

这个白人年纪不小，得有五十多岁，蓝色的眼珠子，灰白的头发梳成大背头，满脸的络腮胡子；欧洲人老得快，他脸上满是皱纹，却反而有一种沧桑的帅。再加上其他接机人都穿的是短打扮，他却是一身黑色的燕尾服，鹤立鸡群的，像是个英国管家，old money（指传统的贵族）的感觉马上就出来了。

这个白人应该是看过我们的护照照片，所以轻易就认出了我们，上来先接过我手里的推车，自我介绍说他叫 Peter（皮特），用英语欢迎了我们的到来，然后又说，两位女士、两位先生，坐了那么久飞机辛苦了，再坐半小时的水上飞机，就可以到鹤璞岛啦。

水哥估计有点儿晕机，听说又要坐飞机，有点儿吃不消："那个，我们能不能坐船啊？"

甜爷有点儿幸灾乐祸："水胖子，去鹤璞岛只能坐飞机哟。"

看来这一段六个多小时的旅程，让他们俩已经熟悉起来了，到了可以叫外号、嘲讽的地步。

我给水哥补了一刀："别理他，让他去搭船，我们仨坐飞机。"

水哥讪笑了两声，表情像是便秘了五天，揣着一肚子屎还被逼着去吃自助餐。但也没办法，他只能跟我们走。

走出机场是一条马路，马路的另一边就是海了。海边有个码头，各个岛的游艇都停在那里，准备接跟我们同一班机的游客上岛。

我们被白人管家 Peter 带着，走向停在远处的水上飞机，那些准备上游艇的人，又对我们投来恶狠狠的目光。

有一对来度蜜月的小夫妻，女的噘着嘴说："老公，我也要坐水上飞机嘛！"

优越感都是对比出来的，水哥这下子开心了，对我挤眉弄眼的。

我于是吓唬他："别高兴得太早，水上飞机颠得很，等下你吐的时候，注意别让甜爷看到。"

水哥吃了一惊："真的吗？"

我表情严肃地点头，心里偷偷地乐。

这时的我完全没意识到，其实这是件损人不利己的事情。

Peter 带着我们走到一个栈桥，这里远离人群，一架鲜艳的黄色水上飞机，就静静地停在海面之上，月光之下。

飞机是传统的浮筒式，就是在机身下面有两个小艇似的部件，靠这两个东西浮在水面上。

几个接机人帮我们把行李搬上飞机，在 Peter 的搀扶下，我们也都从栈桥上了飞机。

今天上鹤璞岛的游客，就只有我们这两对，不过这也更凸显鹤璞逼格之高。而来接机的这些人，对这种情况都是见惯不怪了。

驾驶舱的机师来跟我们打招呼，自我介绍他来自印度的什么邦，今年三十八岁。他长着一张娃娃脸，五官都挤在一起，印度口音的英语听着有一股浓浓的咖喱味。

等所有人都落座之后，飞机驶离栈桥，在海面上滑行加速，然后便开始离地飞行。

那么小的飞机，飞行速度不快，高度也很低，离海面只有两三百米的样子。从舷窗往下看去，一轮月牙倒映在海面上，随着我们一起移动，还挺诗情画意的。尤其想到二十多分钟后，就可以下榻鹤璞岛的酒店，而且还有唐双这样的美人跟我共处一室。虽然她实际上是个 T，所以对我而言并没有实用价值，但跟长得好看的人在一起，就算不做什么，心情也会变好。

所以，虽然飞机一直在颠簸，跟坐拖拉机的体验类似，但我的心情还是挺愉悦的，一直到前排传来奇怪的声响。

先是“哇”的一声，然后是稀里哗啦，液体流动、倾泻而下的声音。紧接着，一股难以描述的怪味弥漫开来，杀伤力不亚于生化武器。

“水哥你……”

纵然是唐双这么有礼貌的人，也忍不住皱眉掩鼻。Peter 赶紧拿出呕吐袋，还有去味的植物精油。“然并卵”，在这狭小的机舱内，我们只能闻着这股怪味，一直到下机了。

坐国泰航空时，我在睡觉没吃上飞机餐，不过从现在这股味道分析，应该是咖喱饭……而且，水哥应该吃了挺多的。

我胃里一阵难受，干呕了几下，幸好在飞机上没吃东西，不然说不准这下也一起吐了。

我扭头看着舷窗外面，只恨飞机的窗户不能打开，不然通通风该多好。

也怪我自己傻 ×，上飞机之前不跟水哥说那番话，没有心理暗示，或者他就不会吐出来了。真的是害人害己。

我死死地盯着海面上的月亮，希望能不去注意机舱内令人不快的味道。

这时候的海面，不光有一弯亮闪闪的月牙，还有水上飞机的影子，也在默默地跟随着我们。

影子……

我挠了挠头，发现了不对劲的地方。

我坐的是水上飞机右边的位置，自然也是从右边舷窗望出去。当地时间是晚上九点多，月亮应该停留在天空的东方，所以我们是从南往北飞。我抬头往上看，月亮确实在右边，跟海面的影子是相呼应的。

这些都没有问题，可是问题在于，如果月亮在右边，月光照射在水上飞机的机身上，影子投射到海面上，就应该在飞机的另一侧——左边。而现在，跟月亮同在右侧的，海面上那飞机形状的玩意儿，又是什么鬼？

难道是……

我身上立马起了一层鸡皮疙瘩，明明心里害怕，却忍不住把脸贴在舷窗上，死死地盯着那个“影子”。

没有看错，影子确实是飞机的形状，有机翼，有机舱，只不过跟我们这小小的水上飞机比起来，这个影子似乎有点儿……太大了。而且，认认真真去看，与其说这是个“影子”，感觉更像是潜在海面下的物体。

我倒吸了一口冷气，不由得想起做过的那个梦，还有在酒店泳池游泳时一瞬间的错觉。都是关于海底飞行的民航客机。

但是，这怎么可能？

人类发明的各种交通工具虽然可以上天入地，但是也各有各的地盘——飞机在天上飞，汽车在地上走，轮船行驶在海面，海底的就只有潜水艇了。从来没听说过，有飞机可以潜入海底。

难道说，这是某种不为人知的黑科技，某种新型的水下潜艇？但这根本不符合力学原理，水下的阻力那么大，做一对机翼出来，一点儿用都没有，完全是闷声作大死的节奏。

那这东西到底是……

我捏了捏自己的脸，证实并不是在做梦。可是，那个外形像飞机的黑漆漆的物体，就这样静静地藏在水下，陪着我们一路向北。

“鬼叔，在看什么呢？”

我正在投入地想着问题，被唐双吓了一跳：“没、没什么……”

机舱里呕吐物的气味稍稍淡了，被强烈的薄荷还是什么的精油，掩盖住了。

唐双笑盈盈地看着我：“鬼叔，我们马上就要到了。”

我不禁有点儿恍惚，刚才在空客 A333 上面，她也是同样的笑容，跟我说着同样的话。而且，跟 A333 上面睡的那一觉一样，我自己感觉看着那水底的影子，不会超过 3 分钟，怎么又马上就到岛上了呢？

难道说是昨晚写东西写得太晚，再加上舟车劳顿，让我的大脑对时间的感知出现了差错？或许，刚才我盯了那么久的影子，也不过是太累产生的幻觉。

我再往舷窗外望去，那个黑漆漆的影子还在。我皱起了眉头，要不然就是我自己推断错了吧，这其实就是我们水上飞机的影子而已，因为某种光线折射的原因，它出现在光源——月亮的同侧。

这个想法让我产生了一些安慰感，可是，接下来发生的事情却证明，这个水下的影子，并不是那么简单。

一个郁郁葱葱的岛屿，亮着星星点点的灯火，出现在了前方的海面上。这就是我们七个多小时旅程的目的地——鹤璞岛。跟在宣传图里看到的一样，这座岛屿的形状，确实像是一把竖琴。岛的本体是狭长的、接近弓形的琴身，中间环抱着潟湖。

从天上俯视鹤璞岛，应该是很美的视觉享受吧，可惜现在光线太暗，只能看出个轮廓。

我们乘坐的水上飞机开始调整角度，方便降落在水面上。水上飞机在空中转弯，舷窗外的景色角度也随之改变。可是，那个水底下黑漆漆的影子，并没有随着飞机调整方向。我目瞪口呆地看着它顺着原来的轨迹，笔直地朝着北边飞去，几秒钟之内就飞出了我的视线。

这到底是个什么鬼玩意儿?

几分钟后，飞机平稳地降落了。

虽然心里还在想着那个黑影，但不管它是个什么鬼东西，起码目前已经飞走，不，应该是游走了，没有跟着我们一起上岛。这么想着，我心里稍微放松了下来。

在 Peter 的带领下，我们四个人终于下了飞机，再走过栈桥，就踏上了鹤璞岛的白色沙滩。

在动画电影《麦兜故事》里，那只粉红色的小猪是这么描述马尔代夫的:“那是坐落于印度洋的世外桃源，蓝天白云，椰林树影，水清沙白……”

除了夜里没有蓝天白云，其他形容词放在鹤璞岛上，真是恰如其分。

如同马尔代夫的其他岛屿，鹤璞岛的建筑也是充满着浓郁的热带风情，而且由于整个岛是个大型的珊瑚礁，所以房子也不可能往高建，最多的只有两层。岛上最高的地标，是一个类似灯塔形状的建筑，坐落在岛上最东边的树林边缘，跟最西边的酒店大堂，刚好处于“琴身”的两端。

我们还没走到大堂的门廊，几个酒店的工作人员早已恭候多时，给我们送上浸了橙子精油的毛巾，用来擦手擦脸，还有一杯能喝出有薄荷跟柠檬草的欢迎的饮料。

Peter 向我们介绍：站在我们前面的这位笑容可掬、满口大白牙的欧洲女人，是鹤璞酒店的经理，名字叫作 Lora（罗拉）。

左边这个男侍者，在当地人里算皮肤白皙的，是水哥跟甜爷在岛上的管家，又高又瘦，名字很怪，叫作 Heron。

我一边重复着这个发音，一边小声问唐双："Heron，是苍鹭的意思吗?

唐双点了点头："鬼叔英语不错哟。"

最后是站在我们右边的一个亚裔妹子，身量不高，但是上围的尺寸非常惊人。以叔多年的经验，起码是个 E 罩杯。这个妹子不光胸大，说话的音量也很大，她没等 Peter 开口，就用中文欢快地自我介绍："唐小姐，蔡先生，欢迎来到鹤璞岛，我是两位的管家 Mint，你们叫我薄荷也可以。"

唐双主动跟薄荷握手："接下来的几天，就辛苦你啦。"

水哥在旁边盯着薄荷一直看，脸上都是羡慕，不知道是羡慕我们的管家胸大，还是羡慕她会讲中文，方便沟通。

Lora 这时候宣布："各位贵宾远道而来，辛苦了，先回房间休息吧，行李稍后会由服务员送到各位房间。再次感谢各位光临鹤璞岛，希望你们有个完美的假期。晚安，明天见。"

说完这番话，她就安排 Heron 跟薄荷，带我们去各自的房间。我们四人坐了七个多小时的飞机，而且时差也没倒过来，这会儿确实挺累的，也想着赶紧回房，洗洗睡了。

我们的行程是经典的六天四晚，因为鹤璞岛的水屋才是精华，所以我们也没有选择普通的所谓的两沙两水——两晚沙滩屋，两晚水屋——而是非常奢侈地四晚都住水屋。算下来，每晚的房费都要人民币两万多，如果换成在国内，这价钱都够住总统套房了。

鹤璞岛的本体是一个狭长的弓形，两头略大，中间更窄，所以整个岛上只有一条路，连接着东西两头。穿过酒店大堂，沙滩屋在路的北侧，而十八间水屋，则是在弓形的四分之一处，靠近酒店大堂的这一端，从岛体上延伸出去，直接建在水面上。最后这一句是废话，要不然怎么叫作水屋呢？

电瓶车载着我们经过一排沙滩屋，又上了去水屋的木步道，也就是架在水面上的木板铺成的过道。一路上，在短短几分钟的时间里，唐双展现出强大的社交能力。她先是夸我们的管家薄荷人长得漂亮，然后又说鹤璞岛美得不像话，能在这里工作真是几辈子修来的福分。薄荷笑得花枝乱颤，一对胸器在橙黄的路灯下，抖得比刚才来的水上飞机还要厉害。

我侧目看着唐双，如果她是个男人，天下的妞都会被她泡光。好吧，从性取向上来说，她确实就是个男人，说不定现在逗薄荷开心，确实就是在泡她呢。

这么想的不光我一个，走在前面的甜爷故意停在路边，等唐双经过的时候，在她手臂上掐了一下，动作虽小，却被我看在眼里。

看起来，她们的恋爱方式跟普通人也没什么不同，花心、劈腿、争风吃醋，什么都不缺呢。

木步道不宽，也就能容一辆电瓶车慢慢驶过。我跟唐双坐在同一排，她右肩的右边和我左肩的左边，都是在月光下睡着了的海水，正发出温柔的鼾声。电瓶车顺着木步道开了几十米，就到了一个同样由木板铺就，大概有半个篮球场大的小型广场。

到了这里，就要下车了。

在广场的边上，放置着一个竖琴的雕像，在竖琴的左右两旁，分出两条木步道，通往两侧的水屋。我在官网上看见过，其实整个水屋区就像是一个音叉，而我们现在站的位置，就是“柄”跟两条“叉”的中间。

薄荷走上右边的这条“叉”，把我们带到了7号房的门口；水哥跟甜爷，住的是隔壁的8号房。

单从号码上来说，我更喜欢7这个房号，因为7是个质数，简单，朴素。

薄荷给我们开了房门，我以为她要走了，谁知道却跟着我们进了房，然后又关上了房门。

现在，是两女一男共处一室了。虽然一路舟车劳顿，但是在这样一个奢华的无敌海景房里，又对着身材各有千秋的两个妹子，说我没有多想，那是骗人的。

该不会是……

然而，确实只是我想多了而已。薄荷作为我们的管家，进屋是来给我们介绍房间里的设备，电视、冰箱、iPod音箱、淋浴、自动窗帘……

我坐在沙发上一边听，一边打哈欠，期盼她赶紧走了，我好去洗澡，但估计这是她的职责所在，让她不要介绍也不行。

讲解完全屋的家私电器后，薄荷指着吧台上冰桶里冻好的香槟，还有一碟精致的小食，对我们暧昧一笑：“免费的，祝你们今晚过得愉快。”

唐双给了薄荷一张美金作为小费，我没看清面额是10块还是100块，反正是让我们的管家喜出望外，差点儿就要跳起来给唐双一个么么哒。

薄荷刚打开房门，刚好我们的行李也送到了，我赶紧翻出自己的衣物，也顾不上什么绅士风度了，冲进浴室准备洗澡。

不愧是两万多一晚的房间，浴室足足有四十平方米，比国内的一个标间都要大。巨大的窗户外就是海，月光从外面照进来，照着窗下一个足够大的浴缸。不过，我还是选择了在浴室的角落里，一个玻璃隔开的淋浴室。

我刚开始洗头，闭上眼睛避开从头发上流下来的泡沫，就听见唐双在浴室的门外说：“鬼叔，我能进来吗？”

我当时就硬了，指的是整个身体，而不是身体的某一部分。

唐双在门外又补充道：“放心，我对你没兴趣啦。”

人家都这么说了，我只好解嘲道：“你进来吧，反正都是男人。”

话虽这么讲，我还是赶紧转身面对着墙角，避免关键部位被看到。不过心里却也知道，这么做是“然并卵”，因为淋浴室的两边都是玻璃。

浴室门被打开的声音，然后是唐双的脚步声：“咦，这浴室不错嘛。”

然后她注意到了窗台下的浴缸：“哇，这浴缸也挺不错呢，鬼叔，你不介意我泡个澡吧？”

我打开水龙头把头上的泡沫洗掉，转过头去看唐双：“你等我几分钟，洗完了再……”后面的话，我无论如何也说不下去了。

在窗外照进来的月光下，我看见了这辈子最震撼的画面。

唐双手里捧着衣服，站在浴缸旁边。她摘掉了头上的假发，恢复了干净利落的短发造型。而重点在于她的身上——已经脱光了。

前凸后翘，这是我能想到的最合适的词汇。陶瓷浴缸是洁白的，但是，唐双皮肤上反射的月光清辉，似乎比陶瓷还要闪耀。

这一下，我是真的硬了。字面意义上。

我的大脑告诉身体，她是一个“T”，是一个对男人不感兴趣的“T”。问题在于，我的身体根本不听。

“你没反对，那我当你默认了。”

唐双这么说着，把衣服放在一边的架子上，然后弯下腰来，盖上浴缸塞，放水，调试水温。

无法避免地，一个浑圆挺翘的物体，就在浴缸旁边上下摆动着。

我听到了很多液体在身体里流动的声音，包括喉咙里的口水、心脏的血液，还有……别的。

唐双回头看我，扑哧一下笑了：“鬼叔，还很年轻嘛。”

我正不知道要怎么回答，她又扯过架子上的浴巾，围在自己身上：“不过你别想多啦，我对你真的没兴趣。水在这里放着，我先出去了。”

这么说着，她推开浴室的门，走了出去。

偌大的空间里，只留下了一个我，一个处于“石化”状态的我。

我花了好几分钟，才让自己勉强冷静下来，然后草草洗完了澡，穿上衣服，逃跑似的冲出了浴室。

唐双却不在房间里。

阳台上传来说话的声音，不是讲电话，而是两个人在当面聊天。想都不用想，是唐双跟隔壁房的她真正感兴趣的人——甜爷，正在传递爱意。

此刻我的心情很复杂，刚才唐双对我的身体造成的影响还没有完全消退。漫漫长夜，无心睡眠。我走到吧台前，花了一番力气，打开那瓶冻得刚刚好的香槟——喝一点儿，多少可以帮助入睡。

端起酒杯的时候，我却听到了阳台外面两个女人的谈话。虽然断断续续的，但一个词语传入了我的耳朵里。那个词是——飞机。

因为飞机上的梦、泳池幻觉，还有刚才水底的奇怪影子，现在的我对于“飞机”两个字，特别敏感。

我朝阳台走了几步，竖起耳朵，偷听着外面的对话。

飞机这个词又出现了，更让人生疑的是，在这个词前面，似乎还有另外一个词——海底。连起来，那就是——海底飞机。而我刚才说的造成影响的三件事，都是关于一架海水底下的飞机。

我倒吸了一口冷气，难道说，她们俩这次来鹤璞岛的目的，果然不是那么单纯，而是跟我梦见的水底飞机有关？

如果真是这样的话，那两者之间的关系又是怎样的呢？

飞机，还有水……

哗啦一声，阳台的门被打开了，围着浴衣的唐双走了进来。

“你洗好啦，水好了吗？”

“水，什么水？”我心里一惊，端着的酒杯差点儿掉到地上。

唐双饶有兴致地看着我：“浴缸里的水呀。”

我松了一口气，喝了一口香槟来掩饰，然后说：“应该好了吧，你看看……”

唐双笑了一下：“那我去泡澡啦，鬼叔，你累的话就先睡吧。”

被她这么一说，我不由得打了个哈欠。确实，岛上现在是十点半，似乎还很早，但换成深圳时间的话，却已经是凌晨一点多了。作为叔这样的乖宝宝，当然应该去睡觉了。

可问题是，怎么睡？

理论上来说，马尔代夫的所有房间，都是设计成情侣、夫妻来度假的，所以只有大床房，而不会存在双床房。我们今晚住的水屋，或者英文翻译叫水上别墅，当然也是如此。

房间里除了一张可以任你打滚、尽情发挥姿势水平、宽达两米的大床外，就只在对着电视机的地方，放了一张沙发。我目测了一下，如果在沙发上睡，连脚都伸不直。

虽然说叔上岛的目的并不是为了度蜜月，但是千里迢迢来到马尔代夫，晚上却只能蜷曲在沙发里睡……想起来也是颇为忧伤。但是，以我这么矫情的个性，是没办法做到主动开口，求唐双跟她睡同一张床的。

我无声地叹了口气，朝着沙发走去。别人说的是自己约的炮，含着泪也要打完；我现在呢，是自己挑的沙发，腰再酸也只能睡一晚了。

唐双站在浴室门口，她叫了我一声：“鬼叔。”

我头也不回地说：“知道啦，你对我没兴趣，我不会闯到浴室里去的。”

唐双要说的却不是这个，她似乎洞察了我的思绪，善解人意地说：“鬼叔，你不介意的话，今晚就一起跟我在床上睡吧。”

我一阵窃喜，转过身去，说出口的却是：“那怎么好意思？”

说完这句，我在心里把自己骂了一遍。蔡必贵，你这是在客气个什么劲啊？要是人家顺坡下驴，就让你去睡沙发，这几天晚上你就一边腰酸背痛一边哭去吧？

幸好，唐双并没有这么做，她笑着说：“有什么不好意思？你也放心啦，我不会侵犯你的，你就把我当成……‘好基友’吧，比如说像水哥那样。”

确定自己今晚不用睡沙发后，我心里也轻松了，开玩笑道：“我可不敢这么想，如果你真是水哥，我宁愿睡沙发。两个男人一起睡实在是太恶心了……”

我突然想到这样歧视同性恋的说法，在一个“拉拉”面前说，其实不太礼貌，于是赶紧改口道：“我的意思是，你比水哥美多了，他像猪八戒，你像嫦娥，没办法把你当成他。”

唐双估计见惯风浪，是个内心强大的“T”，一点儿也不介意我的说法，反而顺势自黑道：“嫦娥只是皮囊，其实我内心深处……也是猪八戒。”

我也挠了挠头：“好吧，我是俗人，着了相了。那个……你先去洗澡吧，别耽误了。”

唐双点点头，一只脚踏进浴室，吩咐道：“床那么大，我们一人睡一半，不准越界。”

我连忙说好，再低头看那床。因为是情侣包房，所以床上有一个浴巾叠成的海龟，海龟旁还撒了很多红色花瓣。我用目光从龟头中间剖开，到龟尾画一条直线，把海龟一分为二；再延长这条直线，整张床也就一分为二了。那么宽，足够我睡了。

看着这条虚拟的分界线，突然就有了一种久违的感觉，像是读小学的时候，跟同桌的女孩划一条“三八线”。那时候如果手臂不小心越界，就会被同桌用铅笔戳；如果晚上我不小心越界，跟唐双有什么身体接触……

浴室里传来唐双入水的声音，刚才她的胴体，浮现在我脑海里，让我不由得吞了一口口水。我深呼吸了一下，然后弯腰捏住那浴巾海龟的头，在空中一甩，整只海龟就松散消失了。唐双可比小学同桌要厉害多了，我决定还是乖乖睡觉，别想太多。

第五章

红色泳衣

应该真的是累坏了，后脑勺沾上枕头没两分钟，我就睡死了过去。

醒来的时候，房间很黑，只有对着印度洋的玻璃门，照进来一道银白色的——应该是月光。

我伸手摸向床头柜，看了看手机上的时间，因为连接到了网络，所以已经自动调整成当地时间——凌晨四点多。

但是如果算成国内的东八区，现在已经是早上七点多。按照我正常的作息习惯，如果早上要去游泳的话，现在也是起床的时间了。

生物钟没有调整过来呀。不过，踏踏实实地睡了五六个小时，精神倒是好了不少。

说到这里，我突然想起，如今并不是我一个人躺在床上。于是我扭头向右看去，想看看唐双睡得怎么样，却发现，旁边并没有人。

唐双不在床上，只有海浪声陪着我。

我皱着眉头坐起身来，她跑哪儿去了呢？

难道说……

正这么想着，玻璃门外传来了动静，像是有人在小声说话。

我下了床，没穿鞋子，蹑手蹑脚地走到玻璃门旁。为了不惊动外面的人，我没有打开门，只是从帘子的缝隙朝外望。

远离了城市的光污染，天上即使只是一弯月牙，也把玻璃门外的景象勾勒得一清二楚。

几个小时前，薄荷也带我到玻璃门外的阳台上看了一下，虽然那时累得要命，但作为一个很有空间感的男人，我还是记住了阳台的结构。

作为整个水屋的精华所在，整个阳台大概有四五十平方米，也是用木板铺就。在玻璃门外面，摆放着一套花园桌椅，旁边还有两个躺椅。在阳台的左边有一个小亭子，里面是一张一米五的床垫，供房客白天在那里躺着听海、看书、嬉戏，或者白日宣淫，想怎么玩都可以，反正每间水上别墅的私密性都很好，不怕被隔壁的人看到。

在阳台右边，是另一扇通往浴室的门。而从中间的花园桌椅下一个台阶，就能走进大概 5 米长、5 米宽的小型淡水泳池。

而真正代表了水上别墅优越性的，是凉亭跟泳池之间的一个小平台，以及平台往下的七八级的木梯子。从梯子走下去，就能一脚踏进印度洋。那里是透明得如同空气的海水，水里有各式各样的珊瑚，许多颜色艳丽的鱼穿梭其中。从我这个角度看去，有两个人影，正互相依偎着，坐在木梯子的最上一级，背对着我，面朝大海。

月光照亮了阳台，也勾勒出了两个人的轮廓。从体型来看，左边的那个是唐双，而右边把头靠在她肩膀上的，是她的女朋友甜爷。

刚才我睡得很沉，不知道甜爷到底是从门口进来的，还是浪漫到从隔壁水屋游过来。刚才我听见的响动，正是她们卿卿我我的声音。

我耸耸肩膀，正打算结束偷窥，回床上睡觉，状况却突然发生了。

只见唐双搂过甜爷的头，在月光下深情一吻，然后两人就顺势倒在了小平台上。我吞了一口口水，瞬间有股冲动，要打开玻璃门出去一看究竟。但是，最终我还是打消了这个念头。马尔代夫的海水虽然可爱，但是被人一个过肩摔扔进去，估计也不是什么愉快的体验。这么想着，我转身蹑手蹑脚地走回房间，静悄悄上床，准备找回刚才的睡眠。可是，眼睛可以闭上不看，耳朵却没办法关起来不听，我被阳台上两个人吵得睡不着觉，真是太折磨人了。

大半夜的扰人清梦，真是够了。

我决定出门避下风头。开了门，月光照耀着我们来时的那条木步道，还有对面的一排水屋，一切都那么明亮而寂静。

我挠挠头，走到木步道的边缘，坐了下去，两腿悬在水面上。

这一片水上别墅，是建在鹤璞岛的主体之外的一片延伸出来的珊瑚礁之上；现在估计是退潮，所以木步道下的海水也很浅，估计不到两米。在明亮的月光下，甚至可以看到一些体型稍大的鱼，在步道的木桩之间游来游去。

突然，传来一阵“哗啦”的水声。

能有那么大动静的，很可能是体型很大的鱼，或者是有人在游泳。

我皱着眉头，向声音传来的那个方向看去，却发现声音出现在靠近另一边的水上别墅的木步道的下面。

虽然每间水屋下水的梯子，都是在后面的阳台上，但是理论上来讲，确实可以从阳台那边下水，然后从水屋下面，或者两间水屋的空隙里，游到木步道这边来。

但是，大半夜的，怎么可能会有人在游泳呢？所以，我的推断更倾向于——是一条很大的鱼。

马尔代夫鱼的种类非常丰富，大型的鱼类也很多，鲨鱼、柠檬鲨、魔鬼鱼、翻车鱼、巨型的石斑什么的，前几年我跟前女友来度假的时候，也见识过了。而且很多鱼是夜行性的，白天见不着，只有晚上才出来觅食。

水上别墅的底下，都有一些照明用的灯，可能就是这些灯，引来了趋光性的小鱼，所以大鱼也来到这里用餐。

“哗啦”的水声再次传来，动静很大，根据我的经验，这条鱼起码得有一米多长。

我突然有点后悔，早知道刚才出门的时候应该把手机也带上，就能把这条大鱼拍下来了，明天炫耀给他们看。不过，既然拍不了照片，我就走过去看看到底是什么鱼，明天讲给他们听也是一样。

这么想着，我撑着木步道站起身来，走到边缘的地方，向另一边的木步道底下尽力看去。

是有什么东西在那里游动着，时快时慢，时而悬浮在水里，时而突然向前蹿一下。

这个时候，月光突然暗了下来。我抬头一看，原来是一小片云把月牙遮挡了。几秒钟之后，等云飘了过去，水面再次亮起来的时候，我朝原处看去，那东西却不见了。

我沿着木步道前后走了几米，看来看去，都找不到刚才那条大鱼。

我耸了耸肩膀，好吧，估计是吃饱了饭，游回深海去了吧。

大鱼也没得看，阳台上那一对拉拉又不知道搞完没，我这么晃荡也不是办法，要不要去隔壁房间，看看另外一条单身狗水哥在干吗……

“扑通！”一阵巨大的水声，从我踩着的木步道下面，响了起来！

我赶紧朝下看去，从木板的间隙里，我看见了大红色的连体泳衣！

我心下一惊，大半夜的，竟然真的有人在游泳？

红色泳衣的速度很快，一下子就经过了木步道，向另一边游了过去。

我走到另一边的边沿，那红色泳衣虽然正在离我而去，但是在明亮的月光下，仍然被我看得清清楚楚。

我的感觉是——太邪门了。

这是一套大红色的女性连体泳衣，款式比较保守，像是20世纪90年代，卡拉OK粤语流行曲里的那种。更邪门的地方在于，从我这个角度看去，这套泳衣的上半身有两个凸起，说明这个女人正在——仰泳。

仰泳，怎么可能那么快？而且，红色泳衣在游动时，完全没有正常的身体摆动，更看不到手臂伸出水面，击打出水花什么的。实际上，我完全没有看到属于人类的躯体，只能勉强看出，这件大红色的连体泳衣，是套在水下黑乎乎的什么物体上。

这种僵硬的、不自然的姿态，让我意识到这并不是一个人类，或者起码说，现在已经不是人类。而眼前，这个不是人类的某种物体，正以很快的速度，笔直地朝外冲去；我的感觉是，就像是一具尸体，被一艘马力强劲的轮船，用看不见的绳子高速拖曳向深海。

就在十秒内，红色泳衣从7号、8号水屋的缝隙之间，笔直地游了出去；突然之间，丝毫没有减速，却以一个不可能的九十度角，左转到了水屋后面。而那个视线被水屋挡住而看不见的地方，正是7号水屋的阳台。

阳台上的两个女人!

我心下大惊，那个穿着红色泳衣的不知名物体，是冲着阳台上的两个女人去的!

就算甜爷会过肩摔，唐双也掌握了什么格斗技巧，在这样的怪物面前也肯定派不上用场。我虽然战斗力不高，但起码是个体格健壮的男人，而且更重要的是——胆子大，心理素质好。

起码比她们好。

这么想着，我拔腿就往屋里冲。幸好刚才出来的时候，房门也只是虚掩着而已，没有关上。

屋子里还是一片漆黑，我三步并作两步跑到玻璃门前，正要推开门往外冲。

突然间，床上传来一个声音:“怎么啦?”

我回头一看，唐双正从床上支起半个身子，打开了床头灯。她穿着白色的宽松短袖上衣，头发蓬松，露出同白天贵公子截然不同的慵懒气质。

我看了一眼阳台外面，再看看床上的唐双，支吾道:“哦哦，那个，刚才……”

唐双知道了我的意思，她倒是一点儿都不觉得害臊:“抱歉，刚才吵到你了。我也让甜爷别那么大声了。”在这么说的时候，她还满脸幸福地看着自己的右手食指。

我摸着头，含糊地说："没关系，我不是被你们吵醒的，起床拉夜尿而已，然后顺便出去看看月亮……"

唐双笑了一下，又打了个哈欠："我要睡啦。"

看她的样子，应该是跟甜爷结束战斗之后，回来在床上已经躺了有一会儿了；而那个邪门的红色泳衣，是在一分钟前才游到阳台那边的。按照时间算，唐双应该没有看见红色泳衣。

我犹豫了一下，还是问道："那个，你刚才有没有看见一个……一个女人，穿着红色泳衣在游泳？"

唐双躺回了床上，边打哈欠边说："那么晚了，怎么会有人游泳……"

我皱着眉头说："可是……"

唐双的声音越来越低："有什么事明天再说吧，我要关灯了……"

我挠了挠头："哦哦，好吧……"

我往外面看了一眼，在月光的照拂下，阳台上、泳池里、小平台上，空荡荡的什么都没有。如果那红色泳衣是什么水鬼、水怪，估计也不会跑到地面上来吧？要不出去确认一下……我吞了口口水，还是算了，说真的，其实我也有点儿怕。

眼不见为净，没看见就是没有，我又何必自讨苦吃。我犹疑着放下了窗帘，然后走到大床旁边，从另一边上了床。

唐双看起来是累得不行了，我刚一上床，她马上就关掉了床头灯。然后，背朝我，侧躺着，一动也不动了。

白色的被子，勾勒出了唐双完美的腰臀比，大概是0.7……心里一闪而过想要从背后抱上去的念头，我平躺着，闭上了眼睛。就像唐双说的那样，有什么事，明天再说吧。

海浪的声音涌了过来，就像海水本身，再次包围了我。

"鬼叔，你醒啦。"

睁开眼睛的时候，天色已经大亮。

我揉揉眼角，看见一个穿得花枝招展的女人，正在房间里走来走去。一时间，我以为自己穿越到了两三年前跟女朋友同居的时候，但是看着挑高五六米、异国风情的木质天花板，我终于想起来自己身处的是何方——印度洋上，马尔代夫北边，一个叫鹤璞的神秘小岛。

“我把窗帘打开哦。”这个昨晚跟我睡在同一张床上，但是毫发无损的女人——同时也是一个“T”——很贴心地询问我的意见。

我含混地应了一句：“嗯。”

她手里拿着一个白色遥控器，对着玻璃门和两边墙壁分别按了一下，厚重的白色布帘就纷纷卷了起来。

我从床上坐了起来，看着玻璃门外一片浅蓝、蔚蓝交接的大海。

真正的面朝大海，春暖花开。

好吧，严格来讲现在是秋天，而且我说的花，指的是床边站着的这个女人。

唐双的美貌毋庸赘述，总之，看着她现在的打扮，还有脸上浅浅的淡妆（除了她头上那个干净利落的发型），谁要是把她联想成一个英俊帅气的“T”，那才是脑子有问题。

我心底一个念头油然而生——要是能把她掰直，做我的女朋友就好了。

两秒钟后，我自嘲地摇了摇头。不像那些自信心爆棚，以为能把“拉拉”轻易掰直的直男癌患者，叔很有自知之明，更了解性取向这东西，很多时候是基因决定的。虽然长得那么好看的女人去做“拉拉”，在叔看来确实暴殄天物，但世界上就是有那么多让你遗憾的事情，以前如此，以后更是如此。

唐双好奇地看着我：“鬼叔，你在想什么？”

我咧嘴笑了一下：“没有，无聊的事情。”

她走到梳妆台前坐下，一边把那顶假发往头上戴，一边说：“鬼叔，你要是睡醒了的话，就陪我去吃早餐吧，九点多了，甜爷跟水哥都过去了。”

我伸了个懒腰，顿时觉得神清气爽——昨晚再次睡下之后，应该是进入了深度睡眠，所以现在精神很不错。

我从床上跳了下来，到浴室里洗漱，又换上在热带海岛上度假的标配——花裤衩和白色短袖。沙滩裤的花色跟唐双的裙子还挺像的，一眼看去，简直就是套情侣装。

等我从浴室里出来，唐双也已经打扮好了，戴上黑长直的假发，她就变身成了百分之百的温柔妩媚的年轻女孩。就是那种你在出去玩时如果遇见，只需一眼就会产生“我一定要泡上她”，或者“我肯定泡不上她”想法的女人，不过这种人不可能以单身形象出现，她身边的男伴一定会让你觉得“好白菜都让猪拱了”。

嘿嘿，这一次，“好白菜”身边的那头“猪”就是我。被人妒忌的感觉，说实在的，很爽。尤其在出门之后，唐双自觉地挽住了我的右臂。

我们走到木步道上后，由于我一直没有忘记大红色泳衣那件事，所以一直盯着木步道对面，也就是昨晚的现场看。

白天看东西毕竟更清楚，我推算了一下：昨晚大红泳衣首先出现的地方，是在另一边的12号水屋下面。然后它就顺着这个方向，游到我的脚下，又瞬间从我们这排的7、8号水屋之间，游入深海。

我感觉到有人在拉我的右臂：“鬼叔，你在看什么？”

我收回目光，想着告诉她也是徒增恐慌，于是开玩笑道：“哦，没有，我在接收外太空的信号。”

唐双饶有兴致地看着我：“你这人还挺有趣的。”

我嘿嘿一笑，心里有些得意。虽然心里时刻绷着根弦，告诫自己唐双是“T”，别想太多，但是被这样一个美人称赞，是个男人就没办法不高兴，不然就违背了生物的天性。

我右臂稍一用力，夹住唐双的手：“走，我们吃早餐去。”

昨晚薄荷介绍过，吃早餐的餐厅是跟酒店大堂连在一起的，并不远，所以我们也没有叫电瓶车，而是准备走过去。

本来嘛，天气这么好，又有美人陪着，在海岛上散步才是正经事。

我们携手走过长长的木步道，又走过一边是棕榈，一边是海水的小路。一路上，我们遇到了不少岛上的工作人员，一半是当地人，一半是白人跟黄种人。不愧是逼格高的鹤璞岛，看见客人过来，他们都会停下来，点头笑着打招呼："Morning。"

昨晚没仔细看他们的制服，现在留神一看，都是对襟的白色亚麻上衣，搭配同样面料的长裤，显得干净又清爽。

一路上，除了三四个工作人员，我们没有遇见一个游客。不过这也正常，18 间水屋，加上 10 间沙滩屋，满打满算也就 50 多个客人；再加上工作人员，估计整个岛上的人口不到 100 人。

鹤璞岛本来就不大，六七分钟后，我们就走到了吃早餐的餐厅，餐厅叫"MORNING"，估计是早安的意思，明显只提供早餐。

餐厅门口的左右两侧，分别站着两个穿白色制服的服务生，一个是当地人，另一个也是亚裔妹子。我想起我们的巨乳管家薄荷，不知道她跑哪里去了。话说反正跟唐双不能发生什么，如果可以的话，跟薄荷来一发倒也不错……

亚裔妹子带着我们走进餐厅。里面是开放式的，一整面墙都是门，正对着外面的大海。我们一眼就看见甜爷跟水哥正坐在靠外面的一张圆桌旁。

我跟唐双走过去坐下，才发现水哥穿着一件短得出奇的短袖，上面还印着鹤璞岛的 LOGO（商标 / 徽标）。难道这是岛上卖的纪念服，水哥那么心急就买了件穿上？可是，看上去不像新的啊。

水哥看着我探询的眼神，不悦地解释说："这鬼地方，我穿背心不让进，一定要我套上短袖。"

甜爷补充道："这餐厅里，男的不能穿背心，女的更不能穿短裤、露脐的衣服什么的。”

我周围打量了一下，果然肤色各异的游客们都穿得比较保守，几个金发碧眼的欧美女人也是如此。

不过也不奇怪，马尔代夫本来就是一个伊斯兰国家，到了别人的地方，就要尊重当地人的信仰，这样才能少惹麻烦。更何况，鹤璞岛奇葩到拒绝同性恋游客登岛，在餐厅里规定穿得保守不算什么，没有让人包着头吃饭已经算很好了。

还别说，在不远处就有一张桌子，坐着一个大概来自中东的富豪，同桌的三个老婆，还有身后站着的女仆人，都是严严实实地包着头的，根本看不清样子。要不是她们坐在我身后，我真想好好观察一下，她们到底是怎么吃饭的。

岛上的早餐都是自助的，甜爷拉着唐双去拿东西吃，我也快速地转了一圈，拿了各种热带水果、全麦面包、酸奶，再泡了碗麦片牛奶，就回到桌旁。其他东西看着花样还挺多的，但全都不合我口味。马尔代夫本来就是小国，什么都不出产，更别说在这样的小岛上了，享受美景就好，别指望有什么美食。

唐双和甜爷还没回来，水哥发脾气似的把桌上的餐盘往前一推，抱怨道：“什么岛啊，早餐连根正经的火腿肠都没有。”

我瞄了一眼他的盘子，果然上面放了几块咖喱羊肉、鱼肉，还有一根白色的鸡肉肠，却看不见自助早餐常见的猪肉火腿肠、火腿片什么的。前几年来马尔代夫的时候，我记得早餐是可以吃到猪肉火腿的；看起来，鹤璞岛的管理者，相比其他岛要更加遵守教规。

见我没有回答，水哥又摸着自己后腰，继续抱怨：“妈的，我这老腰，酸死了。”

我一时没反应过来：“腰酸？床还挺舒服啊。”

水哥盯着我看：“床？你睡床？”

我大概猜到了点儿什么，赶紧改口道：“啊，没有没有，我睡的沙发，我以为甜爷那么温柔，会对你好一点儿……”

水哥哼了一下：“温柔？你也被这女人的外表骗了，她倔得很，油盐不进的，一定要我睡沙发。”

我心里乐开了花，脸上却装出一副同仇敌忾的表情，愤愤地说：“真看不出来。不过水哥，你不像那么绅士啊，她让睡沙发你就睡沙发？”

水哥脸上的表情更凝重了：“当然不是，我倒也想睡床啊，可是这丫头……”

他伸手摸了摸后背，叹了口气：“不说了。”

我心里更乐了，看来唐双说的甜爷警校毕业，会过肩摔，并不是虚张声势。

看来唐双放心让甜爷跟水哥一间房，是对她的伴侣有信心，不光体现在对甜爷不会变心的信任上，更体现在对甜爷保护自己的能力上。

错在我，昨天忘了把这个信息传达给水哥，不过这又有什么不同呢？他是不撞南墙不回头，不被过肩摔一下，也不可能学乖的。

想想在接下来的三个晚上，水哥都要继续睡沙发，我心里不禁涌起了深深的同情。哈哈哈哈，有什么可同情的，谁让水哥抢着要跟甜爷睡，完全是自作自受。

优越感都是比较出来的，知道了水哥的悲惨遭遇，我的心情马上就好了起来，连餐盘里粗糙无味的全麦面包也变得好吃起来。

在 MORNING 里用完早饭，甜爷提议，四人结伴在岛上走一走，熟悉一下环境。

唐双不用说了，我本来到岛上的目的，也是要寻找高维智慧生物留给我的线索，找到两个空间的连接点，所以也欣然同意了。

唯一不乐意的是水哥，他说自己腰疼，要回屋躺着。

水哥看着甜爷，愤愤地说：“你不在，我总可以睡床上了吧？”

甜爷却站起身来，从后面揽着水哥的肩膀，撒娇道：“哎呀，不要嘛，陪人家去走走啦。”

从她发嗲的样子，完全想象不出昨晚是怎么用暴力制伏水哥的。看来“人不可貌相”，是古人流传下来的颠扑不破的真理；“女人心，海底针”，更是男性老祖宗们吃亏之后留下的保命之道。

但连我这个旁观者都受不了甜爷的“甜蜜”冲击，更别说水哥这个正面受敌的了。所以他的拒绝没有维持三秒钟，马上就和绷紧的那张脸一起垮掉了，满口答应道：“好好好，我陪你去，陪你去。”

于是，我们四人就这样愉快地走出了餐厅。

我跟水哥原以为，起码在外面，可以和那两个女人牵着手走，没想到，我们还是太天真了。没走几步，甜爷就上去挽着唐双的手，两人明目张胆地走在前面。想想也是，有我跟水哥做掩护，她们再亲密的状态都显得很自然。我们清楚底细，但在外人看来，就是一对好闺密而已，并不会产生什么怀疑。

我跟水哥并肩走在后面，看着他满脸不爽的表情，我打趣道：“怎样，要不然我们也牵着手？”

水哥狠狠瞪了我一眼：“一边凉快去。”

我接受了他的建议，走到路旁的树荫下。

就这样，我跟水哥像是两个保镖，或者两个巨型灯泡，跟在一对小情侣后面，先是经过通往水屋的木步道，然后继续朝着岛的另一边走去。

鹤璞岛的本体是狭长的弓形，向北方拱起。酒店跟大堂所在的地方是岛的西端，三面都是海水；我们走到岛的中部，北边沙滩屋后面的是海，而南边的这一片水域，其实并不是海，而是被珊瑚礁环抱的潟湖。

跟浅蓝色的海水相比，鹤璞岛的潟湖是非常浓的蓝色，看得出潟湖水很深。海水里有各种颜色、大小不等的鱼，但在深蓝色的潟湖里，却看不到有任何生命迹象。它就是那么波澜不惊，那么沉静，似乎隐藏着什么秘密。

不过，虽然这个潟湖看上去很神秘，但我对它却不感兴趣。我在意的，是左边的海滩。因为促使我来到鹤璞岛的，是一次特殊的时空转换体验。一个多月前，在自己家的浴缸里，我却看到了热带海岛的景象。在那个海岛的白色沙滩上，竖着四个巨大的英文字母雕塑，正是鹤璞岛的英文名 HARP。

一般来说，这样一个标志性的 LOGO，都是立在码头附近，客人一上岛就能看见。昨晚光线昏暗没看清，刚才我还特意看了一下，码头、酒店大堂、MORNING 餐厅附近，都没有这个巨型 LOGO 的身影。所以，它是立在岛上的哪个地方呢？

过了水屋之后，又经过了几个餐厅、俱乐部等等，我们就到了岛的右半部，也就是东边的半部。越往东走，建筑就变得越来越稀少，树林也越来越浓密、原始。走着走着，脚下原本就不宽的小路，似乎也在变窄。只有矗立在岛最东边的那个灯塔型的建筑，还清晰而固执地站在我们的视野里。

再往前走几步，水哥嚷道："不行了，我得回去。"

前面的一对停了下来，唐双转过身来问："水哥，怎么啦？"

水哥双手扶着膝盖："太累了，又热，再走下去非中暑不可。"

我跟水哥一起爬过雪山，他是个灵巧的胖子，在海拔四千多米的山上比我跑得还快，不可能在这样的平路走十几分钟就累。看他那样子，多半是装的，就是不愿意看到前面那一对秀恩爱。

甜爷抬头看看天："不热呀。"

她说得没错，其实我们走到这里，阳光都被树叶遮住了，地上只留下一块块斑驳的影子，还有一阵阵吹来的凉爽海风，实在说不上热。

水哥辩驳道："那是你们，我胖，不一样。"

他又直起身来，一手扶着腰，一手摸着汗津津的光头："昨晚睡沙发，腰疼，头也疼。"

甜爷嘟嘴巴说："哎呀，别这样嘛，最多今晚……"

水哥听甜爷这么说，马上精神百倍，两眼放光："今晚一起睡？"

甜爷摇了摇头："今晚我睡沙发，你睡床。"

水哥眼里的光马上黯淡下去，又装出一副病恹恹的样子：“哎哟，不行，我必须回去躺着。”

我实在看不下去：“水胖子，别装了，再走走就回去。”

水哥瞪了我一眼：“谁爱走谁走，反正我是不行了。”

这时候，唐双赶忙出来圆场：“我看水哥是真的不舒服，要不这样吧，鬼叔你帮忙扶水哥回去，我跟甜爷再走一段……”

她看了一眼前面的路：“往前走，应该没什么人。”

虽然换了一身女装，但唐双还是没有改掉她喜欢安排一切的霸道总裁的习惯。

水哥拒绝得比我还快：“不用扶，我自个儿走回去。”

我也皱着眉头说：“要不就一起回去吧，你们也只是想多腻歪一会儿，对吧？反正是白天，你们去一间房，我跟水哥去另外一间就行。你们关起门来搞……不，我是说关起门来好，总不至于被发现的。”说完，我耸了耸肩膀，“反正，不会有人监视我们的。”

我话音刚落，背后传来一声：“哈喽！你们要去哪儿呀？”

我吓了一跳，赶紧朝后看去，却是我的大胸管家薄荷，还有水哥的管家，又高又瘦，名字叫苍鹭的那位，这时候正弯着腰，向我们点头微笑。

甜爷先反应了过来：“你们怎么会在这儿？”

薄荷脸上的表情稍微有点尴尬：“我们也刚好走到这边，刚刚好……”

我皱眉问道：“有那么刚刚？你们不会是在跟踪我们吧？”

薄荷愣了一下，连忙摆手：“跟踪？怎么可能，蔡先生您真会开玩笑。”

说完，她抬头看了一眼苍鹭，这哥们儿比薄荷高了一个半头，两个人站在一起，我突然想起了《鹿鼎记》里的两个角色：胖头陀和瘦头陀。

心里有了这个想法，就越看越像，我不禁扑哧一声笑了出来。

这时候，唐双从后面走过来，挽起我的右臂，然后很自然地跟薄荷说：“我们随便逛逛，准备回去了。”

薄荷点头笑道：“嗯，我们往回走吧。昨晚你们到得晚，我忘了说，岛的那边是一个废弃的水上运动俱乐部，前面有路障封住了，过不去。真是对不起。”

甜爷在唐双的示意下，也过去牵起水哥的手：“走吧，我们回去了。”

我们四人于是掉头，顺着来时的路往回走。薄荷看了苍鹭一眼，两人都没有动，只是站在原地向我们挥手：“各位慢走，中午我会到餐厅找你们。记得午餐不是在 MORNING，是 SALT（盐），就在你们回去的路上。”

我们一边答应着，一边向前走，水哥小声嘟囔着：“怎么跟鬼一样的，脚步声都没有，突然就出现了。”

我也好奇地问唐双：“你们刚才是向着路的这边的，没看见他们走过来？”

唐双摇了摇头：“没有，他们真的是突然出现的。”

甜爷的声音有点儿担心：“他们不会是真的在监视我们吧？”

我本来想宽慰一下这一对苦命鸳鸯，说不好这薄荷跟苍鹭也是一对，刚好在树林里偷情，看见我们来了就跑出来而已。

不过，想起昨晚唐双跟甜爷的声浪扰民，我心里起了促狭的念头，吓唬道：“我猜是的，要不然哪有这么巧？”

唐双挽着我的手紧了一下，回头跟甜爷说：“不管怎么讲，我们还是小心点儿好。在岛上好好待几天，不要起什么冲突才好。”

甜爷点点头：“我听你的。”

第六章

虚惊一场

被两个管家这么一搅和，对于我跟水哥来说，反而是好事。唐双跟甜爷不敢再黏在一起，走到水屋门口就分开了，各自回房。

按照马尔代夫的当地时间，现在还不到上午十一点，而午餐要在下午一点才开始供应。唐双带了一行李箱的各种潜水镜、脚蹼、呼吸管什么的，准备下海去浮潜。我对昨晚的红色泳衣还心有余悸，另外又想到论坛上的帖子还没更新，所以准备先打开电脑，把等更的粉丝先喂饱了，然后再抓紧时间写个一两千字。

我把笔记本电脑放到书桌上，接了电源，开机后又接上房间的 Wi-Fi。这鬼地方网速接近拨号，不过毕竟不是国内，也只能凑合着用了。

唐双换好了浮潜的装备，从浴室里走了出来。我抬起头来看到，她换了一件黑色的连体长袖潜水衣，上半身还穿了酒店配置的红色救生衣，把姣好的身材包裹得严严实实。刚才还以为有比基尼看，想想也是太天真了。

她朝我笑了一下，左手拿着潜水镜，右手提着一对脚蹼，走到玻璃门前："鬼叔，我下海啦。"

我赶紧站起身来，帮她把门打开。

唐双说了声"谢了"，便走出阳台。她快走到小平台的时候，我想起昨晚的红色泳衣，赶紧喊了一句："那个……"

唐双回过头来："嗯？"

我挠了挠头："下水小心，万一有事，要大声喊。"

她笑道："知道啦，不过鬼叔你放心，我游泳拿过学校比赛冠军的。"

我自嘲地笑了一下，对呀，担心什么呢，现在又是大白天，魑魅魍魉是不会出来的。

这么想着，我就回到书桌旁坐下，开始码字。

写小说跟看小说一样，投入之后，就容易把自己从现实世界抽离出来，再放到那个虚构的世界里。虽然《雪山禁忌》这个故事是根据我跟水哥的真实经历改编的，但一些具体情节总需要做一下文学加工，优化一下。

于是，我沉浸在自己的构思里，安排着角色们的一举一动、一言一行，朝着既定的最终目标奔去，直到我听见一声尖叫。

"救我！"

我一开始沉浸在小说里，没有反应过来。

在我写的《雪山禁忌》故事里，也正写到惊险的情节，女主角在千钧一发之际，对男主角大喊："救我！"

我坐直了身子，让眼睛远离笔记本电脑的屏幕。我皱着眉头仔细聆听，没有再听到窗外传来什么声响。一时之间，我难以分辨刚才那一声呼救，到底是真实发生的，还是因为我太投入到创作里，导致自己产生了幻听。

我深深地吸了一口气，脑海中浮现了昨晚的那件红色泳衣。

算了，就算有可能是自己幻听了，还是出去看看吧，不然不会安心的。即使根本没发生什么事，出去走走换换脑子，还能瞄一眼唐双的大长腿——虽然包在黑色的潜水衣里，不过那衣服还挺紧的，就当成黑丝来看吧——不亦乐乎。

嗯，就这么做。

我站起身来，推开玻璃门，走到了阳台上。

站在阳台的花园桌椅旁，就可以看到水屋下面的一小片海水。原以为唐双应该就在附近，但是，我却没有看到人。

我挠了挠头，走下阳台，来到泳池与亭子中间的小平台上的靠近下海的梯子前。这会儿的太阳有点儿猛烈，我出来时忘了戴墨镜，一下子有点儿睁不开眼。这里仍然没有唐双的踪影。于是，我走下两级梯子，手搭凉棚，往海面上四处张望。

我先是望向两边，在这个位置，可以看见左右两边水屋的阳台，但无论是左边甜爷跟水哥的 8 号水屋，还是右边的 6 号水屋，阳台的下面、四周都静悄悄的，不要说唐双了，一个人影都看不到。

然后，我看向正前方。

在我的脚下，海水是近乎透明的浅蓝色，但是延伸到四五十米外之后，颜色就突然开始变深，浅蓝色的海水与深蓝色的海水之间，有一条明显的分界线。这是因为，如同马尔代夫的大多数岛屿，鹤璞岛也是由珊瑚礁构成，可以把它理解成搭建在海床上的一个“梯形”。

鹤璞岛露出水面的部分，正是这个梯形上方的这条边，像是一个平台。而我们水上别墅所处的位置，就在这个平台的边缘上。从边缘再往外几十米，就到了梯形的斜边，这里坡度很大，海水的深度迅速增加，所以就呈现出了很深的蓝色。

这种变化非常剧烈，在马尔代夫有过浮潜经验的人都知道，一开始在梯形的平台上，海水很浅，阳光穿透水面直接照在水下的白沙上，一路珊瑚、水草、小鱼，风光明媚；而游到边界时，下面的白沙什么的会迅速消失，变成深不见底的黑暗。从水面上看，海水自然就是深蓝色了。

我的视线由近及远，由远及近；从深蓝到浅蓝，从浅蓝到深蓝，来回扫视了好几遍，还是没有看见人。

我深吸了一口气，大喊：“唐双！唐双！”

静静等了十秒，没有任何人回答。

我耸了耸肩膀，可能唐双是顺着水屋两边，游得比较远了，或许是偷偷跑到隔壁 8 号水屋，跟甜爷恩爱去了。总之，天下太平，我还是回房写小说去吧。

我转身正要往铁梯上走，突然发现，在最右边的 1 号水屋斜对角的深浅水域的交界处，慢慢浮起了一个红色的东西。

我心里一惊：那是什么？

我重新走下梯子，尽力向那个红色的小点儿看去。

因为相隔了一百多米，海面又反射着强烈的阳光，所以无法辨认那个东西到底是什么，只能看见是红色的物体。而在红色包裹之下，似乎是黑漆漆的躯体。

刚才唐双穿走的救生衣是红色的，下面的潜水衣是黑的；昨晚我看见的红色连体泳衣包裹着的，也是黑漆漆的什么物体。

在我的视线里，那个红色的东西，就这样漂浮在浅蓝色跟深蓝色海水的交界处，没有向里移动，也没有向外移动。

我走下梯子，一脚踏进海水。现在大概是退潮时间，水很浅，脚踩在水底的细沙上，水才刚浸到大腿根部。我朝着那红色物体的方向走了几步，但是“然并卵”，它在我的视野里并没有变大多少，所以无从分辨到底是什么玩意儿。

用感官搜寻到的信息不够，这时候，我只能依靠大脑分析。

第一种可能性，那不过是个浮标，或者别的什么无生命物体，所以才会这样一动不动。如果能确定是这种情况，那么虚惊一场，我回房写小说好了。

第二种可能性，这红色的邪门玩意儿，就是昨天半夜我看见的红色连体泳衣。那问题就严重了。那玩意儿既然不是人类，不是正常生物，就很有可能主动袭击人类。

小时候大人都说河里有水鬼，会假扮溺水的人呼救，如果有人上当游过去，就会被拖进水底淹死。说不定，红色泳衣就是鹤璞岛的水鬼，用这种方式引诱人游到外面去，然后拖到深深的海底喂鱼。如果是这样的话，我应赶紧转身就走，一点儿都不要犹豫。

第三种可能性，才是需要我真正采取行动的。也就是说，百米开外漂浮着的红色物体，真的就是唐双；而刚才我听到的那声“救我”，正是她发出的。如今，她遭遇到某种不可知的危险，比如被水草缠住，或者遇上毒水母导致肢体麻痹，所以才会一动不动地浮在那里，等待救援。如果真是这样，我再犹豫下去，唐双就要没命了。

我深深吸了一口气，尽量冷静下来，然后再次环顾四周，确实没有看到除我以外的任何人影。如果去喊人，或者回房打电话，都会拖延唐双获救的时间，那……

突然之间，我想到刚才小说里描写的场景。在那个故事的结尾，男主角眼睁睁地看着女主角被吸入另外一个空间，从这个世界消失。而在故事的开头，我也说了，这是由作者的亲身经历改编的。

我闭上眼睛，脑海里浮现了在卡瓦格博的顶峰上，她凝望我的那双眼睛。

小希，我想要好好保护的女人，却没有保护好。

我睁开眼，马尔代夫的阳光，跟卡瓦格博顶峰的雪一样刺眼。

同样的剧情，绝不能再次发生！

我把上衣脱掉，往小平台上一扔，勒紧沙滩裤的松紧带，然后往水里猛地一扎。第一个感受是：这水真咸。不光是没戴泳镜的眼睛被海水弄得很难受，连嘴唇跟鼻子的黏膜，都感受到了高盐度海水浸泡造成的脱水效果……总之，就是齁得很。不过也有个好处，因为海水密度大，所以不用花费什么力气，人就可以轻松浮在水面上。

我划了一下水，头露出水面，深吸一口气的同时，看准那个红色物体的方向，然后双脚用力一蹬，朝那边游了过去。

一开始，水很浅，脚下都是白色的沙子，还有一些珊瑚骨骼，一些颜色艳丽、手指长短的小鱼在海草间游来游去。等我游了几十米，海水就渐渐深了起来，不过如果站起来的话，估计也就到我的胸口而已。

平时在游泳池里，水大概就是这个深度。这么游着很有安全感，什么时候累了，或者呛到水了，直接站起来就好。

在天然水体里游泳，与在人工泳池里的差别还是挺大的，第一是会有浪，第二是深度不均，就像现在，随着我越往外游，身体离海底就越来越远。

游了几分钟，大概游了接近一百米，感觉应该能靠近那个红色物体了，可是它看着却仍然那么远，似乎跟刚才没有差别。我避开水底的珊瑚，站起来看看情况。这里的海水已经很深了，即使稍微踮着脚，水也已经淹到了我的下巴。

我环顾了一下四周，现在所处的位置，已经在 1 号水屋外面，靠近深蓝色水域的地方了。刚才我在自己的水屋梯子上看，红色物体是漂浮在 1 号水屋斜对面的水面，可是现在我已经在这里了，红色物体却飘得更远，离开了浅水与深水的交界线，已经完全在深蓝的水域了。

如今的我，站在荡漾的海水里，不知如何是好。

再往外游的话，脚就踩不到底了。虽然在游泳池里，叔可以不间歇地游两个小时，但那是因为脚下有底，心里也有底；如果是在踩不到底的水域，万一抽筋，万一呛水，万一来了条鲨鱼……总之，有很多溺水的可能性，这样能够游多久，我心里就没数了。而且，更让我迟疑的一点是，我刚才已经尽力用最快的速度游到这里。如果那个红色物体真的是唐双，她怎么可能在看上去静止的情况下，移动得比我还更快？

想到这里，我往后退了一步，努力把脚踮得更高，大声喊："唐双！唐双！"

我正盯着深水的红色物体看，突然之间，从身后传来扑通一声。我吓了一跳，赶紧回头望去。是个头上戴着潜水镜，嘴巴里含着呼吸管的人，分辨不出男女。那人穿着黑色的潜水衣，上半身还套着鹤璞岛 LOGO 的红色救生衣，站在我跟 1 号水屋中间。

我在慌乱中，竟然还记得这是在国外，大喊："Who？"

那人伸手摘掉潜水镜和呼吸管，露出一张笑嘻嘻的脸："鬼叔，是我呀。"

我先是一愣，然后大喜过望——这个人，竟然是唐双。

可是如果唐双在这里，那……

我转头再往深海那边看去，本来还浮在水面上的红色物体，似乎知道骗局已经被揭穿，没法引诱我往深海游了，就突然潜入海里，再也看不到踪迹。

这到底是个什么鬼？我倒吸了一口冷气，这玩意儿如果是有心想害我，说不定也会对唐双下手。总之，此地不宜久留，我们还是赶紧回屋。

"鬼叔，你也来……"

一阵海浪涌来，灌进唐双嘴里，呛得她咳嗽起来。她身高比我矮一点，所以海水也同样淹到了下巴，总之，这里并不是适合谈话的地方。

我背对着海浪，朝她喊道："别游了，跟我回去！"

唐双抬起头来，虽然不知道我为什么这么说，但还是同意了我的建议。

于是，她先辨认了一下方向，然后重新戴上潜水镜、含上呼吸管，扑进水里，朝我们的 7 号水屋游去。

我也一下子扎进水里，跟她结伴同游。越往里面，水就越浅，随时想停下来的话就能站起身来，于是安全感就越来越强。

人始终是陆地生物，陆地才是生活的地方，水里只能偶尔待待；以前小时候歌唱"大海是我故乡"，我想歌词作者应该是头鲸鱼。

十分钟后，我跟着唐双，走上了 7 号水屋的梯子。

她在平台上摘掉潜水镜和呼吸管，然后问我："鬼叔，你刚才怎么在那儿？"

站在结实的木板上，我们终于能好好讲话了。

我先反问道："你刚才游到哪里去了，我怎么没见到你？"

唐双一边解开救生衣，一边回答我：“后面那排水上别墅呀，那下面有好多小鱼，可爱死了。”

我点了点头，难怪刚才往外面再怎么看都找不到唐双，原来她一直在我背后的那一片海里。

唐双继续刚才的问题：“鬼叔，你怎么去游泳……也不换泳裤？”

我低头看着自己湿漉漉的沙滩裤，这才注意到，刚才出水的时候用力过猛，裤子被拉下了一点儿，露出了我的人鱼线。好吧，最近胖了一点儿，所以确切地说，是露出了不太明显的人鱼线。

我一边尴尬地把裤子往上拉，一边组织语言，想怎么把昨晚跟刚才看到的红色物体描述一遍，既不至于吓到她不敢再下海，又能够提醒她游泳的时候小心一点儿。

正琢磨着，唐双开始脱潜水衣，她买的这款连体潜水衣，拉链是在身体前面的。这就造成了一个效果，当她哗一声拉下拉链，两只包裹在橙色内衣里的雪白肉球，就这样跳了出来。

我听到了肉球互相摩擦，还有我自己吞口水的声音。大脑里一片混乱，不可能把来龙去脉说一遍，只好挑重点讲：“那个……我刚才听见你喊救命，又看见有红色救生衣在外面，就想着游过去看看……”

唐双脱掉了潜水衣，又弯腰去脱脚蹼，低着头道：“你是说，以为我溺水了，所以出去救我？”

这个时候的我，无法把视线抽离她深邃的事业线——反正她这会儿也看不见。我用尽量平稳的声音说：“大概……是这样吧。”

唐双去脱另一只脚蹼：“放心啦，鬼叔，我告诉过你我业余游泳比赛拿过冠军对吧，溺水这种事情，不可能发生在我身上，哎，帮帮我……”

我走近一点儿，伸出手让唐双扶着，方便她脱掉脚蹼。

然后她直起身来说：“谢谢。”

我耸耸肩膀：“小事一桩。”

唐双认真地看着我的眼睛：“鬼叔，是谢谢你下海来救我。”

我被她说得不好意思起来："什么啊，有什么好谢的，是我自己傻乎乎的没弄清状况……"

唐双笑了一下："你竟然害羞了啊，真可爱。我要是直人的话……"她脸上是少女般的腼腆神色，"应该，会喜欢上你的。"

我吞了一口口水，心里想的是，你要是直女，我肯定会喜欢上你的。

唐双突然又换了表情，像江湖豪侠一样爽朗大笑，用力拍着我的肩膀："好啦，别想太多。身上都是盐水，我洗澡去。"说完，她转身大步向浴室走去，留下还没反应过来的我。

这画风也切换得太快了吧？

等唐双洗完澡，轮到我洗。

洗到一半的时候，外面传来男女的喧闹声，不用问都知道，是甜爷跟水哥催我们一起去吃午饭了。

等我洗完澡，四个人就一起出了门，朝着吃午饭的餐厅，也就是薄荷特别提醒的那一家SALT走过去。

一路上，我好奇地注意到，甜爷跟水哥关系变好了。她挽着水哥的姿态变得更加自然，甚至有时候还凑近水哥的耳朵，轻声说些什么。

这些小动作，既然被我看到了，当然也落在了跟我并肩走着的唐双的眼里。我用眼角的余光偷偷看她，她的表情却没有任何变化，还是那么恬静地笑着，扮演我的温柔可人的女朋友。

我心里不禁奇怪，水哥跟甜爷发生了什么？

很快，这个问题有了答案。

我们一到SALT坐下，甜爷就开心地对唐双说："唐少，你想知道《雪山禁忌》的结局吗？要不要我给你剧透？"

我愣了一下，她说的《雪山禁忌》，就是我正在写的那个故事，不禁插嘴道："我都没写完，你怎么会知道？"

水哥笑而不语，我马上意识到，是他告诉甜爷的！

作为雪山事件的亲历者，水哥当然知道整个故事的大致走向，为了博取甜爷的好感，他会说出来也是再正常不过。但是，我仍然声明道："甜爷，不管水哥是怎么跟你剧透的，他说的跟我写的，肯定不一样。"

甜爷撇了撇嘴："帖子开头你不是说了，故事是根据真实经历改编的吗？要是这样，水哥说的跟你写的，还能差多少呀？"

我一时竟无言以对，唐双解围道："艺术来源于生活，高于生活嘛。"

水哥完全不顾我的感受，继续嘲讽道："什么啊，我看必贵写的那玩意儿，完全是源于生活，低于生活。实际上比他说的要精彩多了，你知道，他写到那个……"

我把菜单往他面前一塞："点菜，你不饿啊？"

水哥看了我一眼，嘿嘿一笑，转头对甜爷说："我还有个地库的故事，比鬼叔写的更刺激，要不晚上……"

甜爷睁大了眼睛："好啊好啊，你晚上讲。"

水哥趁势提出条件："在沙发上我可不会讲。"

甜爷在他手臂上轻轻拧了一下："好啦，给你上床……"

她突然想到了什么，回过头来看着唐双，犯错似的吐了下舌头。

看到甜爷和水哥打情骂俏的样子，作为一个霸气的"T"，内心肯定是不乐意的。

但唐双毕竟是唐双，她一点儿都没表现出来生气，不看甜爷，更不看水哥，而是转头温柔地对我说："水哥讲得很有趣的样子，要不然，今晚我们一起过去听吧。"

我心里偷乐，脸上一本正经地说："好呀好呀，我也最爱听水哥讲故事了。"

水哥想要对甜爷不轨的计划暂时受挫，他哼了一声，低头看菜单。

这时候已经是下午一点多，四个人都饿了，一时间都埋进菜单里。

因为中国游客越来越多的原因，在马尔代夫其他的岛上，菜单经常会附上中文。但鹤璞岛坚持高逼格，菜单是用法文写的，附上英语翻译，看不到一个方块字。水哥这样的文盲当然看不来，但也乐得一道一道地让甜爷翻译。

鹤璞岛的高逼格，不但体现在菜单所用的语言上，更体现在每道菜的价格上。其实也没有很贵，比如，SALT 主厨推荐沙拉，45 刀（美元），相当于国内中高档西餐厅的价格。不过问题在于，国内用的是人民币，这里可全部是美金。

45 美金的蔬菜沙拉，就算 250 元人民币好了，在国内别说一个硬菜，一顿饭都可能够了。这才一份沙拉啊，别的呢？

我继续往后翻，一人份的汤都在 50 刀以上，牛排、小羊排什么的，一份要 80 刀，印度饼配咖喱、羊肉咖喱米饭什么的，统统 70 多刀。一个人 100 刀的话，四个人随随便便吃一顿，就是两三千元人民币。

水哥可不管这个，他一股脑儿地点了几个菜，又叫了一杯 18 年的麦卡伦威士忌。我翻到菜单后面一看，价格很“感人”，100 刀一杯。按照高级餐厅的德行，所谓一杯威士忌，通常只有杯底一点儿，三四枚硬币那么厚，一口的量。

水哥点完菜，问我道：“鬼叔，来杯不？”

我正要拒绝，唐双却替我回答道：“好呀。”

然后她直接让侍应下单，要了两杯。

过了一会儿，四个人都点完了，我一边听侍应核对订单，一边在心里默默计算。这一顿饭，大概是 3500 元人民币，还要再加 15% 的服务费。这才是岛上的第一顿。

我深深吸了一口气，换了个想法：飞机票跟酒店房间，我已经省了一大笔钱，所以饭钱无论怎么贵，算下来我还是省了钱的。这么想着，心里就舒服了一些。

过了一会儿，菜就陆续上来了。鹤璞岛上的餐厅还挺名副其实的，MORNING 是光吃早餐，SALT 就跟它的名字一样，所有的菜都很咸。所以最终，能对得起这个价格的，只有每道菜精致的造型，还有窗外印度洋的瑰丽景观了。

让水哥大为恼火的是，他点的咖喱羊肉饭，配的米饭松松散散的，没有质感，没有黏性，水哥说吃起来就像吃塑料泡沫。因为之前来过马尔代夫，所以我对此早有提防，点的是牛排配意面。此时我惬意地吃了一口面，然后端起酒杯，看着蔚蓝的印度洋，轻轻抿了点儿杯子里暗金色的液体。

面朝大海，美人在侧，这一杯普普通通的麦卡伦 18 年，似乎比 25 年的，不，比 30 年的还要好喝。

吃完午餐，签单的时候我看了一眼，加上服务费差不多是 700 刀，人民币 4000 元出头。这还是午饭，晚饭肯定比午饭更贵。看来在这个鬼岛上，每天两顿饭吃掉一万元，真不是什么难事。

我把这一顿饭钱记在 7 号水屋，也就是记在我跟唐双的房间。我在心里默默想着，最后离岛结账的时候，一定要抢在唐双前面，要不然的话，我跟水哥岂不是成了被包养的小白脸？

我看了一眼旁边兴高采烈的水哥，好吧，无论如何他是不会介意的。

第七章

互吐初衷

吃完饭走出餐厅，太阳正猛，不适合做任何户外活动。四个人刚好凑一桌麻将，可是岛上没有麻将；水哥自带了扑克，提议回房一起玩，我跟甜爷都说好。

这时候，唐双就开始展现她的手腕了："水哥，要不给我们讲讲地库那个故事吧？"

本来水哥是打算留着晚上讲给甜爷听，用来骗床的，哦哦，确切地说真的是骗一张床而已。不过唐双都这么说了，毕竟人家是请我们到岛上玩，请我们坐公务舱的金主，水哥也没有理由拒绝，只好答应了这个提议。

于是，我们一行四人，一起走回了 7 号水屋。

他们三个坐在床上讲故事，我已经听水哥讲过了，所以继续在一边争分夺秒地写小说。

叔这个人没什么好，就是认真做一件事的时候，可以忘我投入，所以尽管身后一直有水哥在讲故事，还夹杂着甜爷的大呼小叫，我都没有听进去，而是沉浸在自己创造的世界里。

直到右侧多出了一张脸，是唐双弯下腰来，在看我写的小说："叔，不介意我偷窥吧。"

我从故事情节里抽离开来，笑了一下：“当然不介意，怎么了，你不去听水哥讲故事？他讲得没我好吧？”

唐双看着电脑屏幕说：“没有，水哥讲得也很精彩啦，只不过相比用耳朵听，我更喜欢阅读。小时候爸妈不在身边，一个人在家没事可以做，只能看妈妈留下来的书，都是些大部头的世界名著……”

我从侧面看着她的眼睛，里面似乎流出一丝悲伤。

唐双却又笑了一下：“总之，我也是个文艺女青年，怎么样，看不出来吧？”

我老老实实答道：“是看不出来。”

唐双狡黠地看着我：“所以，我对猜剧情也有点儿心得哦，甜爷就从来不拉我一起看韩剧，因为我一下就猜出了结尾。”

我饶有兴趣地看着她：“哦，是吗？”

唐双指着电脑屏幕里，男女主角之间的一段对话描写：“鬼叔，从这里就能看出，他们最后肯定没能在一起，所以作者才会这么写。仔细看的话，字里行间都充满了遗憾。”

然后她挑衅似的看着我：“怎么样，大作家，我分析得对吗？”

我再看一遍自己刚敲下的那段对白，被她一说，确实是这样的。

因为在写故事的时候，虽然角色们还命运未卜，但作者却早知道了结局，所以有时候难免会带入一些作者的情绪——无论喜悦还是悲伤——而这些情绪，都是当时的角色不应该有的。

我挠头想了一会儿，然后把那句对白改了几个字，这样看起来就合理多了。

唐双也在旁边说：“嗯，这么改确实更好，鬼叔你好厉害。”

我笑了一下，打趣道：“虽然是在你建议下改的，稿费我可不会分你。”

唐双却突然转了话题：“所以，最后你真的没跟小希在一起，是吗？”

猝不及防，我咬着嘴唇想了一会儿，才开口道：“嗯，确实是这样。”

唐双拿出她审阅合同的劲头，继续追问细节："为什么？是你一直没能追到她，还是因为……你没能把她带下山？"

我还没说话，她又摸着下巴，自问自答道："嗯，一定是没能把小希带下山，那这又是为什么？到底发生了什么？难道说……是雪崩？"

我心里暗暗吃惊，早知道唐双聪明了，没想到聪明到这个地步。

我之所以没能把小希带下雪山，确实跟雪崩有关系……不过，真正的原因，是因为她掉入了一个异空间里。这件事要说起来就太复杂了，而且，小希的消失，又跟我来这个海岛的动机有关系。

我挠了一下头，终于决定对唐双说："说起来有点儿复杂，要是你不介意的话，我可以讲给你听。"

唐双欣喜地点了点头："当然了，我很好奇。"

我瞄了一眼床上坐着的水哥跟甜爷，小声对唐双说："我们出去讲。"

她也没有多问，跟着我起身，两人走到了阳台上。床上的那一对，一个讲得起劲，一个听得入神，根本没心思管我们。

于是，接下来的二十分钟里，我跟唐双坐在阳台的花园椅上，我是讲故事的，她是听众。我尽量长话短说，把为什么没能把小希带下山，以及我要来海岛的动机——寻找两个平行时空的连接点，都讲给唐双听。

"嗯，就是这样。"

最终结案陈词后，我认真地观察着唐双脸上的表情。

毕竟水哥身体里的貔貅、红色的雪山、平行时空、浴缸里的时间囚徒，这些稀奇古怪的东西，即使是亲身经历过的我，回想起来都觉得难以置信；就这么一股脑儿地讲给别人听，很有可能被当成精神病。

果然，唐双沉思了一会儿后，第一个问题是："鬼叔，你说的都是真的吗？"

我点了点头："是真的，虽然我的记忆和客观事实会有一点儿出入……"

唐双打断道："不好意思，我需要再确认一下。你刚才说的，不会是为了写小说，把现实和虚幻混在一起了吧？"

我摇摇头，否认道："不是。"

唐双神色更加凝重起来："那会不会是你的梦境？"

我更用力地摇摇头："不是，没有人会做那么复杂的梦。"

唐双认真地看着我的眼睛，似乎是要确认我有没有在骗她。

在她的凝视下，时间仿佛静止了，海风不再吹拂，海浪也冻结在空气里。

不知道过了多久，她突然松弛下来，长长地呼了一口气："太好了。"

我一时没反应过来，皱着眉头问："什么太好了？"

唐双却没有回答我，她闭着眼睛，仰起好看的下巴，似乎在思考着什么。

过了一会儿，她才睁开眼睛说："鬼叔，我的意思是，如果你刚才说的都是真的，对我而言，那就……"

唐双加重了语气，强调道："太好了。"

这一下，轮到我好奇她说的话了。"太好了"，到底好在哪里？

唐双笑着对我说："鬼叔，先要谢谢你那么坦白，冒着被当成精神病的危险……"

我尴尬地笑了一下。

她继续往下说："把卡瓦格博雪山上发生的事情，还有来鹤璞岛的动机，都告诉了我。"

我苦笑着，点了点头："不客气。"

唐双用珍珠般光泽的指甲轻轻刮着花园桌的桌面："鬼叔，你也问过我相同的问题，马尔代夫的岛那么多，为什么一定要来鹤璞岛，对吧？"

我点了点头："是呀，当时你说是为了满足甜爷的心愿，难道不是这样？"

唐双看了一眼窗户里面仍然在听着水哥讲故事的女朋友："甜爷是

一部分原因，告诉你也没关系。她一直想当歌手，今年刚签了约，培训一阵子，明年就能出道。公司方面禁止她出柜，连暴露性取向都不行，否则就算违约。赔违约金倒不算什么事，但这样她的梦想就毁了。”

我挠了挠头：“原来是这样，所以你们才选了鹤璞岛，一是这里人少，隐秘度高，不怕被人撞见；二是这里有拒绝同性情侣上岛的规定，反而成了你们的挡箭牌，即使以后被媒体挖出了这段历史，也能名正言顺地否认是‘拉拉’。”

唐双赏给我一个笑脸：“鬼叔，你猜剧情也有一套嘛。其实不止甜爷，我自己也不能公布取向，至少不能承认，所以跟甜爷来鹤璞岛，对我们来说是最好的选择。好了，这就是我说的一部分原因，但最重要的，是接下来的部分……”

我睁大了眼睛，认真听她讲。

唐双用指甲刮着桌面，越来越用力，这应该是她紧张时才会有的小动作。

整理了一下思绪后，她有点儿不好意思地看着我：“我之所以要来鹤璞岛……鬼叔，先说好了，你不准笑。”

我尽可能庄重地许诺：“绝对不笑。”

唐双端详了一下我，开口之前，还是先自嘲地一笑：“是因为我的梦。”

我一下就愣了：“梦？”

虽然唐双现在穿着女性化的衣服，但人的第一印象太重要了，她在我心目中，永远就是那个穿着西服的贵公子，帅“T”的标签怎样都无法撕掉。

一个帮父亲打理着物流公司，喜欢安排好一切，在越洋飞机上也认真看合同，传说中的“比你出身好，还比你努力的富二代”，就是我对唐双的描述。

而这样的上流社会精英，完全理性化的人，竟然会说出“梦”这样不靠谱的字眼，而且还因为虚无缥缈的梦付诸实施，真的跑到了千里之外的这个鼻屎那么大的热带岛屿上。

女人，始终还是女人。想到这里，我不由得嘴角上扬。

虽然马上止住了笑，但还是被唐双发现了："鬼叔，你说好不笑的。"

我用手指捏住两边嘴角，夸张地往下拉："我没有笑，哪有。"

唐双叹了口气，幸好还是往下说："确切来讲，是因为我从小到大不断重复的一个梦。几乎每个月都会做一次，醒来的时候，还能清楚地记得这个梦，也可以把所有细节都描述出来。鬼叔，我的梦比你刚才讲的经历，还要离奇。"

我兴趣越来越浓："怎么离奇？"

这个梦对唐双肯定造成了很大的困扰，现在她的呼吸加快，尽量用平静的语气说："在我的梦里，有一架海底的飞机，还有一个人，能治好我的病……"

我心里一惊，海底飞机！这不是我也梦见过的东西吗？

正要往下细问，阳台的门被推开了，探出来半个身子，是兴高采烈的甜爷："喂喂，你们在干吗？"

虽然我跟唐双只是在正经聊天，但毕竟她们俩是情侣关系，这样被撞破，总有点儿被抓奸在床的感觉。

我挠了挠头："随便聊聊，你们呢？"

唐双也马上调整了情绪，接口道："水哥，你的故事讲完啦？"

站在旁边的水哥还没说话，甜爷脸上一副满足的表情，像是刚刚吃过糖的孩子："还没有呢，水哥的故事可好啦，唐少你知道吗？以前水哥还有个毛病，从来不让人坐他右边……"

我还想跟唐双继续海底飞机的话题，想办法撵走甜爷："那你让水哥慢慢讲完嘛。"

"我也想，不过——"甜爷指了指房门的方向，"管家说，他们安排了 High tea，邀请我们过去喝。”

身后的水哥加了一句：“免费的。”

我打了个哈欠：“High tea？下午茶吗？”

我对于下午茶的印象，就是几块甜腻的蛋糕，配一些莫名其妙的花茶，然后几个人翘着兰花指，一手端着杯垫，一手捏着茶杯在喝，整个场景娘到爆炸。叔从来不喜欢甜品，男人要不然就大口吃肉，大碗喝酒，要不然就吃些清淡低脂的，什么下午茶、甜品、糕点，实在不合我的口味。

唐双看了我一眼：“鬼叔，你没兴趣？”

我点了点头：“要不你们去吧，我在房里再写点儿东西。”

甜爷噘着嘴巴说：“哎呀，鬼叔，不要那么不合群嘛，一起去啦。”

水哥也催促道：“别装了你，写东西还差这一会儿？赶紧走，人家在门口等着呢。”

连唐双都劝我：“走吧，休息一下，别太拼了。”

我瞪了她一眼，在飞机上还看合同，刚才吃个午饭接了五六个电话的人，可不是我。

不过大家都这么说，我再不去就显得太没情商了，于是起身随便收拾了一下，就一起出了门。

薄荷和苍鹭这对“胖瘦头陀”，果然在门口等着我们，他们还开了两辆电瓶车过来，在木步道的分岔口那里停着。我们上了车，原以为喝下午茶的地方是在酒店大堂——那里的泳池旁边有一个小酒吧，但是，电瓶车出了木步道，却向着相反的方向，也就是岛的东边驶去。

我跟唐双坐的是一辆电瓶车，她先开口问薄荷：“Mint，我们去哪里喝下午茶？”

薄荷介绍说：“就在前面，我们岛有个专门喝下午茶的餐厅。”

我打趣道：“吃早餐的叫 MORNING，喝下午茶不会是叫 AFTERNOON（午安）吧？”

薄荷回过头来，表情夸张地说：“蔡先生太厉害了，还真是叫这名字。”

我心里一百个水哥奔腾而过，这鹤璞岛的岛主，英语水平一定很有限。

电瓶车开了没一会儿，我们就到了薄荷说的 AFTERNOON，是一栋两层楼的建筑。其实今天吃完早餐散步的时候，我们曾路过这里。

电瓶车停在 AFTERNOON 门口，一下车，我就注意到在靠近海边的地方，有一个玻璃做成的通往地下的入口。但是在这个玻璃入口中间，却用铁链绑着一块玻璃牌子，写着“CLOSED”。

我不明所以地问：“那是什么地方？”

薄荷笑着介绍：“蔡先生眼睛好尖，那里是我们岛主的私人酒窖，要受到邀请才能进去。”

水哥问我：“私人酒窖，鬼叔你说有私人珍藏威士忌的地方，就是这里，对吧？”

这是当时骗他上岛时我编出来的，没想到水哥还记得。这一下我不好说什么，只好嘿嘿笑着。

薄荷又指着两层建筑的入口：“喝下午茶在里面，请跟我一起走。”

跟透明的玻璃入口比起来，这栋建筑就太平淡无奇了，只是二楼的窗户稍微有些奇怪，是一排小小的椭圆形，还镶嵌着似乎推不动的玻璃。

我感兴趣的还是那个酒窖，以及传说中神秘的岛主：“薄荷，你们岛主叫什么名字？是哪里人？”

鹤璞岛上的规矩那么多，除了喝酒这一项，其他都严格遵守了教规，所以在我的想象中，岛主肯定是个阿拉伯富豪，满脸的络腮胡子，包着白色的头巾，就是大富翁游戏里沙隆巴斯的那个形象。

没料到薄荷却说：“我们岛主呀，英文名叫 William（威廉），不过你们肯定猜不到，他是中国人，姓付，叫付择……”

我们四个人都愣住了，水哥嚷嚷道:“什么？岛主是中国人？”

甜爷的关注点很特别:“薄荷，你说岛主中文名叫什么？负责？”

薄荷解释道:“付择，付款的付，选择的择。不过，如果你们有机会见到他的话，最好叫他付老爷子……”

水哥喜笑颜开:“好，好，付老爷子。我说，都是中国人，付老爷子还能不请我们喝酒，对吧？”

我想了一下，假装深沉地说:“水哥，我早就知道岛主是中国人了，为了给你个惊喜，所以才没说。”

水哥对我伸出大拇指:“你小子，靠谱。”

又高又瘦且皮肤黝黑的苍鹭刚才已经进去安排好了，现在出来把我们带进 AFTERNOON 里。

外面光线强烈，AFTERNOON 里却很昏暗。苍鹭用英语介绍说，这里一楼是厨房，二楼才是喝下午茶的地方，然后带着我们上了楼。

甜爷走在我前面，一上到二楼，她发出“哇”的一声赞叹。

原本以为是小女孩少见多怪，但等到上楼之后，我也同样被震住了。

原来，这里被装修成了客机机舱的模样。

整个大厅都是机舱一样的白色，长度更是跟乘客舱一样，虽然宽度略宽，但还是很有置身于一架飞机里的错觉。刚才从外面看到的小小的窗户，就是机舱里面的舷窗。在舷窗下面，两两相对的座椅是仿照飞机的座位制造的。

“乘客舱”的前部还有个锁起来的房间，肯定是驾驶舱了；后部有一个出口，估计是跟一楼的厨房相连，等下就会由那边上菜了。

薄荷带我们入座，然后装模作样地说:“各位乘客，请系好安全带，祝您旅途愉快。”

她鞠了个躬就退下了，不得不说她的空姐扮得一点儿都不像，因为空姐一般没有这么大的胸。

本以为安全带是薄荷在开玩笑，结果座位上还真的有，不过除了甜爷，没有人把安全带系上。果然是即将出道的艺人，平时生活里也那么爱演。我看了一眼水哥，估计他还不知道这个跟他睡一间房的女人，是个未来的小明星，不然他更要把持不住了。

唐双看着舷窗外面：“真漂亮。”

我也跟着看了出去。果然，岛上没有建筑遮挡，树木也不高，从这个舷窗往外看，就是蔚蓝的印度洋，可以看到尽头微微弯曲的海平面，证明我们正在一个圆形的地球上。因为没有别的参照物，所以真的会产生坐在一架飞机上，俯瞰大海的感觉。

我却突然想到一个问题，不由自主地说了出来：“你们说，为什么要把这里装修成飞机机舱呢？”

水哥一脸不屑的表情：“少见多怪，北京也有飞机主题餐厅呀。”

我分析道：“不对呀，你想，在北京开个飞机餐厅我能理解，餐饮业竞争大，所以要搞点儿差异化，吸引顾客。可是在这印度洋的一个破岛上，装修成这样是图什么呢？”

我环顾了一下四周：“而且，这还不是按照现在的机型来装修的，像是 20 世纪七八十年代的风格。”

甜爷也觉得这没什么：“鬼叔，你想多啦，岛主叫什么来着？付老爷子对吧，可能付老爷子就喜欢飞机呢。”

这时候，唐双回过头来，跟我对视了一眼。相比对面的两人，我和唐双当然会想得更多。

唐双刚才跟我讲，她从儿童时期就反复地做一个梦，是关于沉没在海底的飞机。

而我没有告诉她，我也做过这样的梦，并且在从马尔代夫机场岛到鹤璞岛的水上飞机里，也看见过疑似水底飞机的东西。现在，我们来到这样一个装修成机舱的餐厅里，难道说，仅仅是个巧合？

我又想起从深圳飞往北京的航班上，我做的关于海岛飞机的梦。一个长发女人，被困在民航客机里，而这一架客机，正在深深的海底——

飞行。

叮咚。

我吓了一跳，原来是上菜了。

果然，我们吃的餐点，是由“机舱”后部的出口送过来的。而且，还是用一辆飞机上的那种小餐车。至于送餐的那个白人空姐，穿着一身蓝色制服，Cosplay（角色扮演）起来，比薄荷要像样得多了——是个平胸。

虽然这个叫 AFTERNOON 的餐厅被装修成机舱的样子，让我对这一顿下午茶的内容也有了一些期待。然而事实证明，这并没有什么用，空姐女服务员送上来的，还是那些马卡龙呀，巧克力蛋糕啊什么的，配上色彩鲜艳的花茶。

我叫“空姐”上了一杯红茶，那些糕点一口都没碰，不过这正合水哥的心意，他把我的那份也统统吃光了。

让我有些意外的是，那个白人“空姐”并不是以英语为母语的。从她奇怪的口音，我推断她的老家应该是东欧那旮旯的。

唐双毕竟见多识广，她的分析是，那个“空姐”来自白俄罗斯。

这又让我产生了更多的疑问。虽然马尔代夫是国际闻名的旅游胜地，哪个国家的人都有。但是在鹤璞岛上，体现出国籍多样性的，不光是客人，还有岛上的工作人员，这就有点儿奇怪了。

我虽然百无聊赖，但是期望传说中的岛主付老爷子会现身，所以也一直陪他们坐了下去。可是直到我们离开 AFTERNOON，也没有看见付老爷子的影子。

回去的路上，我问开着电瓶车的薄荷：“薄荷妹子，你说那个付老爷子，是个怎么样的人？”

薄荷边开车边说：“他呀，身上的传奇太多了，我才刚来半年，也不是太清楚。”

我锲而不舍地追问：“没关系，把你知道的告诉我就行了。”

薄荷想了一下说：“嗯，付老爷子其实也不太老，六十多岁吧，很帅哦，非常帅，白头发，大胡子，就像杂志上流行的帅爷，Nickelson Wooster（尼克·伍斯特），不，不对，王双利你知道吗？就是王双利那一款。”

我挠了挠头，大概知道她描述的形象，就是呢子西装加短裤，一对大花臂，身形壮硕的那种帅气老头。

我嘿嘿一笑：“那么潮呀？付老爷子，听名字，我还以为是穿着马褂，手里一对太极球的那种。”

薄荷扑哧一笑，继续介绍道：“他的背景就更神秘啦。有人说他是在国内做生意的，前几年把公司都卖掉了，买下了鹤璞岛。也有人说他其实不是老板，只是老板雇来打理鹤璞岛的。不过听苍鹭说——苍鹭从酒店开张就在岛上了，他说呀，付老爷子是老板没错，但他可不是做生意的，年轻的时候是个飞行员……”

我不由得更感兴趣了：“飞行员？所以他才把AFTERNOON装修成了机舱，是这样吗？”

薄荷不确定地说：“可能是吧，我也不清楚呢……到了。”

原来聊着聊着，我们已经回到了木步道上的小广场。下车跟两位管家道别后，在走回水屋的路上，唐双轻声对我说：“鬼叔，谢谢你。”

我一时没反应过来：“啊？”

唐双看了我一眼：“帮我问飞机的事情。”

我不好意思地挠了挠头，想了一下，还是只说了句：“没什么。”

第八章

魔鬼鱼

回到水屋门口时，是下午四点多钟，这时候太阳已经没那么猛烈了，最适合下海游泳。于是我们四个人约好，一起到水屋后面浮潜。

十分钟后，我跟唐双都穿上了潜水衣，手里提着脚蹼，站在了小平台上。我还把手机也装进水下拍摄的密封袋子里，挂在脖子上。难得来逼格这么高的岛，又没恩爱可秀，只有拍点水底的旖旎风光，才能发朋友圈装一下。

我还有一个想法，就是之前看见的那个平行时空的连接点，如果这次能再次看到，要把它拍下来，带回去给我认识的国际刑警分析一下。

唐双笑着对我说："哎哟，这次记得换游泳装备啦？"

我心想：早上情急之下没换裤子，还不是为了救你。嘴上却不能这么讲，只好开玩笑："其实我是故意的，你给我看了事业线，我给你看人鱼线，公平。"

唐双却没有笑，反而一本正经地说："鬼叔，你这是在调戏我吗？"

我挠了挠头："被你看出来了。"

唐双突然把脸凑了过来："鬼叔，你是不是有点儿喜欢我？"

这时候她的鼻尖，离我的鼻尖只有三厘米，我的心跳一下就加快了："我不是……那个，你不是……"

唐双突然退后，脸上露出一点儿嘲讽的表情：“男人啊，都一样，还以为你会有洞察力一点儿。我心里可是个男人哪，鬼叔，你也看不透这一副皮囊……”

我心里其实有点儿不爽，每次都这样挑逗我，然后再强调自己是个男人，有意思吗？

于是我愤愤地反击：“你身上的不是皮囊，是潜水衣。”

唐双莞尔一笑：“好啦，不跟你斗嘴了。我先下去啦，甜爷不会游泳，我得照顾她。”

我也不跟她计较，顺着她给的梯子下，转换了话题：“旱鸭子也敢浮潜吗？胆子不小啊！”

唐双故意弯曲右臂，做了个展示肱二头肌的动作：“她怕什么，有我保护她嘛。”

这么说完，她转身走下梯子，然后发出一声疑问：“咦，水比早上还浅。”

我跟着走了过去，朝底下看，果然，平台的木梯子一共有八级，早上有四级露在水面上，现在我数了一数，一共露出了六级。唐双走下了海，她身高跟我差不多，早上能淹到我大腿根部的海水，现在只在她膝盖上面一点儿。

我皱着眉头，往更远的海面看去，说：“退潮呢。”

唐双抬起一只脚蹼：“这么浅，没办法浮潜。”

我也慢慢走下梯子，说：“往外面一点儿游吧，你看那边。”

唐双顺着我指的方向看去，左边不远处，8 号水屋的外面，有两个穿着同样装备的人，正在鸳鸯戏水。

我嘿嘿一笑道：“看来能保护甜爷的，不光你一个呀。”

对于我的嘲讽，唐双基本是免疫的，她耸耸肩膀说：“反正她出道以后，也要跟男主角演对手戏的，现在就当练习吧。”

我哈哈一笑，调转了枪头：“那倒是，跟水哥这么丑的都能对戏，以后肯定演技爆棚。”

唐双没有再理我，她转身朝着甜爷的方向，一步步走去。

浮潜过的人都知道，穿着脚蹼在水里走路，其实是一件非常费力的事。因为脚蹼面积很大，无论抬脚还是踩下去，都会感受到水的巨大阻力，一不小心，就可能崴到脚。

从唐双走过去的速度来看，她虽然嘴上说不介意，但心里应该是挺着急的。

真爱啊。

爱情果然是会让人冲昏头脑，我在小平台上脱掉脚蹼，提着它下海，两三下就走到了唐双前面。这里水淹到了腰，可以开始游泳了。我抬起脚，小心地穿上了脚蹼。回头给了唐双一个帅气的手势：“不等你了哦。”

然后，我咬住呼吸管，啪一声把自己扔进海水，开始享受愉快的浮潜。

鹤璞岛的水屋是从岛体上斜着出来的，大致与岛保持着同样的走向。我们住的这一排水屋，阳台都是朝着北边的，所以现在我左手是鹤璞岛的西边，有 8 号、9 号两间水屋；右手则是岛的东部，1 号到 6 号水屋都在这里。

我本来打算往右边游，但是想起早上看见的那个莫名的红色物体，心里还是有些不安，于是干脆就往左边游去了。

此时此刻，水哥正在教甜爷怎么正确穿戴潜水镜，怎么咬那根形状颇为暧昧的吸管。我听见水哥说了些没节操的话，甜爷也没有生气，只是娇嗔着捶了水哥一下。

反正也不是我的妞，让唐双头疼去吧，这么想着，我也没打扰这对狗男女，从他们身边静静地游走了。

有了脚蹼，游动起来确实省力很多，不过我习惯蛙泳，所以总免不了用双手去划水。

早上下海的时候，急着去救人，另外也没戴潜水镜，所以根本看不清水底有什么东西。这一次装备齐全，时间充足，光线又好，再没什么能阻挡我好好观赏一番。

马尔代夫本来就是潜水胜地，逼格如此之高的鹤璞岛，浮潜的条件自然比别的岛更好。大自然的瑰丽，往往让人类的语言显得苍白不堪，我此刻内心的感觉是，就算鹤璞岛再贵，能潜泳个两三天也值了。好吧，况且钱还不是我出的呢。

阳光透过近乎无色的海水，照射在水底的白色细沙上，五颜六色、种类繁多的活珊瑚，在水里随波荡漾，花枝招展。叫不上名字的小鱼，成群结伴地游动，因为马尔代夫禁止钓鱼，这些鱼没吃过人类的苦头，所以也根本不怕人。你游得很近了，小鱼的队伍也只是改变了形状，没有游远，也没有分散；只有当你伸出手，想要去捞那么一两条的时候，鱼群才会一哄而散，然后在几米之外的地方，又重新组合成原来的队伍。

除了小鱼，这里的大型鱼类也很多。一路上我看见了两条翻车鱼，三四条柠檬鲨，还有嘴巴像鹦鹉似的不知道名字的鱼，正在啄水底的沙子，可能是从里面翻东西吃。

几年前在帕劳考 OW 潜水证（OPEN WATER DIVER 的简称，指开放水域初级潜水员）的时候，教练对我说过，在水里要警惕这些大型鱼类。因为它们的力气很大，如果不小心被撞上，或者被尾鳍打中头和胸部，就有可能造成晕厥或者窒息。还有一些水母，虽然长得漂亮，但触手是有神经毒素的，一定不要接触。

不过这些珊瑚啊，小鱼啊，大鱼啊，都还稀松平常，不太值得我拍。装手机的袋子是有气囊的，如果不收好就会自己浮在水面上，所以我把它塞进了救生衣里。除非是遇到逼格够高的鱼，不然我懒得把手机掏出来。

正这么想着，下一秒，值得拍摄的素材就出现了。

在十来米远的地方，我看到一条形状奇怪的鱼：全身一片漆黑，身体是横的而非竖的，游动的“鳍”特别宽大而且充满肉感，还有一条奇怪的尾巴。怎么说呢，有点儿像在海底游泳的巨型蝙蝠。两秒钟之后，我头脑反应过来：这里连魔鬼鱼都有啊。

我们说的魔鬼鱼，正经名字叫蝠鲼，外形很邪恶，叔小时候看过一部关于海底王子、公主什么的动画片，坏人就是把魔鬼鱼当坐骑骑的，对这种鱼印象非常深刻。不过所谓人不可貌相，鱼也一样，这种长相古怪、体形巨大的鱼，对人类没有威胁，白长了个血盆大口，其实只是用来打捞、过滤海里的浮游生物、小鱼。只有几种魔鬼鱼，据说尾巴是有生物电的，但是电量微弱，也不会伤害到人。

我视野里的那条魔鬼鱼，目测翼展有三米，皮肤黑得像宾利的喷漆，在海底游弋的姿态，真的像一只优雅的恶魔。

我还没欣赏多久，突然间，它往外面游了一点儿，就消失在蓝色的海水里了。

这时候我才发现，自己已经到了珊瑚礁的边缘，也就是离开了“梯形”的平台，而到了斜坡的位置。仔细看脚下的话，白色的细沙急速倾斜，十米之外就看不到脚下的东西了。

看来，是我刚才一直在观察水底的大鱼小鱼，顺着它们游动的方向游动，不知不觉就到了边缘。再加上现在是退潮，海水比之前要浅，所以刚才没有察觉。

我正懊恼着刚才忘了拍照，突然之间，那条魔鬼鱼又游了回来，在离我七八米远的地方左右横向游动着，大概是因为退潮了，浮游动物很丰富，它正在享用下午茶。

我大喜过望，摸索着掏出手机，刚打开相机要按下快门的时候，魔鬼鱼又往外一游，不见了。

这是在玩我吗？

这条又大又黑的魔鬼鱼，我就叫它大黑好了，体型那么大，照理说是生活在深海里的，今天不知道为什么来了浅海，应该和退潮有关。平时，一般的潜水是遇不上那么大的魔鬼鱼的，物以稀为贵，如果把它拍下来的话，发到朋友圈，别说 32 个赞了，拿 100 个赞都是妥妥的。而且，薄荷在给我们介绍鹤璞岛常见的鱼类时，柠檬鲨、翻车鱼、石斑，还有那些形形色色的小鱼，都说了一遍，却没有提魔鬼鱼。这就说明，在鹤璞岛附近，魔鬼鱼也不是常客。所以，今天能遇见大黑，绝对是我运气好。

我把头抬出水面，远处的三个人影还是站在浅水的位置，呈现胶着状态。如果我告诉他们，我看见了那么大一条魔鬼鱼，但是没拍到照片，我都能想象出水哥的反应："没'杰宝'，你说个'杰宝'？"

我皱着眉头，咬了咬牙：无论如何，我今天一定要把大黑拍上，给水哥他们看，给朋友圈里的那些人看。最好，还能游到它身边，来一张合影，这个逼装得就有 10 分了。

这么想着，我先是在原处浮着，等大黑再次现身，可是等来等去，都过了五六分钟，背上都被太阳晒得发烫了，它也没有再现身。

然后发现，朝下看的时候，脸离海底的斜坡又近了一点儿。而我用来定位的一株珊瑚，还与我保持在原来的距离。这说明，退潮仍然在继续。这样的话，浮游生物也被海浪带到往外一点儿的位置了吧，所以大黑的饭桌也要往外一点儿，它自然就不会再回来了。

看起来，要拍到大黑，我也只能再往外游了。

叔之前说过，虽然游泳技能不算差，但都是在脚能碰到底的前提下。而我现在已经处于珊瑚礁边缘的斜坡，如果站起身来，脚应该踩不到沙子了，而且，如果再往外游一点儿，不光是脚碰不到底，根本连视线也看不到底了。

可是……人不作死枉少年，我蔡必贵，才不是一个甘心困在近海的少年。今天，我拼了。

这么想着，我透过呼吸管，用嘴巴深深吸了一口气，然后就摆动脚蹼，朝着外海游去。

当然，作为一个想作死但不想真死的少年，我还是留了余地的——我给自己定了一个找鱼计划。我先看了一眼手机上的时间，然后给自己定了一个规则：如果游了 10 分钟还是找不到大黑，那就马上折返；算上退潮海浪的影响，只需 15 分钟，我肯定可以回到原来的地方。毕竟我是一个会游泳的壮男，又考了 OW，知道潜水的安全注意事项；在短短的 25 分钟里，发生危险的概率风险比较小。

人就是这样一种动物，虽然理性分析可以头头是道，但是真的到了那个环境，该害怕的还是一样害怕，很难说凭一个信念、一个计划，就能克服内心的恐惧。差别只在于，心里想要实现的需求和恐惧比起来，哪个占上风而已。

总之，现在的我就是一边害怕着，一边继续往外游，好几次都有“还是别找了，赶紧回去吧”的念头，但是都被我勉强控制住了。在觉得快游了 10 分钟后，我拿起手机看了一眼，才发现刚刚过去 3 分钟。

脚下的斜坡已经消失不见，往下能见度只有三四米，之后就是深蓝色的海水了。理智告诉我，下面不会藏着什么可怕的东西，就算有什么危险，赶紧掉头往回游就可以了。但是现在的我，无依无靠地漂浮在海面上，手里连个能抓住的东西都没有。这时候的我，不相信理智。

还有一点，嘴里咬着呼吸管，鼻子是封闭在塑料罩子里的，只能通过嘴巴呼吸。但是一焦虑起来，有时候就会忘了这一点，不由自主地用鼻子吸气；而用鼻子吸不上气的时候，心里就会一下子紧张起来，从而加重我的深海焦虑。

总之，我的大黑哥哥，赶紧出来让我拍张照，然后你回海里，我回地上，一分钟都不耽搁。套用一句小清新的话，叫作“一别两宽，各生欢喜”。

在海里游泳，离岸的海浪会带着你往外走，所以我并没有太用力，已经离开水屋有一段距离。抬起头来，远处的三人已经成了绿豆那么大的点儿，难以分辨。这时候，如果真的出了什么事，大喊或者挣扎，他们都未必能注意到。所以，我现在处于孤立无援的境地。

再低头看看水里的四周，脚下已经完全是深不见底的蓝色海水，就连身后，也是一片光线无法穿透的蓝色。刚才还随处可见的各种小鱼，都不知道跑哪里去了，现在被一团蓝色海水包裹住的，就只有我这一个生命体。

对深海的恐惧，就像是一根绑在岸上的绳子，拉得我无法再向前。

还是算了，拍不到就拍不到吧，我何必勉强呢。我努力平静着心里的不安，拿起手机看看，虽然还差 3 分钟才到刚才定下的时间，但是我已经不敢再往外游了。

就静静地漂浮在这里，等最后的 3 分钟过完吧。

虽然前几年，叔在帕劳也深潜过，但那里能见度高，身边有教练跟同伴，还有各式各样的水底生物，所以能够转移注意力。但现在不一样了，独自一人在什么都看不见的海水里，对海的恐惧感就不受控制，变得越来越强。

说真的，对于叔这样怕水的人，能够控制住马上掉头，然后狼奔豕突地游回水屋那边，已经算是意志力的胜利了。

在规定的最后一分钟里，我已经放弃了看到大黑的希望，而是一直盯着手机倒数。到时间了再回去，虽然没拍到，也算对自己有个交代，不会太后悔。

我看着手机上的表秒，30，29，28，27……突然之间，耳膜震动，是海水被搅动的声响。

我皱眉抬头，往前面看去：是大浪要来了，还是有船经过？

下一秒钟，从深蓝色的海水里，冲出来一张血盆大口。

那张大口又扁又宽，可以把我从头吞到肩膀；没有牙齿，但是在大口里面的上下两边，都有白色的肋骨形状的构造。在那张大口的外沿，还有两个弯弯的半圆形构造，组合起来，就像是套在嘴巴上的豁了一个口的手镯。

那张大口速度极快，我还没有反应过来，就已经冲到了我面前，那手镯似的头鳍，离我的潜水镜只有半米的距离。

幸好，在半米之外，那张大嘴停了下来，要不然的话，我整个人就直接被吞了进去。

这是怎么回事?

我的理智告诉我，这张血盆大口，就是属于那条我想要拍的巨型魔鬼鱼——大黑。我知道，魔鬼鱼是一种友善的鱼类，只吃小鱼、小虾，不会吃人……可是，你不吃人长那么大一张嘴干吗?我都要被吓尿了好吗!

一个人，一条鱼，就这么在海里静静地对峙。我可以清楚地看到大黑的嘴巴里，有无数排密密麻麻的小牙齿，还有在头鳍旁边的两个圆形凸起，那应该是它的眼睛。

从这张嘴巴的大小来看，刚才我估计它的翼展有三米还是太保守了;这家伙两个胸鳍展开后，大概有四米多宽，体重估计起码有两三吨。这么一条怪模怪样的大鱼就停在眼前，其造成的压迫感，比一百米的水深还要强。

虽然以前也看过潜水员在水下拍的照片，比如与蝠鲼嬉戏什么的，还蛮好玩的，但是真的身临其境，在海里面对着这么一头庞然大物，就不是那么回事了。如果不是意识到戴着呼吸面罩，这时候我应该会像个小姑娘一样放声大叫了。

我勉强稳住呼吸，双手向前推水，身体慢慢向后退。可是，大黑也跟着我前进了一点儿，我们之间还是保持着半米的距离。

大哥，你这是要闹哪样?我想掉头就跑，但又怕这鱼扑上来从我的脚开始吞，于是想了一下，右手轻轻地往外推，身体朝左边移动。结果真的如我所料，大黑也拍了拍翅膀一样的胸鳍，随着我向左平移，嘴巴还是正面朝着我。

这是在逗我玩吗?

我脑中突然灵光一闪。

没错，它就是在逗我玩吧?

我用嘴巴深深吸了一口气，努力缓和自己的心绪，开始琢磨。

首先，尽管长了那么大的个儿，但蝠鲼是不会吃人的，蝠鲼是不会吃人的，蝠鲼是不会吃人的，重要的事情说三遍。就算它想吃，也没有这个构造——它的嘴巴那么大是用来过滤海水的，能不能合上都另说，更别提颌骨还得够力气，才能把我咬死。

其次，我知道海豚是喜欢和人类玩的，魔鬼鱼嘛，虽然没看到过类似的说法，但是前几年去马尔代夫的另外一个岛时，沙滩边有用小鱼喂魔鬼鱼的项目，它们都很亲近人，很友好的。当然，那个岛的魔鬼鱼品种不一样，体型也要小得多……

总之，凭大黑目前的举动，虽然它长得穷凶极恶，但行为却是很友善的；如果它真的要对我不利，刚才直接撞过来，或者用强有力的胸鳍拍我一下，就够我"喝几壶"了。可是，它非但没有这么做，反而在适当的位置停了下来，连碰都没有碰到我，就像礼让行人的司机，稳稳地停在斑马线前。

那么，我是不是可以推测，眼前的这条庞然大物和海豚一样，也喜欢和人类玩耍？

我突然有了一个大胆的想法。好吧，在目前的情况下，任何想法都挺大胆的。

总之，我又深深吸了一口气，然后慢慢伸出右手，向大黑的一只头鳍摸过去。

它应该是注意到了我的举动，有一点儿反应，但是没有游走。

我屏住呼吸，怕吓到它，或者惹恼了它，所以右手只用最慢的速度移动，靠近，靠近，更靠近，只差 20 厘米，10 厘米，5 厘米……我吞了一口口水，终于，右手摸到了那只造型古怪的头鳍。

第一个感觉是，滑溜溜的，跟……跟什么一样？不知道，从来没摸过这样的东西。总之就是滑溜溜的，又有些密集的凸起，难以形容的手感。

第二个感觉是，这是第三类接触啊。

第三个感觉是，这傻大个不怕人啊，没有跑。

最后总结，它果然是来跟我玩的呀。

得出这个结论后，我悬着的那颗心终于放回胸腔里。

不再恐惧之后，取而代之的情绪就是，High！毕竟我刚才的奢望，只是远远地拍一张大黑的照片，发个朋友圈炫耀一下而已。但它现在却那么友善地停在我面前，被我摸了也不跑、不气；别说拍个近距离的照片，看样子，就算拍个勾肩搭背的合照，也是可以达成的。

这种感觉怎么形容呢？就像你在街上遇见金城武，本来只是想围观拍照，谁料到他走过来搂住你就说："哥们儿，我第一次遇见比我还帅的人，求合影。"

大概就是这样吧。

这么想着，我的右手在大黑的头鳍上轻轻地摩挲。看它的样子，虽然没有像宠物猫或宠物狗一样享受人类的爱抚，但起码是不反感的，因为它并没有游开。

这样就好办了，我右手还是抓着大黑的头鳍，先用手机拍了几张近距离的血盆大口，它没有反应。然后我轻轻地用脚踢水，移动到它的身边，再用手机的前置摄像头拍了三四张合影。

整个过程，大黑都很配合我的动作，就像受过训练，知道应该怎么与游客合影一般。可惜它不收钱，要不然我真愿意给它 100 刀。

这个角度拍完了，那就换个姿势，再来一次。

我知道魔鬼鱼的肚子上长着腮，看上去就和一张蠢萌的笑脸一样。可是我穿着救生衣，没办法潜到它的身下去拍，既然这样，那就拍它的背部吧。

这么想着，我在大黑背上轻轻拍了几下，就往它的上方游。

原以为它会像刚才一样，乖乖待在原处，没料到随着我的游动，大黑也开始动了起来。但是它并没有游远，而是围着我，在水下缓慢地转圈。

从这个角度，我能清楚地看见它背上的黑色皮肤，还有白色的条状带和斑点。它在水里拍动胸鳍的样子，就像大鸟在用慢动作在天上飞，缓慢、优雅，又像是在跳舞，带着一股催眠的力量。

我简直要"醉了"。

不仅拍了照片，我还打开微信，把大黑“跳舞”的姿态拍了一条小视频。这下子，还不把水胖子他们，还有朋友圈的那群人都震住？我连视频名都想好了，就叫“与魔鬼鱼共舞”。怎么样，逼格高得不要不要的……

就在我陶醉于大黑的泳姿，还有朋友圈发出去后铺天盖地的点赞时，所谓乐极生悲，意外来得太快，就像龙卷风，逃不开暴风圈，我来不及逃。

拍了一条视频，我正在拍第二条，却看见手机屏幕里的大黑头一栽，变小了。

我浮在水面上，水平高度是不会变的，那只能说明，是它往水下潜了一点儿。

本来以为它要跑了，心里有点儿惋惜，毕竟在一起玩耍了十几分钟，感觉已经是超越物种的好朋友了。

让我欣喜的是，大黑并没有跑，而是在水深一点儿的地方继续盘旋在我身边。不光如此，我还发现，大黑一边绕圈，一边变大；也就是说，它正在螺旋上升。

大黑转圈的速度越来越快，越来越快，在我还没反应过来时，那巨大的身躯就已经突然来到我眼前。

这是搞什……

砰！我胸口受到猛烈的撞击，眼前一黑，什么都不知道了。

短暂的昏迷之后，我睁开眼睛，感受到的是失重的体验。

又是砰的一声，身边溅起大量的水花，我才发觉自己掉回了海里。

我的脑子此时在加速运转：掉回海里，说明我刚才是被大黑撞上了，连鱼带人一起飞出了海面，在空中停留了一两秒之后，才又掉回海里。

所以大黑刚才对我做的，是在——带我装×带我飞，字面意义上的。

刚才它在我身下盘旋，原来是在积蓄力量，就像是法师的吟唱，之后才能发出大招——一击必杀。

至于它为什么会这么做……

凭我对蝠鲼生活习性的粗浅了解，除了知道它不吃人之外，其实还有另外一点，那就是蝠鲼喜欢从水里往海面跳，一般可以跳两米高。

从它撞上我胸口的那一刻，我就昏了过去，所以飞到空中的一两秒内，我是完全没有知觉的。并不是我身体虚弱才被撞晕，这庞然大物足有两三吨重，又是以极快的速度撞上来。从物理上来讲，动量等于重量乘以速度，刚才大黑撞上我的这一下，大概相当于一辆时速 10 千米的 QQ 撞在胸口，就是这样一个量级。

幸好我穿着救生衣，要不然，就不是昏过去几秒那么简单，肋骨可能都要断几根。而一旦头朝下浸在海里又昏迷的话，这条小命也就报销了。

嗯，幸好我的意志是清醒的，我不能浮在这里不动，得赶紧游回去。

奇怪，我并不是浮着不动的，我已经在动了，可是我并没有在游啊。

我侧脸一看，岸上的景物正在飞速掠过。

再一看四周，这才发觉，原来我一直骑在大黑身上，双手正下意识地紧紧握着它的一对手镯似的头鳍。而我身下的大黑，正以飞快的速度朝着某个方向游去。

我现在的姿态，是整个人趴在它宽大的背上，有点儿像是在骑一辆车头很低的竞速摩托，风驰电掣一般。不同之处在于，首先这个“摩托”是在水上飞的，其次这个“摩托”根本不受我控制，它有自己要去的方向。

莫非大黑要把我带到深海，虽然自己吃不了，但是想把我分享给朋友吃？说不好它的朋友圈里有一些大白鲨啊、虎鲸啊什么的。我要分享到朋友圈的，只是大黑的照片；而大黑要分享到朋友圈的，是我的小命啊！

这么想着，我定睛一看，发现它并没有朝深海游去。基本上，大黑是沿着海岸，从西向东，也就是朝着鹤璞岛东边的人迹罕至的那一部分游去。

我侧着头朝岸上看去，岸上的水屋飞速掠过，耳朵还仿佛听到了甜爷的惊呼，想来他们已经发现了我。

照岸上景色向后退的速度，我怀疑大黑的时速起码有 30 千米。如果是开汽车，因为有铁皮包着，30 千米的时速会让人感觉很慢；但如果是骑摩托或自行车，这个速度已经足够让风大到令你呼吸不畅。更何况我现在是在海里，溅起的水花喷到脸上，那种力度，像是把莲蓬头开到最大。

脸上……

我这才发觉，原来刚才的一撞，我的潜水镜和呼吸管都脱落了，不知掉到哪里去了。这样一来，我虽然被大黑带着跑，却不敢贸然松手。

首先它并没有往深海跑，也没有潜进水里，所以我暂时是安全的。

其次，潜水镜和呼吸管不见了，如果贸然松手，我不知道是不是能平安游回去，这个问题要想清楚再说。

最后，也是最重要的，我担心身上的救生衣或者别的什么在一撞之下挂在大黑身上了。这时候如果松手，身体被大黑拖着在水面上跑，是真的会出人命。

总之，看清楚形势再说。

就在我考虑这些的时候，大黑带着我，已经游过了喝下午茶的AFTERNOON，离开了这几栋建筑后，岸边就是茂密的原始森林，还有那栋高高的出现在眼前的灯塔状建筑。

难道说，它要带我到鹤璞岛的东部，或者带我去那个灯塔下面？

就在这个时候，大黑却慢慢减速，停了下来，就这样轻轻拍动着胸鳍，悬浮在水面上。

我趴着观察了一阵，确定它确实不动了，这才撑着它的后背，轻轻抬起上半身。我首先检查了一下身上，并没有什么地方被大黑挂住；然后又看了一眼郁郁葱葱的岸边，估计距离不到200米，我可以轻松地游过去。这样的话，总算能松一口气。

然后我再环顾四周，现在的位置是在鹤璞岛最东端附近，珊瑚礁边缘的斜坡上。再往东一点，绕过岛的最东端，就可以到达那个灯塔一样的建筑物。

我秉承着“敌不动，我不动”的战斗理念，半跪在大黑背上，突然有了一个想法：它带我来这里，不会无缘无故的，一定有原因。

我皱着眉头想了一会儿，然后轻轻拍了一下它的背：“喂，带我来这里干吗？”

大黑没有反应，仍然是轻轻地拍动着胸鳍。

我喔了一声，也对，一条魔鬼鱼怎么可能听得懂……普通话。

它既然是一条外国的魔鬼鱼，自然是听外国话的。

马尔代夫的官方语迪维希语我不会讲，那就试试英语吧，毕竟叔当年也考过了六级，英语自然没问题。于是我非常礼貌地问：“Why did you take me here？”（为什么带我来这里？）

没有回应。

于是我又拍了它一下，这下用的力气大了一点儿，结果竟然让大黑有所触动，突然之间，它发出了牛一样的叫声，把我吓了一跳——魔鬼鱼原来是会叫的?

然后，它又开始游动起来，吓得我下意识地用双手抓住它的头鳍，赶紧又趴下。不过这一次，它不再绕着岛的周围游，也不再飙车，而是朝岸边慢慢地游去。

难道说这条马尔代夫的魔鬼鱼提供类似“滴滴打车”的服务，会把乘客送到指定地点？这服务就叫“滴滴打鱼”？

大黑游了一百来米远，然后就停了下来，这里已经很靠近岸边。我伸出头看了看，下面正是珊瑚礁斜坡的边缘，再往里面的话水就太浅了，以它那么庞大的身躯，只能送我到这里。

所以，这是要让我下车，不，下鱼?

我试探着松开一只手，身体朝旁边挪了一挪。

大黑没有反应。于是我咬了咬牙，松开两只手，往旁边一滚，同时尽量向前，以免被它强有力的胸鳍拍到。

扑通一声，我掉进了海里，然后又漂浮在海面上。这里的水，只有半个人那么高。由于穿着脚蹼的原因，我颇花了一些力气，还一只手扶着大黑，才成功站起身来。在我这么做的时候，大黑仍然一动不动，像是在配合我。我简直要怀疑，这头庞然大物受过人类的训练。

我终于脚踏实地，好吧，是脚踏沙地，脱离了海浪的拍打，反而不习惯了，感觉脑子一阵阵的眩晕。

从这里我就可以直接回岸上，然后走路回去了。

眺望刚才来时的方向，水哥他们并没有追上来，估计会从陆路过来找我吧。等一下安全会合后，我一定会告诉他们我的经历，保证让他们又惊奇又羡慕。水胖子我不去管他，甜爷会连声惊呼吧，最重要的是唐双，她又会是怎样的反应呢?

对了！想到这里，我赶紧找手机，幸好，虽然潜水镜和吸气管都掉了，但是手机还牢牢地挂在脖子上。趁现在大黑还没走，赶紧多拍几张照片，要不然口说无凭。

等我从各个角度拍完，大黑仍然停留在原处，没有要走的意思。这就奇怪了，难道真的在等我给出租车费?

我摸了摸它的头鳍，又用手在它眼睛旁边晃了晃，突然之间，大黑又发出了牛一样的叫声，从嘴巴旁边喷出很多水。然后，它转了一个身，慢慢游到几米外的一株白色的珊瑚骨骼旁，围着那珊瑚骨骼转圈。大黑的用意再明显不过了，它是在告诉我，珊瑚那边有什么东西。

我刚才的怀疑已经确认，这条魔鬼鱼一定受过人类训练，至少和人类有过不少接触，知道怎么和人类相处，怎么传达信息。而且，它很聪明。

我把储藏了珍贵装 × 资料的手机放进救生衣里收好，这才慢慢走了过去。

大黑绕着转的珊瑚骨骼，长得很高，差一点儿就戳出水面。

走过去一看，在白色的珊瑚骨骼上，挂着一个黄色的东西，看样子不属于自然产物，而是人工制造的。我皱着眉头，弯腰细看，在微微荡漾的海水下，那东西看着像一块黄色的塑料布。

我回头看了看大黑，它停止了转动，继续浮在水面上，轻轻拍打着胸鳍。它的意思，是要我捡起这块“塑料布”？难道说，大黑是岛上的人训练出来，专门在鹤璞岛的四周捡垃圾，净化海滩？所以叔长得就像是捡垃圾的人？

虽然我有点儿无语，但还是打算先把“塑料布”捡起来再说。

“塑料布”套在珊瑚的根部，应该是退潮的时候，挂在珊瑚上缠住了，所以再涨潮时也没把它冲走。

我弯腰去捡那块布，小心不被珊瑚割伤；幸好海水只到我的膝盖上面一点儿，要不然穿着救生衣想要到水底捡东西，可真是一件难事。

等我终于把那东西从珊瑚上解开，拿出水面一抖，赫然发现我手上拿的不是什么塑料布，而是一件黄色的充气救生衣。不同于我身上穿着的救生衣——两层厚实的布，夹层放着浮力很强的泡沫板，这件救生衣要充气才能使用，放掉气就能折叠起来，不太占位置。像这样的设计，一般是用在需要节省空间的地方，比如，机舱或者船舱。

飞机！我倒吸了一口冷气，再仔细看那充气救生衣，上面不知道是被鱼咬的还是被珊瑚划的，有好几个破洞，气都漏光了，所以才像一块塑料布。这也说明，它曾被充气过，被某人穿在身上，然后不知道为什么又掉进海里的。

谁在坐飞机的时候，也不会闲着无聊穿上救生衣，到海里游个泳，除非……飞机失事了。

我把这件充气救生衣翻来覆去地看，想研究出它是属于飞机还是客船，最好能找到机型、航班号之类的信息。不知道是救生衣上面本来就没印什么，还是被海水冲刷掉了，我什么信息都没发现。

我手里拿着救生衣，抬起头来四处张望，可见之处，没有任何飞机、船只的遗骸。那这救生衣到底……

突然之间，我心里咯噔了一下，有一种奇异的感觉。

这个地方，我来过。

我站在及膝的海水里，深深吸了一口气。脚下是珊瑚礁的边缘，左边是茫茫的印度洋，右边是海岛上郁郁葱葱的树林，还有一长条白色的沙滩。

我为什么会来鹤璞岛，是因为有过一次时空转换的体验——坐在自己家的浴缸里，突然就来到一个海岛边的海上。而在记忆中，我从浴缸里看到的景色，跟眼前所见完全重合。如果我的记忆是准确的，也就是说，当时浴缸所处的位置，就是现在我所站的位置。

浴缸所处的点，就是两个平行空间的夹缝，也是我要在岛上找到的地方；原本打算第二天花一整天时间慢慢找，没料到却阴差阳错地被一条魔鬼鱼带到这里。

深深吸了一口气，我再次环顾四周的景色，跟记忆中的场景一一进行比对、确认。果然一模一样，除了在浴缸里的那一次，海水要比这个深一些。但当时是涨潮，而现在是退潮，也很好理解。

不对，还有一个不同的地方：在浴缸里看见的海岛，沙滩上竖着四个英文大字：H-A-R-P，但现在眼前的沙滩上却是空空如也，什么都没有。

我正在纠结这个问题，突然，一直停在我身边的大黑又发出牛一样的叫声，然后一个转身，向着深海游去，动作非常快。

“喂，大黑……”

我喊了一下，才想起魔鬼鱼是听不懂普通话的，就算它能听懂，“大黑”这个名字也是我给它临时起的，并没有告诉他，更别说咨询它的意见了。

“鬼叔！”

我正在这边喊大黑，身后却传来别人喊我的声音。回头看去，四五个人影正站在沙滩旁，朝我挥手。我眯着眼睛辨认，正在大声喊我的是甜爷，旁边站着水哥跟唐双，另外还有两个穿制服的人。

再朝海里看去的时候，大黑已经消失得无影无踪，就像一滴水汇入海里。

第九章

MH370

一个小时后，我们四个人都洗完了澡，换上干净衣服，围在书桌上的笔记本电脑前。

我们是轮流洗澡的，所以在我洗澡的时候，他们三个已经把我手机里的视频都看了一遍。那里面有大黑血盆大口的照片，还有它盘旋的视频。

“好家伙，这个牛。”这是水哥说的。

“好大！”这是甜爷说的。

“蝠鲼？是哪个种类？”这是唐双提的问题。

我打开电脑，搜了一下，从各种蝠鲼的照片里面，我们找到了和大黑极其相似的。在对比了电脑里的摄影师作品与我手机拍的照片之后，我们四人一致认为，大黑所属的种类是双吻前口蝠鲼。

在网上的百科里面，有关于这种蝠鲼的外形描述：“体扁平，体盘极宽且角尖，体盘宽为长的 2.2 倍到 2.4 倍，并可从下向外转卷成管状，翼展超过 7 米，体重可达 5 吨——所以我下午还是低估了大黑的体重——头前具有一对像喇叭状的鳍状肢突出于眼前，能自由摇动。眼睛位于侧边，微向腹面倾斜；眼球大，较出水孔宽约 2 倍……

这段描述在我看来，简直就是照着大黑来写的。

甜爷也凑了过来，用她播音员似的好听声音读着百度百科里的介绍：“双吻前口蝠鲼，又名鬼蝠，巨蝠鲼，分布于各大洋热带、亚热带和温带海域。为海洋中上层大型鱼类，性情温和，肉食性，主要摄食浮游动物及小型鱼类。通常单独活动……可以快速游行和潜水，深度可超过 1000 米，有时为了种群交流和娱乐也会跃出水面。”

读到这里，唐双不无同情地问我：“你被它撞了一下，现在没事了吧？”

我摸摸自己胸口，其实还在隐隐作痛：“没事。”

水哥却哈哈笑道：“你们看，你们看，为了种群交流和娱乐……鬼叔你是属于哪种？”

以我这么宽广的心胸，当然不会和水哥计较，但他还不消停：“鬼啊，你说说，骑这鱼是什么感受，爽吗？”

我笑着看了一眼甜爷，再看了一眼水哥：“爽，比你上次说去燕郊找楼凤还要爽。”

甜爷以奇怪的眼神看着水哥，水哥连忙解释：“别听他鬼扯。”

我轻轻一笑，回头看着电脑，把百度百科的页面往下拉。在这上面，并没有关于蝠鲼是不是能被人类驯化，或者这种鱼类智力水平的描述。

我心里有点儿庆幸，幸好拍了那么多照片，所谓有图有真相；水哥三人也亲眼看见我被大黑驮着在海面上风驰电掣的样子。要不然口说无凭，我下午的这些神奇遭遇，他们肯定会以为是我编的，或者是浮潜时脑子进水了。

确实，就算我自己回想起来，也会觉得难以置信。

一头通人性的巨型海洋生物，会带着人去一个指定地点，并且有意让他发现某种物品——那件黄色的充气救生衣。

看完了关于蝠鲼的介绍，我们四个人起身到了阳台，湿漉漉的黄色救生衣，就放在花园的桌上。

把它带回房里，还花了我一些周折。

刚才和水哥他们一起到东边海滩的，正是我们的管家薄荷和苍鹭。看见我手里拿着的救生衣，薄荷说这是海滩垃圾，要带回去处理，但是被我断然拒绝了。

听见我的回答，薄荷脸上挂着笑，但眼睛里却带着奇怪的光："蔡先生，您留着也没有用呀。"

我看了一眼唐双，她懂了我的意思，反问薄荷："那你们拿去是有什么用吗？"

薄荷的神情闪缩了一下，犹疑道："也没有啦，只是……"

这个时候，苍鹭站出来说话了，用他带着本地口音的英语："各位，这是我们岛上的规定。"

听完甜爷的翻译后，水哥的不满爆发了，咆哮道："规定？规定你妹啊！我们的同伴在海里游泳，差点儿被大鱼带到海里吃了，这也是你们的规定？不给穿背心是规定，不给吃猪肉是规定，不给捉鱼我知道，也是规定，可不准在海边捡东西也是你们的规定？那你把规定找出来给哥看！"

薄荷赔着笑脸，委屈地把水哥说的话挑了一部分翻译给苍鹭听。

我们都开始发火了，两个管家也不好多说什么。虽然这是个逼格很高、规矩很多的岛，但毕竟我们都是出了钱的客人，他们不可能凌驾在我们之上来管理。

总而言之，薄荷和苍鹭对视了一眼，就把充气救生衣这件事情放下了，没有再说什么。把我们送回水屋之后，两个管家就离开了。

现在，我们四个人在夕阳的余晖里，围在这来之不易的物证前，一边仔细研究，一边发表着自己的看法。

我们都还没说什么，甜爷直接来了一句："我知道了！"

水哥、唐双和我，一起盯着甜爷看。

被我们这么一看，甜爷有点儿不好意思了。

唐双摸了摸她的脖子，鼓励她说："你说说看。"

甜爷扬起好看的眉毛:“这件救生衣，是马航飞机上的。”

我皱着眉头:“马航？你是说……MH370？”

甜爷点头道:“对对，就是那个，MH370。它是上半年几月份掉的？”

水哥咂摸了一下说:“二月初吧？”

唐双补充了准确数据:“MH370是2014年3月8号凌晨起飞，从吉隆坡国际机场飞往北京首都国际机场。计划飞行时间六个小时，但在起飞四十多分钟后，在马来西亚和越南的交界与胡志明管控区失去联系，且并未收到失踪飞机的求救信号。”

她抬头想了一下，又说:“再过几天2014年就过去了，MH370从失踪到现在，也快9个月了。”

我饶有兴趣地看了唐双一眼，对马航飞机失踪的数据那么了然于心、如数家珍，不知道她是出于对飞机的兴趣，还是别的什么原因。

甜爷作为女孩子，关注点却在感性的一面:“哎，你们说，飞机刚不见的时候那么多人关注，电视也在播，报纸也在登，微博上所有人都在讨论。现在呢？根本不见谁提起啦，真是好可怜啊。”

我耸了一下肩膀:“现在资讯发达，新闻太多，热点转移很快的，没人关注其实也很正常。”

甜爷噘着嘴巴说:“可是飞机上那么多人，大人、小孩，都没人去搜救他们了……”

我忍不住补充道:“不是呀，澳大利亚一直都在找吧，不过重点放在寻找残骸上，而不是搜救。毕竟都过去9个月了，有幸存者的概率无限接近于零。”

甜爷听见我这么说，有点儿不开心了:“才不是呢！他们一定是在哪里降落了，然后在海上哪个小岛生活着，等人去救！”

我苦笑道:“哪里来的小岛可以让300多个人活9个月，然后又不传出一点儿信息的呀？”

甜爷幽怨地看着我，想了一会儿又说:“说不定他们是被人关起来了呢？对了，被劫机的恐怖分子关起来了！一定是这样的！”

我挠了挠头：“好吧，就算是这样，可是也没有能让这么大一架飞机降落的地方，又能做好保密工作，不被那么多在天上飞的卫星发现，不走漏一点儿风声。这么牛的恐怖分子不存在，而且他们图个啥……”

水哥粗暴地打断我：“好了好了，就你知道得多，不说行了吗？”

他又回头去安慰甜爷：“没事，我也觉得他们一定还活着。你看，哥我经历了地库、雪山，都比飞机失事凶险多了，还不一样活下来了。对吧？”

甜爷赞同地点头：“就是嘛，还是水哥说得有道理。”然后又气鼓鼓地对我说，“最讨厌你这种理中客，一点儿人情味都没有。”

我耸了耸肩膀，没有再说话。算了，大多数女人就是这样，不讲逻辑，只讲感情，要不然怎么说男人来自火星，女人来自金星呢？两个物种之间是根本讲不通的。至于水胖子，他才不管事实怎么样，反正能让甜爷开心就行了。

甜爷见我认输了，继续她的分析：“照我看，这件救生衣就是MH370上的，马尔代夫不是有很多小岛吗？飞机降落在哪个岛附近，对，水上迫降嘛，然后所有人都安全上岛了，有谁不小心把救生衣掉水里了，所以漂到我们这座岛上……”

小女孩煞有介事地分析了一番之后，又一本正经地点头说：“所以，我们要赶快把这个发现报告给那些搜救队，报告给马尔代夫的政府，让他们赶紧去找人。还要发到微博上，让所有人来关注这件事情。把人救出来之后，大家都会感激我们的！”

甜爷说完了这一堆，又转头向唐双邀功：“唐少，你觉得呢？我说得有没有道理？”

唐双微微笑着，赞赏地摸了摸甜爷的脸：“你说得不错，这也是一种可能性。”

甜爷被唐双一夸，脸竟然娇羞得红了起来，又转过头来，得意地对我说:“鬼叔，你看，唐少都说我说得对了。”

我也抬头看着唐双，她看了我一眼，话锋一转:“不过，飞机是降落还是坠毁，乘客是死是活，都有可能。从现实意义上，我更同意鬼叔的看法。”

甜爷脸上马上就挂不住了，噘着嘴巴说:“什么意思嘛？”

唐双看着甜爷的脸，语气非常温柔地解释道:“宝贝，MH370 的飞机型号是波音 777-200ER，是 777-200 型的加大航程型，属于大型客机。要让它起飞或者降落，一般来说需要 4 级的机场跑道，长度在 1800 米以上。”

同样是反对意见，我说出来就让甜爷生气，而唐双说出来却让她着迷。看来智商高、情商又高的人，说出来的话效果就是不一样。

这时候，甜爷脸上带着爱慕的神色，看着唐双说:“然后呢？”

唐双继续分析道:“马尔代夫的岛屿都是很小的，没有 1800 米长来建一个跑道。”

看着甜爷的星星眼，就知道她已经被说服了，但还是撒娇似的反抗了一下:“哦哦，那水上迫降呢？”

唐双捏了下甜爷的脸蛋，疼爱地说:“宝贝，水上迫降不是我们想象的那么简单，因为飞机是在高速飞行中掉下来的，所以，即使掉在水面上也会产生很大的冲击，和掉在地上的差别不大。而且因为受力不均匀，飞机很容易从中间裂开，然后沉入水下。”

我听着唐双客观专业的分析，看着她那张闪耀着理性光辉的脸，默默收回刚才自己心里关于女人不讲逻辑的想法。实际上，在女同胞里面，也有很讲逻辑、很理性客观的人。

好吧，不过唐双自己也说了，她是在女人的皮囊下面，装着一颗男人的心。

这时候，水哥估计是看不惯她们秀恩爱，站出来说:“唐少，也不能这么说吧，不是有个什么水面迫降，哈德孙河，对，哈德孙河，一架大飞机迫降在河上，对吧，那该怎么说？我记得全员都平安，零伤亡。”

唐双像个民航飞机信息库，不假思索地说：“水哥，你说的是 2009 年 1 月 15 号，从纽约拉瓜迪瓦机场飞往北卡罗来纳州的全美航空 1549 号航班，他们飞的是空客的 A320-200 机型，起飞的时候因为大雁飞进了发动机，所以迫降在哈德孙河上。对吧？”

水哥瞪着眼睛说：“对，对啊，他们就迫降成功了。”

唐双点点头，循循善诱地说：“水哥你有没有注意到，这架飞机是刚刚起飞，高度较低，速度较慢，而且机长经验丰富，在开民航客机之前是美国空军战斗机驾驶员，又在加州大学伯克利分校专门教研究灾难危机管理。当时这架飞机成功迫降，离不开这些因素……”

她换了一种口气，接着说：“回到 MH370，当时它已经飞到了一个很高的高度，而且马来西亚航空的机长……和那个美国机长没有可比性，我倾向于以 MH370 机组人员的水平，能把飞机成功迫降在海面上的概率接近于零。”

水哥被唐双的智商碾压了，说不出话来，只能干瞪眼。

这个时候，甜爷也被唐双说服了，放弃了 MH370 乘客还能幸存的想法，低声说：“那他们三百多人就……真是太可怜了。”

唐双在理性上征服了甜爷后，又开始在感性上安慰她：“甜爷，我最喜欢的就是你的善良，还有同情心。对于遇难的那些人，我也同样感到难过。不过这么说出来，你可能会好受一点儿。按照 MH370 的情况，飞机上的人应该在几分钟内就因为缺氧失去知觉，所以并没有受太多的苦。”

听到这里，甜爷握起唐双的手：“上天保佑他们。你说得真好，唐少，我就喜欢你那么理性、中立、客观，好帅啊。”

我苦笑着摇了摇头，所以我的理中客是讨人厌的，唐双的理中客就是帅了。对于这个看脸的世界，我已经开始绝望了。

水哥看到甜爷跟唐双卿卿我我，感觉不能忍，又一次爆发了。

他拿起桌上放着的黄色充气救生衣，气冲冲地说："好，唐少那么懂，那你倒是说说看，这东西不是从 MH370 上来的，那到底是哪来的？"

我看着他恼羞成怒的样子，犹豫了一会儿，还是纠正了他逻辑上的一个错误："水哥，我和唐双没有说这救生衣不是从 MH370 上来的，有可能是飞机整个解体了，掉在哪个海域，然后被洋流带到了这座岛上。"

水哥瞪着眼睛说："那飞机失踪的地方离这得有多远，能漂过来吗？"

唐双这时候接话说："哦，首先 MH370 只是在马来西亚和越南空管区的交界失联，但是具体在哪里坠毁，现在没有人知道。然后呢，就算真的是掉在那里，一些碎片随着洋流漂到印度洋，也不是没有可能的。"

水哥听唐双说得头头是道更加不服气了，典型的对人不对事地说："唐少，你怎么什么都知道，天上的飞机你懂，海里水怎么流你也懂？"

这时候甜爷不愿意了，骄傲地挽着唐双的手："水哥，唐少是真的懂啊。你别忘了她家里是做物流的，有好几艘远洋轮船呢。"

看着水哥窘迫的样子，我不禁有些得意，刚想继续挤对他，唐双却话锋一转："不过，我也同意水哥的看法，这件救生衣，不会来自 MH370。"

我皱着眉头："为什么？"

唐双从水哥手里接过那件救生衣："你们看，这救生衣有使用过的痕迹，而根据刚才我的分析，MH370 上的乘客根本没时间穿上救生衣，更不要说给救生衣充气了。"

我摸了摸头，确实如她所说，这件救生衣是充过气的，我从海里捡起来时就发现了，现在自己却忘掉了。刚才还以为自己作为男人逻辑严谨一些，实际上并非如此。

唐双摊开那件救生衣，继续发表见解："我说的不一定对，但是从这件救生衣的质料跟款式，我觉得……"

叮咚。

我们四人都朝屋里看去，这是门铃的响声。唐双和我对了下眼神，我们应该是想到一块儿了。

刚才在海滩上，薄荷跟苍鹭想要把这件黄色充气救生衣收走，但是被我们拒绝了。从他们的表情可以看出，这件救生衣绝不是“海滩垃圾”那么简单，而是有一些重要意义的。

如果真如甜爷推断的，这件衣服是来自马航 MH370，那我们等于捡到了一条震惊全世界的新闻线索；如果不是从 MH370 来的，那么很大可能，是来自另一架失事的民航客机。

在印度洋上失事的飞机，还有哪些呢？我对此完全没有研究，但从唐双刚才要讲的话，她应该是有一点儿头绪的。

关于水下飞机的梦，莫名其妙的规定，神秘莫测的岛主，行动诡异的红色泳衣，然后现在是一件来自某架飞机的充气救生衣……这个神秘兮兮的鹤璞岛，隐藏的秘密恐怕比我们想象的还要多。而这些秘密，都是两个管家所代表的鹤璞岛想要对我们隐藏的。所以我的推测是，他们回去之后，对上级做了汇报，然后现在带了更多人马，要把救生衣抢回去。

这是《古惑仔》的剧情啊。

我指着房门说：“我去开门。”

唐双很有默契，轻轻举起手里的救生衣：“我会藏好。”

甜爷也意识到了什么，有点儿害怕地说：“要不，就给他们吧？”

看见妹子害怕了，我们汉子就更想逞能，这都是雄性的本能在作怪。我拍了拍水哥的肩膀，他会意地和我一起走向房门，毕竟就算想来硬的，我和水哥也能扛……个半分钟吧？更何况，光天化日，朗朗乾坤，应该不至于硬抢吧？

我和水哥走到门口。就在我还在想着开门之后的各种可能性，以及分别应该怎么应对时，水哥比我生猛多了，二话不说拉开了门：“谁啊？”

和我预料的完全不一样，门外只有两个人，笑容可掬地站在那里，一瘦一胖一高一矮，当然就是我们的管家苍鹭和薄荷了。

薄荷甜甜地对水哥说：“霍先生，果然您也在这儿。”

我看他们只来了两个人，不像要来硬的样子，松了一口气说：“有什么事吗？

薄荷同样甜甜地看着我说：“蔡先生，我们是代表鹤璞岛的岛主——付老爷子，来请大家吃晚饭的。”

我不禁有些奇怪：“晚饭？请我们？”

苍鹭站在旁边不说话，像一棵微笑的树，薄荷就像树旁叽叽喳喳的快乐小鸟：“对呀，付老爷子让我们来，请蔡先生、霍先生，还有唐小姐和邱小姐，一起吃晚饭。”

水哥像是看见人参果的猪八戒，喜形于色：“你说请，就是不用我们出钱，对吧？”

薄荷的脸色有点儿不自然，但还是笑着说：“对呀，当然是啦。”

水哥开心得不行：“岛主请客，肯定排场不小。妹子，在哪儿吃啊，30 年的威士忌有没有？”

薄荷有点儿无奈地说：“地点在我们的 RAW（天然）餐厅，具体餐单我也不清楚，付老爷子直接安排厨师了。但是请霍先生放心，一定会让你们满意的。”

水哥关心的是请吃饭的内容，相比之下，我更关注付老爷子请吃饭的动机。不会是一顿鸿门宴——把我们灌醉，然后再趁机抢回救生衣吧？

好吧，可能是我想太多了。但世界上没有免费的晚餐，我还是要搞清楚原因，于是继续问薄荷：“付老爷子为什么要请我们吃饭？”

薄荷脸上露出了惊讶的神色，像是奇怪我连这么简单的事情都不知道，然后调整了一下表情，继续笑着说：“蔡先生，是因为您下午受到了惊吓。您是我们鹤璞岛尊贵的客人，所以要向您表达歉意；或者按照我们中国人的说法，给您压压惊。”

我恍然大悟地喔了一声。确实，刚才一心想着充气救生衣，却忘了下午这个碴儿。虽然并不是因为鹤璞岛的设施引发的，但是既然发生在岛上，他们无论如何都要负起连带责任。因为这个要请我们吃饭道歉，确实也是合情合理。

薄荷看了一下腕上的手表：“快到吃饭的时间了，您看我们是现在出发，还是你们再收拾一下？”

水哥的心已经飞到餐桌上去了，赶紧道：“走，现在就走。”

然后他又回头朝屋里嚷嚷：“姑娘们，吃饭去啦。”

我不好意思地对薄荷说：“对不起，他下午游泳，饿坏了。”然后又回头拉着水哥说，“水哥，咱收拾十分钟。”

我的意思是，先让唐双把那救生衣藏好，那可是重要物证，不管是来自 MH370 还是别的飞机，都能从它身上搞一个大新闻。

水哥却根本不理我的苦心，反而大声说：“还有什么好收拾的，那件破救生衣，你别担心了，人家不要的。”

他朝薄荷挑着下巴说：“对吧，你们不要吧？”

薄荷和苍鹭相视一笑，然后回过头来对我们说：“您说的是下午那件救生衣吗？各位自己处理就好啦，要是喜欢的话，带回去当纪念品也可以，只要不扔回海里就行了。”

我皱眉分析薄荷说的这番话：到底是真的不想要，还是让我们放松警惕，好趁机下手？

薄荷看了我一下，善解人意地说：“可能两位女士还要稍微收拾一下，我和 Heron 就到竖琴雕像那边等各位。”

说完这句话，她和苍鹭朝我们点了一下头，便向木步道分叉的小广场那边走去。他们开来的两辆电瓶车，正在那边等着。

十分钟后，我们六人分乘两辆电瓶车，开往吃晚饭的 RAW 餐厅。

马尔代夫的当地时间已经是晚上七点多了，从电瓶车上向外望去，天上是晚霞的火红色，海里是海水的蓝黑色，对比强烈得惊心动魄。

然而，想着一会儿就要见到传说中的付老爷子，我和唐双都有些如临大敌之感，并没有心情欣赏景色。

RAW 在 SALT 的不远处，这里的餐厅都很顾名思义，MORNING 是吃早餐的，AFTERNOON 喝下午茶，吃午餐的 SALT 菜品特别咸，很重口。所以这一家吃晚餐的餐厅，RAW，意思是生的、未加工的，吃的当然就是些刺身啊，沙拉啊什么的，都是些没煮过的食物。

两位管家把我们送到餐厅，对门口的服务生低声说了几句，然后就向我们道别，离开了。

服务生穿着同样的白色棉麻制服，同样的笑容可掬，把我们领到餐厅里最好的位置上——靠窗，左右都有间隔，与别的客人都分隔开了，私密性很好。

刚才听薄荷说付老爷子请我们吃饭，我就下意识地以为他会现身，但事实证明，我们还是太想当然了。桌子是四个人的，餐具也只摆了四份，餐厅的厨师长在旁边站了一会儿，用带着法国口音的英语对我们叽里呱啦："绅士、女士，你们是付先生的贵客，我今晚会用本地最高级的食材，带给你们味觉上的震撼。"然后就跑回后厨去了。

至于付老爷子，这个神秘的岛主，从头到尾都没有现身。因为是安排好的餐单，所以服务生连菜单都没有给我们。其他人都无所谓，只有水哥一脸遗憾："怎么连菜单都没有，可惜了。"

甜爷好奇地问："水哥，你要看菜单干吗？"

水哥瞪大了眼睛说："当然是看价格啊，不知道自己吃的值多少钱，吃再贵的又有什么意义？再说了，有个菜单，我也好拍一下每个菜多少多少钱，发朋友圈呀。"

我扶着额头说："你等下直接拍每道菜，不就行了吗？"

甜爷也附和道："对呀，人家一看，哇，摆盘那么漂亮，肯定很高级。"

水哥一脸不屑地说："这你们就不懂了吧，菜品再怎么好看，也没有价格牌直接。反正朋友圈就是装 × 的地方，要装就装得敞亮些，藏着掖着地装，矫情！"

我一时竟无言以对。不得不说，水哥对于朋友圈的看法，还是有点儿道理的。

似乎是为了弥补水哥的遗憾，服务生这时候端来一盘法式面包，还上了一瓶葡萄酒，并用英语说，这瓶酒是酒窖珍藏，付先生特意请我们喝的。

我一看酒标，眼睛就睁大了，然后探询地看着唐双。

唐少果然涉猎极广，不仅天上海里的都懂，对葡萄酒也很有鉴赏力。她从服务生手里接过酒瓶，看了一下酒标，很确定地说："拉图庄园，1989 年。"

水哥凑了过来："什么拉图，不是拉菲吗？山寨的？"

我叹了口气，解释道："拉图也是波尔多名庄，虽然没有拉菲厉害，但也很厉害了。1989 年的拉图，国内起码也得卖个三四万吧。放到这岛上……我中午吃饭，看到有 2000 年的拉图，就要 1200 刀一杯，水哥，你自己想想吧。"

其实我根本没看见酒水单上有这个，红酒也一般不分杯卖，都是按瓶，我只是故意说给水哥听，逗他一下。

唐双知道我是在扯淡，不过她并没有拆穿，只是对我会心一笑。

水哥果然信了，瞪大了眼睛："那这是 1989 年的，还不得 2000 刀一杯，人民币就一万多了啊。我得赶紧拍张照片，发个朋友圈。"

我摇头笑道："记得标明多少钱。"

水哥毫不在意我的嘲讽："还用你说。"

他从唐双手里拿过酒瓶，握在毛茸茸的大手里，拍了七八张照片，这才还给服务生，让她开酒。然后水哥又抓住甜爷，硬是拍了好几张合照，这才兴冲冲地低下头，噼里啪啦地在手机上打字。

甜爷兴奋地看着唐双："真巧，1989，刚好是你……"

唐双食指放在嘴唇中间，做了个"嘘"的手势。

当然我已经看穿了一切，原来唐少是 1989 年出生的，和叔的年龄差正好，可惜是个"T"，要不然……

停，想多了。

这边唐双开始讲解关于葡萄酒的知识：“1989年是个好年份，不过不知道鬼叔你怎么看，我倒是觉得葡萄酒如果超过7年，其实喝的都是个纪念意义。1982的大拉菲，我在法国陪客户喝过两瓶，第一杯还好，第二杯开始就变醋了。”

我哈哈笑道：“不用问，一定是国内客户。”

唐双也微笑着点头：“没错，而且他还喝得很开心，所以合作也谈成了。”

这时候服务生把我们眼前的高脚水晶杯都倒了一点儿酒，示意我们闻闻。

甜爷好奇地问：“咦，这酒不用醒吗？”

我促狭地笑道：“不敢醒，怕变醋。”

然后我举杯向另外三人：“大家来，喝口一万块钱的醋。”

水哥一手抓起水晶杯，另一只手却仍然拿着手机，死死盯着说：“奇怪了，怎么没人给我点赞？是不是没发出去？”

自从上岛以后，我们用的是岛上的Wi-Fi（无线网），信号挺好的，速度也快，水哥今天已经发了十条朋友圈，每条都是满满的九张照片，之前没听他说会发不出去。

他如牛饮水，一口喝完杯里的红酒，然后对我说：“鬼，你刷一下朋友圈，看看能不能看见我刚才发出去的那条。”

我也喝掉了杯子里的酒，出乎意料，这酒不但没有变成醋，而且品质很不错，看来付老爷子不光有钱，而且真的懂酒，更是真心要请我们喝好的。

我让服务生再给我倒一杯酒，然后掏出手机，Wi-Fi信号是满格的。再一刷新朋友圈，能看到国内的人在1分钟前发的，但是，确实看不见水哥发的那条。

甜爷也拿出手机看了一下：“水哥，真的没有你发的耶。”

水哥把手机拿在手里晃，像是这样就会好了一样：“奇怪，进水了吗？”

我皱着眉头，点开朋友圈里一篇转发的文章，内容很快就刷出来了，进一步证明网络信号的下行是没问题的。

然后我试着在微信上发了条信息给水哥，还给国内开货车的那个表弟发了一条，水哥马上嚷道：“你发信息给我干吗？”

表弟那边，却没有回复，估计又在泡妞吧。

总之，这样看来信息的上行也是没问题的，好吧，那就应该是微信的朋友圈出了点儿问题，等一下修复就好了。

我放下手机，菜也开始陆续上了。

让我们欣喜的是，今晚的菜品和那瓶拉图庄园红酒一样，出乎意料的好。我没有猜错，RAW 餐厅的主题是未经烹调的食材，但是融合了法餐的精髓，甚至还有几道菜采用了分子料理的做法，烹饪方式并不单调。

另外，厨师长没有骗我们，因为是付老爷子亲自交代的贵客，果然用了最高级的食材：深海石斑、大龙虾、手掌那么大的元贝，鲜得人眉毛都要掉下来。再配上印度的神秘香料，黑松露、金箔一点儿都不省着用，当成方便面配料一样随便撒，果然有钱任性。

总之，这一顿饭我给点 32 个赞。就连见多识广的唐双也吃得眉飞色舞，评价这比大部分的米其林三星都要好。能在这个位于印度洋中间的鸟不拉屎的岛上吃到那么好吃的美食，估计也没多少人能做到。

菜吃到一半，我们就把拉图喝完了，刚犹豫要不要再点一瓶酒，服务生就贴心地送上来一瓶冻得刚刚好的雷司令。不用说，这也是付老爷子交代好的。

出产这瓶雷司令的庄园，不但我们没听过，连唐双也不知道。服务生介绍说，这是付老爷子在德国买下的一个小庄园，每年的产量都很小。服务生把杯子换了新的，我喝了一口，有很明显的汽油味道，这是上好雷司令的标志。

我一向觉得雷司令太娘，但是也喝得兴起，唐双和甜爷更不用说了，尤其是甜爷，惊叹说都没喝过那么好喝的酒。

水哥喝光杯子里最后一滴酒，满意地往椅背上靠，又说了一句：“要是能再来串烤羊腰子，那就完美了。”

基本每一道菜都被我们吃光了，四个人都撑得不行，甜爷苦着脸说：“讨厌，又要减肥了。”她又摸了一下肚子说，“再也不吃了。”

这时候，服务生走过来问甜品是不是要……我们都还没说话，甜爷抢着说：“现在上。”

看见唐双笑吟吟地看着她，甜爷调皮地吐了下舌头：“明天再减肥吧。”

等我们再用完甜品，已经是晚上九点多了。我上了一趟厕所回来时看见厨师长正站在我们桌边，问他们对今晚的菜式是否满意。厨师长对我们的特别待遇，引得隔壁桌的几对外国客人十分羡慕。

等厨师长走了，甜爷提议出去散散步，消消食，我们都愉快地同意了。

晚上天气很好，吃饱喝足，海风习习，再没有比散步更惬意的了。唯一可惜的是，月牙比昨晚还窄，要不然就能吟个“海上生明月，天涯共此时”什么的。

有过被疑似监视的经历，唐双和甜爷不敢造次，所以还是老老实实地分别挽着同间房的男人。她们温柔的依靠，很好地弥补了没有月亮的缺憾，让我和水哥的体验再次变得完美。

我们刚走出 RAW，不到三分钟，却听到后面传来脚步声，然后是熟悉的大胸管家的声音：“蔡先生，唐小姐，请等等。”

我和唐双对视了一眼，然后转过身去：“怎么啦？”

心里想的是，不会还是那件充气救生衣的事情吧？难道说请我们吃了顿好的，看准了我们吃人的嘴短，这时候再开口要东西？

薄荷晃动着她那一对即使在晚上也很明显的肉球，好不容易跑到我们面前，喘着气说：“蔡先生，不好意思，刚才忘了跟你说……”

我心想果然有事，警惕地问:“说什么？”

薄荷接下来的话，却又一次出乎我的意料:“付老爷子请您和唐小姐一起到他的私家酒窖去。”

她努力平复自己呼吸，不无羡慕地说:“您两位的运气真好，我来岛上半年了，也是第一次看到有人获得付老爷子的邀请呢。”

事出反常必有妖，我还在想着这个岛主在搞什么幺蛾子，身后却传来水哥的欢呼声:“太好了，私人酒窖！还不得弄个三五十年的威士忌喝喝。”

空气里似乎传来他吞口水的声音:“要我说，还是烈酒好啊，刚才那什么红葡萄酒、白葡萄酒，太小清新了。”

我忍不住吐槽:“就你喝得最多。”

水哥丝毫没有羞耻心:“不是看它贵嘛，不能输给你啊。哎，对了，说到这个，我的朋友圈还……”

这时候，薄荷却无情地打碎了水哥的遐想:“对不起，霍先生，但是那个……付老爷子只邀请了蔡先生和唐小姐。”

水哥愣了一下，突然提高音量:“什么意思？你再说一遍？”

一直站在薄荷身后的苍鹭，这时候挡在水哥和薄荷面前，笑容可掬地用英语叽里呱啦说了一通。

水哥还要继续发作，甜爷帮忙翻译道:“水哥，Heron 是说在房间里也给我们准备了香槟跟威士忌。”

水哥义愤填膺地说:“谁在乎那点儿酒，我要的是公平待遇。凭啥我们不能去他们就能去？”

他眼珠子一转:“不过，是啥威士忌？”

不用甜爷翻译，苍鹭就介绍了威士忌品种，是个古怪的名字:“Karuizawa。”

不要说水哥，甜爷也不知道它是什么，我于是解说道:“这大黑鸟说的应该是轻井泽，日本产的威士忌。”

水哥翻了翻白眼：“日本有什么好威士忌，什么山崎、余市，难喝死了。这付老爷子真不够意思，拿这来糊弄我，没门！”

我挠了挠头：“水哥，你错怪岛主了，轻井泽是日本一家小型威士忌厂，产量很小，拿过不少奖，而且早就倒闭了，所以他家的酒现在是喝一瓶少一瓶。他们家用的是百分之百的黄金大麦，松木发酵槽，传统小型的罐式蒸馏器，从西班牙运过去雪莉桶，用来让威士忌原酒陈年……”

水哥抠着鼻子，满脸不以为然，我只好直接说重点：“总之，卖得很贵，逼格特别高。”

水哥豁然开朗，眼睛一瞪：“早说嘛！”

他也不顾唐双在场，用又粗又多毛的手，一下子搂紧甜爷的腰：“走，我们回房喝酒去。”

甜爷用力拍了一下水哥：“干什么！弄痛人家啦！”不过，她的表情并没有生气。然后她担心地看着唐双，“你们要去吗？”

虽然她问的是“你们”，谁都知道甜爷关心的只有唐双。

唐双和我对视了一下，我们都没有说话，各自盘算着。

鹤璞岛的岛主付老爷子，先是以给我压惊的名义，请我们吃了一顿在岛上起码值两三万人民币的晚饭，然后又邀请我们去传说中的私人酒窖喝酒。这已经超过了“道歉”的限度，一定有别的什么原因。而且，我们是四个人一起来的，付老爷子却只挑了我跟唐双，其他两个人另外安排。说明他要跟我们说的事情，或者是这次会面本身，他不想让太多人知道。

那到底，他是想干吗呢？

对我来讲，来鹤璞岛就是为了解密，寻找时空转换的点，现在有机会接触鹤璞岛的岛主，当然求之不得。

但是唐双呢？到现在为止，付老爷子虽然没有表现出恶意，但这次邀请也隐藏着一丝危险的气息。除了浑不吝的水哥，我们剩下的三人都感觉到了。而唐双作为一个身家亿计的公子哥，身娇肉贵，完全没必要介入太深。

不过，三秒钟之后，唐双给出了出乎我预料的答案。

她对甜爷笑着说：“去呀，机会难得呢。”又安慰道，“你放心。”

估计在她们俩的关系中，唐双处于主导地位，所以她决定的事情，即使甜爷不情愿，也不会表示反对。

甜爷看了一眼水哥，意味深长地对唐双说：“我放心，你也放心。”

我不禁有点儿幸灾乐祸，看来水哥挖墙脚的工作，进展还是不大啊。

薄荷在旁边静静地看着，估计是搞不懂我们这群人有幸被付老爷子邀请，竟然还在考虑去不去。现在看我们已经决定了，她于是笑着对我和唐双说：“蔡先生，我送您两位过去。”

虽然说了放心，但甜爷还是紧张地盯着唐双。那可怜巴巴的小眼神，像是送情郎上战场，看得我这个路人都心疼了。

我伸手在甜爷眼前挥了一下：“喂，别担心，有我呢。”

唐双也顺势挽起我的手，很给面子地说：“对呀，有鬼叔呢，他会保护我……”她不愿意让薄荷看出我们的担心，巧妙地把话题一转，“不会让我喝太多的。”然后又装作问薄荷：“付老爷子不会灌人喝酒吧？”

薄荷扑哧一笑：“原来你们在担心这个啊，当然不会啦，付老爷子人很好的。”

水哥或是烦了我们演的这一出，又或是记挂着轻井泽的威士忌，挥了挥毛茸茸的大手：“你们赶紧走。”然后又补充了一句，“对了，记得多拍几张照片，发给我装一下。”

我答应了水哥，然后领着唐双，跟着薄荷上车。水哥那边两个人也上了车，对着我们挥手。水哥期待的，是我们在水下酒窖里藏品的照片；而我期待的，是他借酒行凶，被甜爷过肩摔到地上的照片。

第十章

酒窖 or 虎穴

从 RAW 到喝下午茶的 AFTERNOON，其实走路过去就可以了，但薄荷坚持要用电瓶车载我们，说是对贵宾的礼遇。她这么做给我的感觉，不像是贵宾，反而像是在押送囚犯。大概很少有机会完成岛主直接交代的任务，所以要确保万无一失吧。

没几分钟就到了水下酒窖的玻璃入口，下午那个“CLOESED”的牌子已经拿掉了，镶嵌进玻璃门三边的灯，此刻发着柔和的光亮，营造出海底水晶宫的奇幻效果。

薄荷站在入口旁，弯腰伸手：“两位请走这边，下楼梯小心。”

我好奇道：“你不下去？”

我们童颜巨乳的女管家，这个时候满脸的遗憾：“我好想下去看看呢，可是付老爷子没有交代，我不敢……”随后，她马上收起脸上的遗憾，重新把笑容放出来，“蔡先生、唐小姐，祝两位有段愉快的体验。”

我站在玻璃入口往下望，螺旋式的楼梯比较窄，只能容一个人通过；下面似乎还挺深的，转了几个弯，看不到尽头是什么。我的脑海里突然浮现出海底深处的巨型鲛鳙，正张着巨口，等待无知的小鱼往喉咙里钻。

我深深吸了一口气，看了唐双一眼，拿出男人应该有的勇气，一脚踏到了玻璃楼梯上。唐双却伸手拦住了我，假嗔道：“你着什么急呢，女士优先都忘啦？”

作为一个“T”，她脸上的表情比男人还要少，偶尔这么一撒娇，使我产生了眩晕，愣愣地盯着她的脸。

唐双笑着转过脸，提起碎花长裙的前摆，就往楼梯下面走去。

我从眩晕中回过神来，深深吸了一口气，跟着唐双走了下去。

这个通往水下酒窖的楼梯，有点儿像是苹果旗舰店玻璃楼梯的缩小版，上下左右都是用钢化玻璃造的，从淡白色的灯光中，我没看到有钢架或者别的支撑。付老爷子果然是有钱又有品，在这样一个印度洋的小岛上，建了如此狂拽炫酷的玻璃楼梯，这让我对他的好奇心更强烈了。

我们顺着玻璃楼梯往下走，转了不知道多少个弯；我数着走过的玻璃楼梯，竟然有七十多级，如果每一级楼梯按照 8 厘米的高度算，我们起码往下走了 5 米。这个水下酒窖的深度大大超过我的想象。

我转得头都快晕了，才终于走完楼梯，面前是一条拱形的玻璃走廊，笔直地向前延伸。我停在楼梯下，抬头往回看，已经看不到入口的方位。也就是说，在转了那么多圈后，我们没有办法判断，这条走廊是朝着哪个方位的。

如果玻璃走廊是东西走向，那我们现在就是要沿着海岸线，走到岛的西边或东边，但因为往西走地面上有沙滩屋，所以可能性比较小。而如果走廊是南北走向，那我们这一会儿走过去的就是南边的潟湖那个方位。

当我们踏上玻璃走廊往前走的时候，我才知道，刚才在楼梯上的感慨发得太早了。这条玻璃走廊，比楼梯不知道神到哪里去。

刚才在玻璃楼梯里往周围看，最开始的一米是混凝土，往下是沙子，再往下就到了珊瑚礁里面，看到的是密密麻麻的灰白色珊瑚骨骼。而这条拱形的玻璃走廊，有半截镶嵌在珊瑚礁里，另外半截则浸泡在海水中。这样富有艺术感的美，让我一时难以用文字描述。

试想一下，我们所处的玻璃走廊，就像手上的一个玻璃试管；玻璃试管外面，罩着雕花镂空的金属套。把试管放大几百倍，再把镂空的金属套替换成作为支架的珊瑚礁；而我和唐双，就是这玻璃试管里的两只蚂蚁。大概就是这样的感受。

玻璃走廊比楼梯要宽，所以我们两人并肩走着。我偷偷看了唐双一眼，即使是见多识广的她，脸上也现出惊讶的神色。

我们在玻璃走廊上走着，不断地打量着四周，时而是嶙峋的珊瑚骨骼，时而是在灯光下荡漾的海水。每隔 30 厘米，就有射灯安置在走廊的四周，这些射灯吸引了趋光的鱼类，各种大小、颜色不同的鱼，围绕着走廊翩翩起舞。

我被眼前的景色震惊了，讷讷开口道:“哇，这里真是……”

一万个形容美丽、壮观的词汇从我心里奔腾而过，但都显得不够有力，最后，我说出来的是:“卧槽！”

这一条镶嵌在珊瑚礁里的海底玻璃走廊，长度足有一两百米，不知道耗费了多少人力物力才建造而成。

本来按照鹤璞岛的登记制度，能上岛的客人就少；而薄荷刚才更是说这半年来，我们是她所知道的第一对受邀的客人。这么绝美的水下走廊，因为有机会来的人如此稀少，因此显得更加美丽。

世界上最美的景，最美的酒，最美的女人，都是极少数人才能有幸见识。

两人的脚步声在风光旖旎的玻璃走廊里回荡，通往一个不知道珍藏了多少好酒的水下酒窖；我看了一眼并肩而行的唐双，她那精致小巧的鼻子反射着走廊里的灯光，眼睛如同海底的星辰一样闪烁。我深深吸了一口气，心想，这世界上的幸运儿，我算一个。

“鬼叔。”

“啊？”我的陶醉被打断了。

唐双看着我一笑："这里好美啊。"

我差点儿脱口而出："你也好美。"

当然，这句话被我活生生吞了下去。本来就算她性取向正常，也属于可望而不可即的女神——颜值高，智商高，学历高，身家更高；再说，唐双是个"T"，她多次声明，对包括我在内的男人不感兴趣。叔虽然有时会不自量力，但把唐双掰直的能力，我很清楚，自己并没有。

"叔，你在想什么？"

"没有啊。"我的思路再次被打断，嘿嘿笑着往前走，没有留意到唐双已经停下脚步，一脸错愕的表情，并且对我伸出了右手……

"咚！"我的脸狠狠撞在一面玻璃墙上。

等我揉着变形的五官再次睁眼看时，发现自己撞上的是一块透明得近乎隐形的玻璃门。玻璃门只有一扇，和走廊一样是拱形，起码有20厘米厚，我用了很大力气，才把门向右推开。

门后面的地面，终于不再是玻璃，而是用实木地板铺成；木地板上，竖着一块用许多贝壳砌成的屏风，绕过屏风，应该就是传说中的私人酒窖了。

屏风后面虽然有光线，却没有一丝动静。

我不禁有些皱眉，那个神秘兮兮的付老爷子，真的在屏风后面等着我们吗？

仿佛是回应我的疑问，屏风后传来一个中气十足的声音："您二位来啦？"

我和唐双对视了一眼，说话的无疑是付老爷子，而这句问候竟然是标准的京腔，比水哥更有皇城根儿的味道。在印度洋一个珊瑚岛的水底下，在充满后现代艺术感的玻璃走廊尽头，竟然坐着一个说着一口地道北京话的老爷子，实在让人产生一种穿越时空的错乱感。

唐双用手肘顶了我一下，我回过神来，赶紧应道："付老爷子，我们来了。"

屏风后继续传来那个声音:“您二位快请进。”

我们绕过那贝壳屏风走了过去，相比刚才的玻璃楼梯、玻璃走廊，屏风后的这个水下酒窖要质朴得多，无论风格还是面积，都像一栋普普通通的别墅的一间普普通通的书房。要说跟普通书房的最大不同，就是屏风正对着的那面墙。那虽然是一面普普通通的玻璃墙，但是玻璃墙后面却是一个看似无限大的私人水族馆。

传说中的比尔·盖茨家里养了一头鲸鱼的水族馆，也没有这个大啊!

这是真的海啊!

刚才跟我们说话的那个老人，也就是传说中的付老爷子，就坐在那面玻璃墙之下。墙后面的海水里，游动着各种各样的鱼。老爷子静静地坐在其中，动静相映，光影斑驳，像是电影里的场景。

付老爷子看见我们进来了也并没有起身，而是坐着微微点了点头:“老头子有失远迎。”

我刚想说这岛主的谱摆得有点儿大，仔细一看，他坐的并不是普通的椅子，而是一张黑色的电动轮椅。酒窖内的温度虽然比地面低，但仍然很温暖，而付老爷子的膝盖往下还盖着一张厚厚的毯子，而在毯子上面，并未印出双腿的形状。

我心里吃了一惊，这个传说中叱咤风云，薄荷一提起来脸上就充满崇敬的传奇岛主——付老爷子，竟然是一个没有双腿的残疾人。

应该是注意到了我的眼神，付老爷子爽朗笑道:“老头子行动不便，没能起身迎接，您二位请见谅。”

我脸上微微烧了起来，刚才竟然这样盯着别人残缺的部位看，实在是太失礼了。

唐双待人接物比我得体很多，这时用礼貌又不显得造作的语气回答付老爷子:“老人家您太客气了。您这酒窖实在太棒了，Splendid（壮观的）！我们都惊呆啦，现在还没回过神来呢。”

付老爷子听了唐双的恭维，哈哈笑道：“小唐人长得好，话说得更是好，难怪嘉丰老弟这个比老头子我年轻那么多但是观念还要老一套的人，也考虑把事业传给你这个千金喽。”

唐双脸上表情稍微一停滞，马上笑着问：“太好了，老爷子您认识我父亲？”

付老爷子又是哈哈一笑，大有江湖隐世高手的气概：“我跟你爸认识的时候，别说你，你哥都还没出生。是八几年来着？你爸才买了第一艘船，专门跑马来西亚和菲律宾。小唐你别笑话老头子，年纪大喽，记性不好……”

他像忽然想起来什么，招呼我们道：“你们站着干吗，坐，快坐，不是嫌弃老头子这里地方太窄，待着气闷吧？”

我们连忙表示不是，然后在他对面的位于酒窖正中的一张长沙发上，双双坐了下来。

付老爷子开着电动轮椅过来，唐双微微弯着腰，任老爷子摸着她的手，听他说唐双爸当年是怎么发迹的，又是如何心狠手辣地干掉几家竞争对手的。

我对他们的豪门恩怨没兴趣，也乐得变成透明人，趁机打量着这个水下酒窖。

酒窖面积不到一百平方米，水族馆玻璃墙正对着贝壳屏风，左右两边都是放酒的架子。右边似乎都是红酒，所以才头朝下斜着放置，为的是酒体能够浸着橡木塞，保持瓶塞跟瓶身的紧密，防止空气进入。

左边和我靠近的这面墙，才是我真正的兴趣所在。在我这样一个酒鬼看来，这一面墙，比玻璃墙要绚丽一百倍。

我原本是想坐在沙发上装装样子的，却不知不觉间已经站在了左边墙上的木头架子前。那里放着一瓶瓶或有标签或无标签的陈年威士忌！

我所能分辨得出的最便宜的一瓶酒，是1964年的白波摩，在国内也要卖到8万元人民币一瓶。剩下的要么认不出，要么就是只听说过但根本没见过的收藏级威士忌。

至于我最爱的麦卡伦25年、30年，在付老爷子这里都是品位太低的大路货，根本没资格收录。

我深深地吸了一口气，似乎有一股穿越人类历史的浓厚酒香在这个海底酒窖中弥漫。然后，我听到了咕噜一声，那是我不争气地吞口水时产生的动静。

身后传来老人家爽朗的大笑："哎，不好意思，实在是不好意思，老头子说请你们来喝酒，竟然只顾着聊天，连酒都忘记请了。哎呀，不行啦，人老了，记性就是不行，比不得你们年轻人啊。"

我转身对着付老爷子想说点什么客套话，却是忍不住又吞了一口口水。

水哥身体里有只红色的怪虫，所以变得又馋又懒；而我身体里肯定也有虫子，不馋别的，只馋酒，而且得是好酒。所以，现在酒瘾发作的不是我，而是那只虫子。

付老爷子很欣赏地看着我的馋态："好，很好！真爷们儿，就应该爱美酒、爱美女，这两样都不爱的人，那是太可怕喽，老头子从来都不和他们打交道。"

我尴尬地看了一眼唐双，不知道该说什么。

付老爷子哈哈大笑："小蔡，想喝哪瓶，自己拿！杯子在那边桌上，小唐你帮个忙。哈哈哈，有好酒，有好看的小姑娘倒酒，生而无憾，生而无憾！"

我本来想要纠正一下，正确的说法是"死而无憾"，但我仅存的情商制止了我。

既然付老爷子让我随便挑，作为一个酒鬼，我也就没有扭捏作态，认认真真地看了一遍面前放酒的大架子，准备挑一瓶合眼缘的酒。

架子上的这些酒，存放都很有年头了，大部分酒瓶外面的标签已经纸张松脆、字迹模糊，看不出到底是什么厂牌，什么年份；另外一部分直接是光溜溜的瓶子，什么信息都没有。最后，我在从上往下数的第三层的二十几个形状各异的酒瓶里，挑了一瓶没有标签、形状像锥形烧瓶的威士忌。

挑这瓶酒，其实我还是花了点儿心思的，因为最“便宜”的那瓶1964年白波摩在架子最左边，所以我就挑了同一层最右边的这瓶。如果付老爷子的分类方式和我的类似，那么这瓶酒应该不会是最便宜的，但也不是最贵的。

虽然是个酒鬼，但我也是一个有底线的酒鬼。

这瓶威士忌里的酒液，在灯光下呈现出很深的琥珀色，只剩下半瓶那么多，不知道是被喝了，还是在几十年的存放中自然挥发掉了。

我把酒拿到沙发前的一张小茶几上。这一边，唐双也去取来了两个水晶威士忌杯。

付老爷子问唐双：“两个杯子，小侄女不喝？”

唐双嫣然一笑：“付伯伯，你们男人喝的酒，我喝不来。”

听着他们互相称呼的变化，就知道在我刚才挑酒的那一会儿，这两个属于同一阶层的人已经整理好社交网，对上关系了。

付老爷子指了指她身后的架子：“还有红酒呀，小侄女，别跟你付伯伯客气。”

唐双笑着摇了摇头：“付伯伯，小侄女今晚就不喝了，专心给你们侍酒。”

我看着她撒娇的样子，心想这个“T”演起乖乖女来也是极像。我要是个老头子，这时候浑身老骨头都得酥了，哪里有不答应的道理？果然，付老爷子没有勉强。

我把酒瓶上的橡木塞打开，一阵奇异的酒香立即弥漫在空气里。唐双接过我手里的瓶子，帮我们这一老一中两个男人倒酒，姿态优雅，神情专注，很有点儿红袖添香的韵味。

不过，从她微笑的表情里，我却看出了谨慎。虽然可能性不大，但万一酒里或杯子里有什么问题，一个人中招，总比两个人都中招好。

唐双倒了大概五分之一杯子的酒，付老爷子拿起他面前的杯子，举杯对我示意："加水？加冰？"

水晶制的厚底威士忌杯，拿在手里沉甸甸的，我也举起面前的酒杯："不用，我也喜欢喝纯的。"

付老爷子哈哈笑道："唐双是我侄女，你是她男朋友，那老爷子就叫你一声世侄，别介意。世侄，我欣赏你。来！"

然后他手肘一弯，头一仰，竟然把杯里的酒都喝完了。

主人这么热情，我当客人的也不好装模作样。更何况，我本来就被这酒香勾引得无法自持，鼻翼不自觉地耸动，唾液一直往外分泌。

我也一样举起酒杯，放在鼻尖快速地闻了一闻，然后仰头将酒都倒进了嘴里。随即，一个宇宙在我的口腔里爆炸了。

我闭上眼睛，仔细分辨着酒体里层层叠叠的味道，在经过不知多少年的存放后，酒体里发生了各种复杂的化学反应，各种醇、乙酯、高级脂肪酸、糖分，还有熟化的橡木桶，产地特殊的矿物质水，以及天知道哪些环境赋予的香气，各司其职，在舌头上演奏了一部交响曲。而每个味蕾，都是它们的忠实听众。

不知道陶醉了多久，当我睁开眼睛时，付老爷子正笑眯眯地看着我。

我一手端着酒杯，一手挠了挠头："不好意思，这酒太棒了。"

付老爷子哈哈一笑："这酒你喜欢？"

我也跟着一笑："当然喜欢，第一次喝那么好的酒。付老爷子，这酒是……"

他豪爽地伸出右手，在我眼前摆了摆："英雄不问出处，酒也一样。酒呀，好喝就行，别瞎研究太多喽。"

我虽然就是他所说的瞎研究的那种人，但却丝毫没有感到被冒犯，反而被他的爽朗感染了，也一起嘿嘿笑着。

我们刚把酒杯放回茶几，唐双马上帮我们斟酒，然后体贴地端到付老爷子手上。

我这才注意到，付老爷子的电动轮椅虽然一看就是高档货，但是再怎么高精尖，也比不上两条腿方便，所以付老爷子的行动，当然没有健全人那么方便。

这样，问题就来了。

刚才从玻璃旋转楼梯下来，就连我跟唐双两个年轻人，都转得头晕，而付老爷子坐着轮椅，是不可能从玻璃楼梯通过的。那么，这个水下酒窖一定还有另外一个方便主人进出的通道。

我端起酒杯，眼睛在房间里扫视着，这才注意到放葡萄酒的那个架子要比存威士忌的略短，短出来的那一部分，遮着一个黑色的帘子，帘子的大小，刚好比轮椅稍微宽一些。那后面，应该就是付老爷子平时出入酒窖的通道。

付老爷子身为人精，看我眼神飘向的方向，就洞悉了我心里所有的想法。他哈哈一笑道："世侄，你是不是在想，像我这样一个残疾老头子，站都站不起来，怎么下到这个海底酒窖的？"

被他说中了心事，又喝了酒，我只觉得脸上有些发烫，支吾了一下，索性豁出去了，说："老爷子，我是在想，要是能有这样一个岛，这样一个水下酒窖，就算我也……跟您一样，我也心甘情愿啊。"

唐双在桌下轻轻踢了我一脚，是在嫌我太不上道，说这么突兀的话。

付老爷子看来经历过大风浪，豁达得很，一点儿也不在意我冒失的说法。他还是爽朗地哈哈大笑："世侄，老头子年轻的时候，跟你一样能跑能跳的时候，穷啊，也是这么想的。要是给我一千万，打瘸双腿也没关系！不过啊……"

付老爷子神采奕奕的双眼突然暗淡了一下："你说人生这回事啊，总要经历了才知道。"

他又回过头去，指着我刚才看的那个黑色帘子："不愧是年轻人，眼力就是好，没错，那后面是个小电梯，老头子我啊，就是从那里下来的。"

我挠了挠头，不好意思地笑了笑，突然又蹦出一个问题："那，电梯上面又是哪里？”

我这么追根问底的，付老爷子也没恼，哈哈一笑：“当然是老头子平时住的地方喽，一栋小房子。”

我皱眉思索，刚才那一百多米的玻璃通道，如果是东西走向，那么酒窖上面的房子，就是在鹤璞岛的东边，被封锁起来不让游客进入的区域。而如果是南北走向的话，付老爷子的住处，就是在那个巨大而美丽的潟湖边上了。

付老爷子住的房子，会不会跟我要找的时空转换的地点有关？

估计是怕我再问出失礼的问题，趁着这个空当，唐双接过了话题：“付伯伯，当初是什么样的机缘，让您买下了这座岛？”

付老爷子摇了摇酒杯里的威士忌，似乎不太愿意展开这个话题：“老头子为什么会买这座岛？一晚上都说不完，不过哪，简单说就是刚好有人卖，刚好我想买，刚好手里又有点儿钱。”

我心里一百个水哥奔跑而过，买下一个岛的钱，在这老头子嘴里说来，不过是“手里又有点儿钱”而已。果然有钱买个岛，没钱买个鸟啊。

世界是属于我的，也是属于你的，但是归根结底，是属于有钱人的。

付老爷子哈哈一笑道：“不过啊，既然上了这座岛，老头子也没想着要走啦，准备就死这岛上喽。”

我举起手中的水晶杯：“老爷子，您别这么说，祝身体健康。”

付老爷子也没示弱，一口干掉了杯里的酒，别有深意地说：“你们也一样。”

唐双很专业地帮我倒酒，我都要怀疑她是不是受过培训，还是纯粹在生意场上练出来的。

到了给付老爷子斟酒时，唐双一边倒一边轻描淡写地说：“付伯伯，还没感谢您邀请我们呢，管家薄荷跟我们说了，这是非常难得的机会，她都要羡慕死我们了。”

付老爷子摆了摆手：“薄荷那孩子。”

看来在鹤璞岛上，付老爷子是那种父权型的企业管理者，把员工都当成孩子，把自己当成大家长。

唐双微微笑着说：“我刚才就问她，我们怎么会这么好运？”

她转过头来，用看恋人的眼神盯着我，杀伤力比杯里的酒还大；在酒窖里暖黄色的灯光下，我一瞬间就醉了。

看我呆住了，唐双抓住我放在桌上的手，摇晃了两下：“你说是不是嘛，我们运气太好了。”

我这才反应过来，赶紧接下一句：“对啊，付老爷子，我们何德何能。”我心里知道，唐双这是在探询付老爷子，请我们来这水下酒窖，动机是什么。所谓树老成妖，人老成精，付老爷子这样的人精，请我们来喝酒，当然不是光喝酒而已，一定有什么还没说的动机。

我们都看着付老爷子，他却笑吟吟地没有说话，端起手中的酒杯抿了一口。

放下酒杯后，他说出了这次请我们来的理由。这个理由，却大大出乎了我和唐双的意料。我原以为，付老爷子请我们来喝酒，一定是为了我下午在海滩捡到的那件黄色充气救生衣。刚才听他跟唐双拉关系，我就想付老爷子一开口，应该会说没事，就是请小侄女来见见面，叙个旧，看看嘉丰老弟的千金长成什么样子了，诸如此类。没想到，付老爷子呵呵笑着，说出来的话却是：“让侄女和世侄来酒窖，是想要介绍个朋友给你们认识喽。”

说完这句话，付老爷子掀开毯子一角，露出了电动轮椅的扶手。我诧然发现，扶手是经过改造的，镶嵌进了一块黑漆漆的玻璃屏。付老爷子的手悬在玻璃屏上，隔空一划，那玻璃屏竟然就亮了，原来这是一块高科技的触摸屏幕。

付老爷子伸出食指，在屏幕上点了几下。

我马上就猜到了，付老爷子这是在叫人下来。在这水底酒窖，即使喊破喉咙，地面上的人也听不到，所以当然要有些联系方式。

付老爷子抬起头来，老顽童似的朝我们一笑：“等等，他马上就来。”

我和唐双都同时盯着那个黑色帘子，心想：等一下掀开帘子走出来的会是怎样一个人呢？

能劳烦付老爷子亲自介绍、隆重推荐的，一定是个特别重要的人。他的儿子或女儿？情妇？或者是明星、政要、重要的生意伙伴？

奇怪的是，从付老爷子按下屏幕开始，他身后的灯光就开始有节奏地闪烁起来。与之相反，我们看了一分钟，帘子却始终一动不动，也没有听到电梯运转的声音。反而是不知道隐藏在哪个角落的音箱响起了悠扬的钢琴声。不是克莱德曼，也不是雅尼，似乎是苏联歌曲，对了，是《喀秋莎》，这倒挺符合付老爷子的年龄。

我刚有点儿沉醉在高品质的钢琴声里，突然，一张笑脸出现了，紧贴在玻璃墙后面的那一片深蓝色的海水里。这张笑脸外形诡异，五官扭曲，颜色惨白；而且，这张笑脸比起正常人要大上一百倍，几乎挡住了三分之一的玻璃墙。

更恐怖的是，这是一张孤立的笑脸，脸下面没有连着脖子。

唐双不由得惊叫起来，紧紧抱住了我的手臂。这一下，我相信是她的自然反应，而不是演出来的。

我也快要吓尿了，然后，突然反应了过来：这张脸为什么看上去那么诡异，那么不像人脸？因为这根本不是人脸。想明白了这一点后，我松了一口气，身上紧绷的肌肉也松弛下来。

我轻轻摸着唐双的手背：“别怕，那是条鱼，魔鬼鱼。”

付老爷子看着我们的窘态，恶作剧得逞似的鼓掌大笑：“哈哈哈哈，吓到你们喽？”

面对这个老顽童，我们也是无可奈何。

玻璃窗外的那张笑脸，也仍然保持着大笑的神态，但那其实不是人脸，而是魔鬼鱼的腹部。它的大嘴巴下面的一条缝，和两排并列的腮，构成了一张滑稽可笑的人类笑脸。

唐双捉住我的手也慢慢松开了。知道了玻璃窗外的是条魔鬼鱼之后，那张笑脸其实看上去蠢萌蠢萌的，并没有什么好怕的。

她稳定了一下情绪，半真半假地生气道："付伯伯，您真的把我吓了一跳。外面那条魔鬼鱼，就是您要介绍的朋友？"

付老爷子擦了擦眼角，止不住笑地说："哈哈，是，你们第一次见，都自……哈哈哈，自我介绍一下。"

我站起身来，看着窗外随海水摇曳的魔鬼鱼，深深吸了一口气："不，我们见过了。"

没错，我见过这条魔鬼鱼，它就是下午跟我嬉戏了一会儿，然后趁我不注意，一下子把我撞晕的心机鱼——大黑。

下午的时候我就有种感觉，大黑是被人类驯化的，所以根本不怕我，而且还会跟我互动。它带我去找黄色的充气救生衣，现在想来，也应该跟它平时的训练内容有关。

刚才付老爷子按下屏幕，身后玻璃墙外的灯光闪烁，就相当于他跟大黑之间的摩斯密码。收到指令后，原本潜伏在某处的大黑，就跑来玻璃墙后面露脸，顺便把我们吓了一跳。

看付老爷子完成这套动作的熟练程度，他一定不是第一次玩，而是乐此不疲，把来他酒窖的客人都吓一跳。这个老头子，都七老八十了，玩心还那么重，我不禁在心里想，你们岛上人真会玩。

我走到玻璃墙前，伸出右手，隔着玻璃墙，放在魔鬼鱼嘴巴的位置："大黑，我们又见面了。"

付老爷子驱动他的高科技轮椅，也转身来到我身边："大黑？你给它起的名字？"

我嘿嘿一笑，挠头道："是啊，不好意思，起了个那么乡土的名字。它真名叫啥？哦不，我的意思是，您给他起的名字是什么？"

付老爷子倒一点儿都不介意："哈哈哈，大黑，这名字不错！我给它起名时它还小，叫小扇子……现在这又大又黑的样子，叫大黑，合适！"

他敲了敲窗玻璃："大黑？大黑？以后老头子也叫你大黑吧，你说呢？"

窗外那条魔鬼鱼，似乎能听得懂付老爷子的话，从紧贴着的玻璃墙上下来，在水中摆直了身子，用眼睛看着酒窖里的三个人。

不知道什么时候，唐双也走到我身后，像小女孩一样拖着我的右手："鬼叔，这就是你下午……骑的那条鱼？"

我摸了摸还在隐隐作痛的胸口，无奈地说："没错，就是它。"

付老爷子快要笑岔气了："骑……骑鱼？世侄，你是说你骑着小扇，不，大黑，到的东岛海滩上？"

我苦笑了一下，点点头。

幸好这老头子不知道我在骑鱼之前还被它撞了一下，不然现在估计直接笑死了。

付老爷子对我伸出大拇指："世侄，会玩！下午听孩子们一说，老头子也只想到是大黑带着你游到那里的。世侄，你行啊！老头子训练了它 5 年，也没骑过它哟！"

我不好意思地挠头，似乎在不经意间，我就达到了一个很少有人能够做到的成就——骑魔鬼鱼玩水上冲浪——这样一想，下午的经历也就没那么令人尴尬了。

付老爷子说他养了大黑 5 年，其间肯定不只是日常投食，还有些别的训练内容。

果然，付老爷子开始展示他的训练成果："大黑，来跟新朋友打个招呼。"他伸出双手，在空中画了个圆圈，然后双掌并拢。

玻璃墙外的大黑，看见付老爷子的手势，开始头朝上转了两个圈，又长又细的尾巴砸在玻璃墙上，发出啪啪的声响。

等大黑表演完了，付老爷子鼓掌道："好孩子，好孩子。"然后他又抬起头来，笑吟吟地看着我们两个，"怎么样，还不错吧？"

唐双继续装她的傻白甜："哇，好厉害！"

我点头表示果然厉害，然后想了一下，说：“老爷子，我下午就在怀疑，这条魔鬼鱼应该是受过训练的，果然，只是没想到竟然是您亲自训练的。”

我看了唐双一眼，决定还是继续往下说：“所以下午它把我带到海滩，给我看黄色的充气救生衣，也是训练的一部分？”

付老爷子一边充满父爱地看着外面的大黑，一边漫不经心地回答：“没错。”

唐双拽了一下我的手，接下去说：“付伯伯，为什么要训练大黑做这个呀？”

付老爷子轻描淡写地说：“清理海上垃圾。”

他的这个说法，跟下午薄荷说的倒是一样的，不过，我可不相信有这么简单。

唐双的想法也跟我一样，她继续追问道：“嗯，可是岛上客人不多，素质又那么高，也会乱扔垃圾吗？”

付老爷子抬起头来，看着我们：“岛上扔垃圾的是不多，不过有时候，会漂来一些奇怪的东西，就像你们下午捡到的那件什么？飞机上的救生衣，对吧？”

他突然笑了一下，说了句别有深意的话：“这些垃圾啊，要及时清理，不然的话，有可能会引起麻烦哟。”

我跟唐双对望了一眼，果然，什么请你们来喝酒，什么介绍个新朋友给你们认识，都是幌子。付老爷子绕来绕去的，话题还是回到我们捡到的那件充气救生衣上了。

不，应该是说，付老爷子关注的是这一类会“引起麻烦”的海上垃圾。

我还想说什么，付老爷子突然拍了两下手掌，然后对着大黑挥了下右手。

本来悬浮在玻璃墙外的大黑，看见主人的手势，便摇晃身体，转身游走了，不过几秒钟时间，就消失在夜晚漆黑的海水中。

然后他发动了电动轮椅，回到那张小茶几前，一边说："世侄，来喝酒啊。小侄女，又要麻烦你咯。"

我牵着唐双，回到沙发旁坐下，她弯腰帮我们斟酒。我注意到，倒给我的那一杯，要比给付老爷子的浅一些。这样的动作，肯定是有意的。

我的心里突然感到有点儿温暖——唐双这是把我当自己人，让我少喝点儿。

不过，这点儿小把戏哪能瞒得过人精付老爷子？他把茶几上的两个酒杯推到一起，哈哈笑道："小侄女，你这是瞧不起世侄嘛，怕他喝多了晚上不行？"

唐双嗔道："付伯伯，您怎么能这样？"

我不好意思地一笑，打趣道："老爷子，您刚还说自己眼力不好，我看，什么都瞒不过您。"

我又看看唐双，她会意地点了点头，帮我把酒加到齐平，然后坐回我旁边。

我举起水晶酒杯，向付老爷子示意道："老爷子，不好意思，这杯我干了。"

付老爷子年纪虽大，酒量一点儿不见小，也跟着我一饮而尽。

放下酒杯的时候，我试探着问道："所以，老爷子您是想让我们把救生衣上交了？"

付老爷子愣了一下，然后像是听到了世界上最可笑的笑话，爆发出一阵猛烈的大笑："哈哈哈哈哈……"

我跟唐双面面相觑，看他这大笑的剧烈程度，我真担心他会笑得窒息掉。

过了十几秒，付老爷子好不容易才停了下来，一边摸着自己胸口，一边乐不可支地说："世侄啊，老头子要那件破烂儿干啥？是，是老头子想要你们帮个忙……"

他脸上的表情突然严肃起来，两眼精光四射，像一头捕猎前的猛兽：“帮忙保守秘密。”

我跟唐双异口同声道：“保守秘密？”

付老爷子点了点头：“对，帮老头子，也是帮鹤璞岛，保守秘密喽。不要告诉任何人，你们在鹤璞岛上捡到了一件充气救生衣。”

“不要告诉任何人……”

我突然想起了一件事情，但是唐双比我更快地问了出来：“付伯伯，你要我们保守秘密，所以把岛上的网络上行信号都封闭了，只能下载，不能上传？”

付老爷子脸上露出欣赏的神色：“小侄女，聪明。不过不是整个岛，老头子只是交代搞网络的孩子，把你们四个人的手机、电脑都封闭了，孩子具体怎么弄，老头子不管，也不懂啊，哈哈哈。”

难怪刚才水哥的朋友圈无论如何都发不出去，原来是我们被拉了黑名单。

不过……

我吸了一口凉气，就一件破救生衣，需要那么劳师动众吗？一件破救生衣，为什么会成为付老爷子口中需要保守的秘密？这跟鹤璞岛又有什么关系？

突然之间，一架海底飞机出现在我脑海里，难道说……

我深深吸了一口气，皱着眉头问：“老爷子，所以说那件救生衣真的是从 MH370 上掉下来的？”

付老爷子还没开口，唐双却代替他回答了这个问题：“鬼，不是的，MH370 的飞机型号是波音的 777-200ER，我们捡到的那件救生衣，从款式上看，是属于空客的……”

她深深吸了一口气，仿佛将要说出的话对她来讲是一个挑战：“而且，是 20 世纪 90 年代空客的飞机配置的款式。”

我点了点头，恍然大悟道：“20 世纪 90 年代，那就是十几二十年前了啊，难怪救生衣那么破。”

我想了一会儿，又皱着眉头说：“不对啊，如果救生衣是 MH370 的，这个我好理解。老爷子您是怕成为找到飞机残骸的线索，一堆搜救队啊、记者啊什么的跑来岛上，弄得这里鸡犬不宁。但如果不是 MH370，就没有这个问题，那您又在担心什么呢？”

付老爷子饶有兴致地盯着我：“年轻人哪，还是太……太年轻喽。”

他轻轻哼了一下：“救生衣嘛，小侄女说得没错，不是 MH370，是空客的，而且是十几年前的空客。”

唐双对于救生衣所属的这架空客表现出了不同寻常的兴趣：“具体是哪个型号？是不是空客 A310-200？”

付老爷子抬起头来，眼神有些闪烁：“具体型号嘛，老头子忘喽。你们说，飞机虽然被称为最安全的交通工具，但是也架不住意外。今年，光马来西亚航空公司不就掉了两架嘛，你们刚才说的 MH370，3 月掉的，还有一架 7 月掉的，是……”

他用满是皱纹的右手食指，敲打着自己的太阳穴：“想不起来喽，是哪个航班号来着？”

作为“人肉民航客机百科”的唐双不假思索道：“付伯伯，您说的是 MH17 航班，机型是波音 777，今年 7 月 17 日从阿姆斯特丹国际机场飞往吉隆坡国际机场。凌晨零点起飞，预计降落时间是当地时间早上六点。”

我眨巴着眼睛，看着她那张严肃的脸；虽然不知道她的学历跟学校，但就凭这逆天的记忆力，她读书时肯定是个女学霸。长得好看，家世又好，脑子还比你聪明，这样的女人真让人绝望。幸好唐双本来就是“T”，要不然的话，我的“非常爱慕但是这辈子不可能追得上的女人”名单里，又要多加个名字了。

唐双可不知道我这复杂的内心戏，继续讲解道：“飞机飞到乌克兰靠近俄罗斯的边界时，毫无预兆地坠毁了，机上的 283 名乘客，还有

15 名机组人员，共 298 人全部遇难。根据荷兰的最终调查报告，认为飞机是被山毛榉导弹击落的。”

我耸了耸肩膀：“飞机上的人死得可真不瞑目，到现在也没个定论——到底是哪一方发射的导弹，叛军和政府军相互推卸扯皮呢。”

付老爷子的眼神似乎聚焦在遥远的过去：“乌克兰，老头子年轻的时候也在那边待了几年。”

我饶有兴致地问：“哦？老爷子在那儿干吗？”

付老爷子回过神来：“哈哈，还能干啥，经商呗。石油生意，老挣钱喽。”

他轻轻敲了下水晶威士忌杯，示意唐双倒酒，然后说：“扯远了，扯远了啊，年纪大了就这样，唠叨。老头子要说的是啊，你们看，飞机从天上往下掉，除了我们知道的，还有我们不知道的。”

我皱眉道：“老爷子，这个我就不同意您了，飞机掉下来那么大的事情，怎么可能会不知道啊？马上就传开了。”

付老爷子脸上又是那种表情：“世侄，九几年的时候你几岁？十来岁对吧？你回想一下，那个时候的信息科学，可没现今发达，几千米外的地方掉下来一架飞机，你还未必就知道。”

我挠了挠头：“那倒也是，那时候信息不发达，没有网络，没有手机，电话初装费要大几千，只有当官的跟暴发户才能装得起。不过再怎么说，出事那个国家的报纸总会有点儿记载吧？真要去翻的话，还是可以查到的。”

付老爷子干笑了两声：“世侄，不要说是二十多年前掉落的一架飞机，就是今年 3 月份掉的那架，现在有多少人关心？还有被打掉的那架，现在才过去多久？5 个月？你身边还有人讨论吗？”

我老老实实地点头：“真没有。”

付老爷子叹了口气：“所以啊，过不了几年，除了那些有亲人因意外丧生的人会偶尔想起之外，别的人哪，都忘光喽。”

这个时候，我突然感觉到旁边坐着的唐双身体开始颤抖。

我奇怪地回头看了她一眼，只见一向从容镇定的她，现在脸上却是蛾眉紧蹙，牙齿咬着下嘴唇，像是心里受到了极大的触动。

我想了一会儿，把手放在她的膝盖上，关切地问："怎么了？"

唐双深深吸了一口气，勉强笑了一下："没事。"

但即使是我，也听出了她声音里的情绪波动，更何况坐在对面的人精。

她又对付老爷子笑了一下："付伯伯，那架空客飞机的事情，我想知道得多一点。"

付老爷子笑吟吟地看着她，这一次没有要唐双倒酒，而是自己给自己斟了小半杯。

然后，他闻了闻杯里的酒，又放回到小茶几上，淡然道："那架飞机啊，老头子知道得也不多。只不过从两三年前开始，就陆续有一些东西，救生衣啊，餐具啊，乘客的衣服、鞋子啊，漂到我们岛上。那时候岛上的酒店才刚刚建好，还没开张呢，我就决定把这些东西都收起来，不对外说，不然的话呀，既怕影响酒店声誉、影响客源，也怕来一群记者啊，吵吵闹闹的，不得安宁。"

即使是我这么单纯的男子，也听出付老爷子的这个说法不靠谱。鹤璞岛上的种种古怪规定，应该就是他一手定下来的吧？一个调性如此高冷的岛，还会考虑客源？记者虽然是个问题，但不让他们上岛就行了吧？再说，来一趟马尔代夫成本那么高，没什么媒体可以长期支撑记者来这边蹲点的。

唐双的反应比我要大多了，她罕见地用了质问的语气："两三年了，难道您没有去找过那架飞机吗？"

付老爷子笑了一声："找？也找过，我们也想找到飞机残骸，一次性收拾好。所以啊，用岛上的船跟飞机，在几个可能的方向都找了一遍。不过我们不是专业打捞的，找了几次，一无所获，也就放弃喽。"

他自顾自地说着:“所以啊，攻击没有用，我们就转入防守。一开始是让岛上的孩子们去找，一发现马上处理，但有时候还是会被客人先看见啊，有的客人不在意，另外有些在意的，我们就做点儿工作，让他们帮忙保密。”

我皱眉道:“做点儿工作？就像您现在对我们做的？”

付老爷子嘿嘿笑道:“世侄，你要这么想嘛，也不是不行。后来啊，有个孩子想到可以用我养的大黑来帮忙搜寻，老头子就训练了半年。大黑果然聪明，一发现海滩附近，甚至海底，有那架飞机的东西，就会来通知老头子。你说大黑啊，要求比人少多喽，给一桶小鱼做奖励，就满足喽。”

他摩挲着长满皱纹的双手:“唉，说远了，说远了。所以嘛，多亏了大黑，这一年多来，硬是没有客人发现这些不该发现的东西喽。”

我不由得奇怪道:“那下午大黑看见了救生衣，为什么没有通知老爷子，反而是带了我过去？”

付老爷子脸上露出了困惑的表情:“这一点，老头子也没想通啊。大黑虽然不怕人，但是非常认人，只有对我才那么亲近。可是你看，你跟老头子长得也不像，没道理会认错啊？”

我皱起了眉头。确实，如果从外貌上看，我跟付老爷子并没有太多相似之处。但是估计魔鬼鱼分辨人类并不是看脸吧，或许我在某些动作、气味上，跟付老爷子有相似之处，所以它才会认错。

我还在想着这个问题，付老爷子突然来了一句:“世侄、侄女，老头子有事要拜托你们。”

看着一个残疾老人一本正经说要拜托你点儿什么，我不禁感到了压力:“您说。”

付老爷子看着我的表情，嘿嘿一笑:“你不用紧张，老头子要你们做的事情很容易办到。老头子刚才也说了，要世侄跟侄女帮忙保守秘密。不仅是你们，还有同来的另外一对。老头子今晚没让他们一起来，一个是知道细节的人越少越好，另一个原因，老头子看出来你们两个对另外那两人的影响力。只要你们愿意帮老头子的忙，一定能在不说出细节的情况下，让他们也一起保守秘密。”

我吸了一口冷气，心里暗暗感叹付老爷子毒辣的看人眼光。甜爷肯定会听唐双的话；让水哥不提这事，就更简单了，因为他本来就不关注。

付老爷子脸上突然严肃起来，直视我的眼睛。这样一个残疾的七十岁的老人，光是用眼睛盯着我，就让我觉得像被捏住了脖子的猫，整个身体都变得僵硬了。他没了刚才嬉笑的神色，正色道：“老头子说过，上了这座岛，就没想着再走。所以，老头子要保护这座岛，让它继续安静下去。至于那架飞机，就让它在海里安息吧，我们也不去打扰它喽。”

他又是一笑，笑容里却有点儿自嘲的神色：“那么多年都过去了，谁还关心呢。”

“我关心！”

第十一章

老奸巨猾

我转头看去，唐双正襟危坐，虽然还穿着碎花裙子，却瞬间恢复了霸道总裁的气质。

她再次一字一顿地重复道：“付伯伯，那架飞机，我非常关心。”

付老爷子露出一个意外的表情，不知道是真的还是装的：“哦？小侄女，为什么呀？”

我也一直看着唐双，她从付老爷子说到那架飞机开始，就表现得特别激动。难道说，付老爷子一语中的，她真的有什么亲人在那架遇难的空客飞机上？

没想到，唐双所说的关心的原因，却是之前跟我提过，让我觉得非常不靠谱的那个。

她深深吸了一口气，对着付老爷子说：“我来鹤璞岛，是因为一个梦。”

付老爷子再次露出错愕的表情，但这一次却非常真实：“梦？”

唐双点了点头，看着我说：“昨天本来想跟你讲的，但是没有讲完。其实那不是一个梦，确切地说，是无数个梦，无数个内容一模一样的梦。我从三岁开始就反复地做、反复地做。鬼，你知道吗，甚至昨天晚上，我又做了一遍一模一样的梦。”

我摇了摇头，这个我是真的不知道，还以为她跟甜爷来了一发之后，应该睡得很熟才对。

付老爷子皱起了白色的眉毛："小侄女，你说说这个梦。"

我也很关心，唐双的梦到底是什么。今天去喝下午茶之前，在阳台上她稍微说了一下，是关于一架水下飞机。而我也两次梦见一架潜伏在水底的民航客机。再加上下午找到的救生衣，付老爷子说的那架在附近失事的空客飞机，这几件事情之间，必然存在着联系。

我跟付老爷子正等着唐双讲故事，她却帮我倒了一杯威士忌，大概有四分之一杯。

我刚要接过来喝，唐双却端起杯子，在我愕然的眼神里，一饮而尽。大概没有这杯酒，她无法平静地描述那个做了无数遍的梦。

放下杯子，唐双深深地吸了一口气，努力控制自己的情绪："说是一模一样的梦，其实，也并不完全是。因为梦里面的我，跟现实的我，是一起长大的。我是说，我多大年纪，梦里的小女孩就是多大年纪。整个梦都发生在机舱里。"

唐双闭上眼睛，似乎沉浸到了她的梦里："一开始，飞机在天上正常地飞行。我坐在靠窗的位置上，看着舷窗外面。那是晚上，但是外面的天空很亮，有弯弯的月牙，还有月光下的云朵。过了一会儿，月牙变得越来越窄，越来越窄，最后就成了月全食，窗外也就全部黑掉了，什么也看不见。"

我看着唐双皱成死结的眉毛，轻轻地握住了她的手。

唐双睁开眼睛，感激地看了我一眼，继续往下说："外面黑了，机舱里的灯光就亮了。我环顾四周，右边的座位上，再右边的座位上，整个机舱都坐满了乘客，空姐也正推着餐车，向我们这一排走过来，然后……"

唐双的手在我手里颤抖："然后我发现，他们都不是人，全都是只剩下白骨的骷髅。骷髅们说着话，看着报纸，喝着可乐，可乐从他们的嘴巴里往下掉，从肋骨掉到骨盆，弄脏了坐垫，再然后……"

唐双的声音像是结了冰，过了几秒，才又勉强融化了一点："坐在我右边的骷髅，转过头来跟我说了三个字……”

唐双深深吸了一口气，看得出是在积聚勇气：“那个骷髅说——不要吵！”

我身上起了鸡皮疙瘩，光是听她讲这个梦，自己就已经够难受的了，更何况唐双做了无数遍，没有精神失常已经非常了不起。

唐双深深吸了一口气，从我手中抽出了自己的手，又倒了一杯酒，拿在手里：“每次到了这里，梦里的我就开始尖叫，然后猛地拍打舷窗。这时候我发现，飞机没有在飞，不，应该说，飞机没有在天上飞……”

我喃喃地说：“飞机在海里。”

唐双手里的水晶杯开始摇晃，酒洒到碎花裙子上，她都完全没有在意：“没错，飞机在海底飞行，舷窗外有鱼游过。不光是鱼，还有一个穿着潜水服的人，正从窗外看着我。隔着窗玻璃跟潜水镜，我看见了他的脸……”

我仿佛触了电，全身僵直，她却说：“可是，机舱里光线很强，海里太暗了，所以看不清他的脸。”

我的心里掀起了海啸般的狂潮。因为，我也做过类似的梦。

在一个多月前，从深圳飞往北京的航班上，我做了一个梦，梦到一架民航客机，正在很深的海底飞行。而且，我跟唐双的梦是互为呼应的。她梦见了一个男人从舷窗外游过，而我梦见的是，在机舱里呼救的长发女人。也就是说，我梦见了机舱里的她，而她反复梦见的穿着潜水服游过的男人，正是我。

就像唐双说的那样，在这个梦境里，机舱的光线强烈，而海底是很暗的，所以我看见了她惊恐的表情，还有披散的长发，甚至连上衣领子的细节都能分辨清楚。不过，不同于唐双反复做的这个梦，我只是在飞机上短暂梦见过一次，所以对于梦里女人的五官，倒是记得不太清楚了。

为什么一对本来不认识的男女，会做内容互相呼应的梦？而且，按照唐双的说法，她是从童年时期开始，就反复梦见水下飞机，反复梦见潜水的男子，也就是说，反复梦见了我。

这一点儿都不科学。尤其在唐双是个“T”的情况下。

我皱着眉头，突然想到了另一种可能。会不会是我跟唐双说过我自己的梦，她不知道出于什么目的，也编造了这样一个梦？或者说，她对于梦的细节也并不是记得那么清楚，只是在我的影响下，把她的梦完善了？

我深深吸了一口气，回忆这半个月来跟唐双接触时，有没有描述过这个关于飞机的梦。答案是，我不但没有跟唐双说过，实际上，我没有跟任何人说过这个梦。这样的话，难道是反过来的？唐双跟我讲过那个一直缠着她不放的那个噩梦？这也不对啊，在我认识唐双的短暂时间里，我对这样的事没有一点印象啊。相信这种毫无根据的事，还不如相信我在从深圳飞往北京的航班上的那一通从心理学角度的分析——向我呼救的不是唐双，而是小希。不过，直到很久以后，我才明白原来“我”不但认识唐双，而且已经认识她很久很久了。

此刻我内心大乱，犹豫着要不要把潜水男子就是我这个真相告诉唐双。但是她的注意力却并没有放在我的身上，而是看着付老爷子，语气里充满了诚恳：“付伯伯，这个梦困扰了我二十多年，我很想搞清楚为什么会一直梦见这架飞机。第一次做梦的时候，我甚至还没有坐过飞机，不知道梦里的自己是在机舱里。每次做完梦醒来，不管告诉妈妈，告诉爸爸，告诉所有大人，他们都是摇摇头，不知道我为什么会做这样的梦。”

她轻轻地叹了口气，接着说：“等到长大一点儿，我开始对飞机感兴趣，研究了很多资料，又把梦里的机舱内部细节都画了下来，最后经过对比，确认这是一架空客 A310 系列。但具体是哪一个型号，因为梦里从来没出现飞机的外部形状，所以没办法确定。”

我哦了一声，恍然大悟，难怪唐双会对飞机那么感兴趣，又是去机场拍飞机，又是搜集跟空难相关的所有资料，原来都是因为这个梦。

当一样东西对你造成困扰，没办法解决的时候，一部分人会选择逃避，另一部分人则会勇敢面对，更多地了解这个东西，希望有一天能够解决困扰。很明显，唐双是后者，这一点倒是跟我很像。

付老爷子却提出了另一个问题："小侄女，心理医生怎么说的？"

唐双愣了一下，但是并没有生气："我尝试过很多专业的心理咨询，国内的、国外的，没有任何人能解决这个问题。"

付老爷子点了点头："那好，你继续说。"

唐双经过刚才的调整，现在情绪已经平复下来，估计是把这个困扰她那么多年的梦，当成会议上的一个 PPT 在讲了："后来我想到，如果我的梦境是在现实里曾经发生过的，但不知道因为什么反复在我脑子里出现。这样的话，世界上就的确有过一架 A310 系列飞机遭遇了空难，掉进了海里。但是，我查阅了大量的相关资料，甚至让在航空公司工作的叔叔伯伯们帮忙，却没有任何资料表明，也没有任何人知道，曾经有那么一架失事的 A310 客机。"

她语气平淡，像是在说别人的事情："后来，我就渐渐习惯了，渐渐麻木了，把这个每个月都要做一次的梦，当成另一种生理痛，或者每个月发作一次的慢性病，等着自然痊愈的那一天。直到有一天……"

说到这里，她的声音又开始有点儿颤抖："有一天，我到新加坡出差，当地的客户带我去吃海南鸡饭。本来一切都很正常，很旧的店，很好吃的菜，吃完饭后，我从桌子上随手抽了一张纸巾，才发现纸巾上写了几句话。"

我不禁问道："写着让你来鹤璞岛？"

唐双摇了摇头："不，上面的字是用简体字写的，意思大概是让我到一个论坛上，找一篇帖子。最后面，作者会约人去一个地方，而那个地方，可以解决我二十多年来的困扰，还可以治好我的病。"

天哪，怎么把我也卷进来了？

她这里说的帖子，明显就是我写的那个，在帖子上，我有约人一起来鹤璞岛。她之前说一直有追我的故事，看到我约人来鹤璞岛就应征了，原来不过是糊弄我的说法。

不过，她特意没有说明看的是我的帖子，应该是顾忌付老爷子在场，不想说得那么详细。

唐双看了我一眼，脸上有抱歉的表情，看来她也意识到了这个问题。

我轻轻地摇了摇头，表示不介意。不知道为什么，我有一种奇怪的感觉，那张纸条跟我有点儿什么关系。

唐双看着我的反应，似乎松了口气，接下去说："我马上就问了店主跟服务员，是谁在纸巾上写字，但是所有人都表示不知情。当天下午我一回到酒店，就按照纸巾上的提示，找到了那个论坛上的帖子，然后这一辈子第一次看见鹤璞岛这个名字。所以，现在……"

她又深深吸了口气："我才会在这里。"

付老爷子一直坐在轮椅上，静静地听唐双讲，到这时才问道："小侄女，讲完喽？"

唐双点了点头："讲完了。"

付老爷子哈哈一笑，鼓掌道："精彩，故事很精彩。"

看起来，他并不相信这是真实的经历，但是唐双没有生气，反而诚恳地说："付伯伯，请您相信我，刚才说的每个字都是真的。更重要的是，请您告诉我更多关于这架空客飞机的事情。我说不上为什么，但就是知道，只要能揭开这架飞机的秘密，我就不会再做这个梦了。"

付老爷子摇了摇头，叹息道："小侄女，你长得那么好看，更别说还是嘉丰老弟的千金，如果能帮上你的话，老头子肯定愿意。可惜啊，这架飞机的事情，老头子是真的不知道。"

我忍不住插话道："付老爷子，您不知道没关系，只要我们把秘密公布出来，无论是告诉媒体，还是发到微博上，都会引起很大的关注，搞一个大新闻。这样一来，马尔代夫政府也好，失事飞机所属的国家也好，都会想办法打捞这架飞机。到了那一天，她的问题就能解决了。"

我感觉到唐双捏了一下我的手，她是在感谢我说了这一番话。

付老爷子点了点头："世侄，你说得有道理。"

原以为还要再说服他，没想到问题就这么解决了，我大喜过望，心想：等我们回到国内，不，只要让付老爷子把我们的网络信号开通了，今晚就能发朋友圈，发微博，再联系媒体。

有那么多物品漂流到了鹤璞岛，说明飞机残骸一定离得不远，出动专业搜救队的话，说不定半年内就把飞机找到了。这样一来，不仅唐双多年的心结可以解开，飞机上那些沉睡海底的冤魂也能真正安息了吧。说不好，就是他们一直托梦给唐双……

付老爷子笑吟吟的，先是打量着我的脸，然后又移动视线，放在唐双的脸上，慢吞吞地说："不过啊，这么做……老头子不愿意。"

我脸上的笑容凝固了。我能理解到唐双反复做那个梦的痛苦，并且由于对她有了越来越多的好感，很想帮她解决这个困扰。付老爷子这么顽固、这么不屑的态度，有一点激怒我了。

付老爷子叹了口气："你们这一代年轻人啊，什么都好，就是太自私喽，只想着自己，都不尊重老年人啊。老头子刚才说了，上了这座岛，就没想着走，一定要守住这个秘密。你们想要公布，嘿嘿，等老头子死了再说。"

看他这中气十足的样子，没个二三十年哪里会死，说不好比我还长命呢。

这么想着，我冷笑了一声，口不择言道："好啊，你不让我们说，可是你有办法做到吗？岛上你可以屏蔽网络信号，我们回去了你还能怎么办？"

付老爷子装模作样地皱着眉头："哎呀，这确实是个问题，不过……"

我也皱眉问："不过什么？现在的信息科技这么发达，又不是二十多年前了，我不信你有那么高的手段，能把这件事隐瞒下来。"

付老爷子哈哈大笑："世侄，你说得对。现在是你们年轻人的时代啦，老头子才没这么不自量力，以为还有什么能量能阻止你们。不过呢，无论科学怎么发达，人性是不会变的，人哪，永远都是趋利避害，会从无数的选择里，挑对自己最好的那一个。"

我有点儿被他绕晕了："你想说的是什么？"

付老爷子笑吟吟地说：“老头子有不想被人知道的秘密，小侄女，你有吗？”

我皱着眉头，心里有了不好的预感。

唐双徒劳无功地抱住我的手臂，做出很亲密的样子：“付伯伯，您想说什么？”

付老爷子哈哈笑道：“其实也没什么，哎呀，都什么年代了，男的喜欢男的，女的喜欢女的，都很正常喽。”

唐双深深吸了一口气：“付伯伯，我不知道您在说什么。”

付老爷子脸上皮笑肉不笑，缓缓说道：“这样啊，那老头子就仔细说给你听。嘉丰老弟膝下一子一女，长子唐单，也就是你哥哥，他是个公子哥，纨绔子弟，现在流行叫富二代，对吧？你爸嫌这个富二代只会吃喝嫖赌，不争气，所以打算把公司都交给你打理。”

他坐直身子，叹了口气：“可惜啊可惜，嘉丰老弟比老头子年轻那么多，观念太守旧了，比老头子还看不开。你只喜欢女人这件事，外面传得沸沸扬扬的，哎哟，据说让嘉丰老弟很头疼啊。他虽然疼爱你，随你，但是万一这事被外界坐实，报纸那么一登，‘香港物流大亨唐嘉丰女儿出柜’，他面子可就搁不住喽。”

付老爷子摇了摇头：“所以啊，你哥哥唐单也一直在想办法，要拍下你跟女朋友亲密的照片，然后交给媒体。幸好，幸好小侄女你处处小心，到现在也没留下把柄。”

唐双的脸色越来越难看，看得出来，付老爷子说的都是实情。

难怪我们在香港机场登机的时候，出现了一些奇怪的人，唐双马上就跟我亲密起来。现在想想，那些人应该都是她哥哥派来的吧。有钱人的世界，还真是复杂啊，亲兄妹也可以钩心斗角，撕到这样的地步。

付老爷子拊掌大笑，好像这是什么有趣的事情：“所以，嘉丰老弟一定要等你结婚喽，当然是跟男人结婚啊，哈哈，然后才愿意把公司给你继承，对吧？可惜啊，就他那个身体，怕是挨不了几年喽，如果那之前你还没结婚，或者干脆一点，被外界坐实了是同性恋，嘉丰老弟就只能把公司交给不成器的富二代喽。”

我冷冷地哼了一声，今晚还一直以为坐在对面的老人是什么隐世的江湖名宿，没想到到头来，竟然是个用性取向来要挟别人的卑鄙老人。看来网上有句话说得很对，不是老人变坏了，只是坏人变老了。

我用手拍了下桌子，不屑道：“老爷子，您说完没？”

付老爷子一脸无辜的表情：“啊，说完喽。”

我伸出右手，一把搂紧唐双的腰，让她紧紧靠在我身上：“我不知道你刚才说的是什么意思，我看啊，人年纪大了，不光是记性不好，脑子简直整个糊涂掉了。什么唐双是同性恋，我是她男朋友，她要真是同性恋，我难道会不知道？”

唐双感激地看了我一眼，我也不禁给自己的机智点赞。

我冷冷地哼了一声：“说我女朋友是同性恋，你有证据吗？”

让我万万没想到的是，付老爷子竟然真的有证据。这些证据，不光能证明唐双是同性恋，而且，还证明了付老爷子是一个多么阴险的小人。

听我说完，付老爷子鼓掌道：“哈哈哈，英雄救美，不对，英雄救英雄，演得挺好嘛。不过啊，碰巧了，我还真有点儿证据。你们有兴趣吗？”

还没等我们说话，他右手在轮椅扶手的触摸屏幕上，嗒嗒嗒又按了几下，从玻璃墙上方垂下来白色的布幕，然后，一道投影的光打在了布幕上。

付老爷子嘻嘻笑道：“你们年轻人哪，会玩，真的会玩。话说起来，小侄女身材很不错呢，看得老头子都有些心动了。”

说完，他转过身去，啧啧有声地欣赏起布幕上的画面。

我来不及阻止，布幕上出现了一段视频，不用说，那就是昨晚在我们水屋的阳台上，唐双跟她女朋友甜爷恩爱的镜头。付老爷子这个人渣，不光在阳台上装了隐蔽摄像头，而且在不同角度装了好几个，所以唐双的正脸、侧脸、身体的各个部位，都清晰地暴露无遗，完全没办法否认不是她。

不过话说回来，付老爷子说得对，唐双的身材确实很不错，相比之下，甜爷就显得有些单薄了。

这个时候了，我在想些什么呢？

被我搂在怀里的唐双，却出乎意料的冷静：“付伯伯，您可以把视频关掉了，谢谢。”

付老爷子把视频按了暂停，坐在轮椅上转过身来，脸上是意犹未尽的神色，十足一个老色鬼。

虽然我也不是什么有正义感的人，但付老爷子这种卑鄙的手法，已经突破了我的底线。

我重重拍了一下桌子，愤怒道：“老家伙，你是想怎么样？”

付老爷子嘿嘿笑道：“年轻人别激动，我没想怎么样。啊，这个视频啊，如果小侄女不介意，老头子就留着，给孤独的残废老头子提供点儿精神寄托。不过啊，小侄女你放心，只要你们答应保守秘密，视频永远不会流出这个酒窖。老头子我说话算话。”

他猥琐地搓了搓双手：“万一，我说万一，你们要是不愿意帮老头子保守秘密，那这个视频就会发给所有中文媒体，喔，美国也要发，你们唐家生意也做到美国了嘛。小侄女，这样你就火咯。哦，当然，还要发一份到你哥的邮箱，他一定会很开心的，说不定会拿给你爸看呢。哎呀，你哥这种人，就没什么事是他做不出来的，对吧？”

我霍地站起身来：“真是够了，你还能再无耻点儿吗？”

他一个坐在轮椅上的残疾老头子，看见满脸怒气、俯视着他的年轻人，却丝毫没有害怕的反应，只是摇摇手示意我坐下：“别冲动，世侄。”

付老爷子抬起头来，笑嘻嘻地说：“如果，你还想竖着走出这个酒窖。”

我这辈子最受不了的就是别人威胁我，刚要发作，唐双却拉着我坐下。

我气呼呼地坐回沙发，刚要跟唐双说话，她却用眼神示意，让我看着那电梯的黑色布帘。从布帘里，露出一根圆形的黑色管子，闪烁着金属的光芒——枪。

这酒窖里，不只是我们三个人，还有人拿着枪待在电梯里，从头到尾没说过一句话，更没弄出半点儿声响。仅凭这一点就能看出，拿枪的那个人训练有素。

我默默擦了一把冷汗，看来付老爷子不只是说说而已，是有真刀实枪的。他一声令下，我真的就只能横着从酒窖出去了。打死我应该不至于，但是弄我个下半身不能自理，这老头绝对做得出来。

唐双轻轻地摸着膝盖，眼睛却看着付老爷子，不紧不慢地说："付伯伯，所以只要我答应保守秘密，你也会保守秘密，对吗？"

付老爷子点了点头："没错，公平交易。"

唐双深深吸了口气："要是我不答应呢？"

付老爷子胸有成竹地笑道："小侄女，我相信你是聪明人。整个唐家的前途，跟一架二十几年前掉进海里的飞机比，孰轻孰重，你不可能拎不清。"

唐双郑重地点了点头，像是谈成了一项交易："好，我答应你。"

付老爷子欣喜地笑："很好，很好，小侄女，我没有看错你。"

我着急道："唐双，你不能这……"

唐双转过头来对我一笑："没事的。"然后，她举起手中握了很久的水晶杯，横在她跟付老爷子中间。

付老爷子呵呵笑着，正要举起他的杯子……

哗啦。唐双却把杯子里的酒狠狠地泼到了他的脸上。

付老爷子脸色一变，我以为他要发作，没想到，他却哈哈大笑了起来："小侄女啊，浪费，浪费了好酒啊。"

身为人精的付老爷子，当然知道泼在他脸上的这杯酒，并非代表唐双的反抗，反而代表唐双屈服于他的交易，等于是合同上的签字。

酒在他长满皱纹的脸上变成一条条小溪，向下流淌，越过这张滑稽的脸，我突然发现，在定格着唐双跟甜爷激情戏的那张布幕的后面，有两个不同颜色的光点，正在有规律地闪着。

一下是红灯，一下是绿灯。是民航客机机翼上的灯，在外面漆黑的海水里缓缓游动着。

我伸出手指着布幕后的光电："那……"

唐双却站起身来，绕过沙发，朝屏风外面走去："我们走吧。"

我也只好站起身来，追着唐双。

屏风后面，传来付老爷子带着笑意的叹息，像是家中值得尊敬的老人，正在充满慈爱地评论晚辈："这暴脾气，跟你妈可真像啊。"

就这么平淡无奇的一句话，却让唐双突然止住了脚步。

我走上前去，连忙问："怎么了？"

唐双脸上像冰一样沉静："我妈……是出了名的大家闺秀，长那么大，我没听她大声说过一句话。"

我倒吸了一口冷气，付老爷子说唐双他妈是暴脾气，唐双却说自己妈是大家闺秀，这代表了什么？

难道说，是付老爷子根本不认识唐双的爸爸，只是从网上或者其他渠道，了解了一些唐嘉丰的信息？毕竟唐双的爸爸是香港出名的富豪，网上关于他的信息还是挺多的。虽然付老爷子有可能不太懂网络，但他的"孩子"里有一个网络专家，我们四个人的手机网络信号，就是被这个网络专家屏蔽的。这个专家，要去人肉一个香港富豪的信息，是再简单不过了。

至于付老爷子为什么要这么做，装作跟唐嘉丰很熟络的样子，当然是为了增加谈判的砝码，更好地要挟唐双。

另一种可能性就很狗血了：唐双所说的脾气很好的妈妈，并不是她的亲妈；相反，付老爷子认识一个暴脾气的女人，而这个女人才是唐双真正的母亲。

虽然心里疑惑重重，唐双却没有给我询问的机会，而是甩下我，快步走在玻璃走廊里。

她心情不好，这好理解。作为一个妹子，不光给人卑鄙地拍下了不雅视频，而且还被以此要挟，不能去探寻困扰了自己二十多年的秘密，换了谁都难以接受。

我回头看了一眼酒窖，心里暗自发狠：老东西，你给我等着！然而，目前来说也就只能在心里骂骂而已，别说鹤璞岛是他的地盘，所谓强龙难斗地头蛇；就算回到国内，就凭我跟付老爷子的财力、社会地位之间的差距，我也奈何他不得。

回头一看，唐双却已经走了几十米远，就快消失在长长的玻璃通道里了。我担心她万一情绪激动做什么傻事，赶紧快步跟上。不得不说，腿长就是跑得快，我指的是唐双，所以，直到玻璃楼梯下面，我才追上了她。

我一边喘着气，一边喊："唐双，等……等等。"

唐双走上几级玻璃楼梯，回过头来，脸上没有任何表情："鬼叔，我想请你帮我个忙。"

我心里暗自嘀咕，怎么又是这一句？付老爷子也"请"我帮他个忙，到头来我不想帮都不行；唐双要我帮的忙，不知道会是什么。

不过，唐双不比付老爷子，而且她现在正是无助的时候，不管她说什么，只要不犯法，我都愿意去尝试。

想到这里，我抬起头来，对着玻璃里发出的灯光，诚恳地说："你讲就好。"

唐双脸上还是没有任何表情，她点了一下头，淡淡地说："谢谢，等回房告诉你。"

说完这句话，她又迈着结实有力的大长腿，登上玻璃楼梯，一下子就消失了。

我深深吸了一口气，最后回头看了一眼这景色绝佳的玻璃走廊，那么美的水下建筑，还有那天堂般的酒窖，却被一个无耻的老畜生霸占着……这个地方，我永远不会再踏足。

第十二章

浴室密谋

出了地下酒窖的玻璃通道，我看了一眼手表，已经是夜里十一点了。原来刚才在水下酒窖里我们竟待了快两个小时。

也不知道先回房的水哥跟甜爷现在是什么情况，如果他们喝完酒没有控制住，滚了床单的话，估计又会被安装在房间里的摄像头偷拍下来，用来逼着他们不准传播失事飞机的秘密。

哦，好吧，这对水哥应该没什么威胁性。如果真有这样一条片子，他估计会厚着脸皮问付老爷子要，以便一个人的时候享用。

唐双一直闷头在前面走，虽然我情商不高，但也不傻，能看出唐双现在需要一个人静静，于是也没有走上去烦她，只是不远不近地在后面跟着，时刻注意她的动向。幸好看见她虽走得快，脚步倒是节奏如一，并没有什么心理崩溃的迹象。

这种应对突发问题的情商，让我不禁有些佩服，不管身世如何，职业如何，性取向如何，说到本质，她其实还是个女人。如果换了我是她，扪心自问，都做不到这么镇定。

我深深吸了一口气，抬头看天，那一轮月牙更细了，只剩下圆形最边上的轮廓，幸好满天星光，路上倒不算太黑。

我跟着唐双走到水屋的木步道时，看见两旁的海水退去了不少，步道的木板下面，海水只有薄薄一层，踩下去只能没过脚掌。我心中不禁有些奇怪，这退潮也退得太厉害了吧？这样的水位，水屋附近根本没办法游泳，更别提浮潜了，客人们应该会抱怨的。

我耸了耸肩，都什么时候了，还想着游泳？何况客人抱怨更好，真心希望他们能吵起来，打起来，给付老爷子添堵，最好砸了这间到处偷装摄像头的黑店。

唐双还是头也不回地走着，我远远看见，她没有去 8 号水屋查房，而是径直回了我们住的 7 号水屋。

等我也进了水屋，关上房门的时候，却发现房间里黑漆漆的没有开灯，人也不在，只有浴室里传来阵阵水声。

还说要请我帮个什么忙，自己却跑去洗澡了，看来被偷拍这件事，即使唐双也无法完全镇定，需要洗个热水澡释放压力。

我走到沙发旁坐下，准备把今天发生的几件事情——诡异的红色物体，魔鬼鱼大黑，黄色充气救生衣，尤其还有水下酒窖，以及付老爷子刚才说的那番话——都在脑子里过过，好好整理一下。说不好，有一天我能够把这些经历跟雪山经历一样也写成小说，该有不少人喜欢看。

没想到，屁股还没坐热，浴室里却传来唐双的声音："鬼，你进来吧。"

我皱起眉头："哈？什么？"

唐双又重复了一遍："你可以进来了。"

我没有听错，唐双确实是让我进浴室。

浴室里还是哗啦啦的水声，可以想象，水花喷溅在唐双白皙身体上的样子，一定很美。

我的脑子无法抑制地回放昨天晚上她在浴室里的样子，下午潜水时衣下的一对胸器，当然还有刚才水下酒窖里放的激情视频……

无法控制地，我吞了一口口水，勉强镇定道："这……不好吧？"

唐双的声音却不容置疑："叔，刚才你答应了要帮我忙的。"

我心跳更快了："帮、帮忙？你说帮忙？让我进去帮你什么忙？"

虽然嘴上是这么问，心里却是猜到了七八成。都是成年人了，谁不知道一个女人在洗澡的时候邀请一个男人进浴室，代表的是什么？总之，肯定不是让我进去搓背的。

虽然全身的血都在往一处涌，大脑有点儿缺氧，但我还是尝试着分析现在的情况。唐双那么聪明，不可能没有意识到浴室也被装了摄像头的可能性，但她却仍然要求我进浴室，上演一些儿童不宜的戏码，难道说……是想再拍段一男一女的正常激情视频？

可是想靠这种做法来验证她是一个性取向正常的女人，虽然不合逻辑。两条视频放在一起，不但不能说明她取向正常，反而只能证明她男女通吃，是个双性恋……

我还没穷举另外的可能性，唐双的嗓音穿过哗啦啦的水声，再次从浴室的门后传来："鬼叔，你要进来吗？"

我狠狠地吸了一口气，进就进，谁怕谁！

这么想着，我用力拉开浴室门，冲进浴室里，一眼便看见了白花花的……水雾。

虽然理论上讲现在是冬天了，但在这个赤道旁边的小岛上，气温仍然不低，要营造出满满一浴室的雾气，得要紧闭门窗，关掉排气扇，再放大量的水。

唐双连灯都没开，浴室里光线很暗，又被一团雾气充斥，几乎不可视物。

"鬼叔，过来吧。"

唐双的声音，穿过茫茫水雾传来，方位应该是窗户下的浴缸。

我在水雾里小心翼翼地走着，越靠近那个浴缸，雾气越浓，越暖，水声也越大。

当我走到浴缸旁，借着窗口一点微弱的星光，终于能看清楚细节时，惊讶地发现浴缸的水龙头跟莲蓬头都开着，塞子却并未塞住，而坐在浴缸里的唐双，却是穿着整套比基尼的。

我几乎马上就反应过来了！

唐双并不是要跟我做羞羞的事，她现在也没有这个心情。她如我所料地猜到了浴室里有摄像头，很可能还有窃听器，所以才搞了这么一出，让摄像头变成“瞎子”，窃听器变成“聋子”，这样才能跟我正经地商量对策。

确实，付老爷子像一只巨型蜘蛛，盘踞在鹤璞岛上，你不知道哪个地方才没有他的蛛丝。

而这样的对策，是从我们离开水下酒窖后的短短的十几分钟内，唐双一个人想出来的。

我心里不禁给她写了一个字：服。

浴缸里的唐双，故意放大音量，用甜到令人骨头酥软的语气说：“你怎么还穿着衣服，是要我帮你脱吗？”

说这一番话时，她脸上却没有什么表情，眼睛更是在黑暗中闪烁着冰霜的光芒。

我突然就意识到，浴缸里的这个女人，说不好比付老爷子还要厉害。

努力装出色眯眯的语气，急不可耐道：“我来了，你腿收一下。”

唐双把浴缸里的大长腿收了起来，我一边制造出脱衣服的声响，一边跨进了浴缸。

唐双很夸张地娇喘了一声，然后趴在浴缸里，朝我爬了过来。

我知道她要跟我说话，也赶紧把脸伸了过去。

唐双在我耳边小声说：“鬼叔，反应快，演技好，我没看错你。”

我摸着头发，憨笑道：“嘿嘿，小意思啦。”

一男一女就这样坐在浴缸里，虽然穿着衣服，但却都湿身了。在这种情况下，她还能表情严肃地用正经语气对我一板一眼地说：“所以，鬼叔你一定要帮我。”

我点了点头：“一定。”

我说的是真心话。虽然她要找的那架失事的空客飞机，目前来讲跟我没有直接关系，但毕竟我也梦见过两次，而且梦境是跟唐双的相呼应的。另外，我有一种感觉，这一起被人遗忘的空难，说不好跟我要找的那个时空交错的点有些联系。

就算抛开上面的个人因素，纯粹从打抱不平的角度来看，我也愿意全力以赴，帮唐双这个忙。虽然不是什么感动中国的道德模范，但叔心里也有想要匡扶的正义。像付老爷子这样卑鄙的做法，在我的世界观里，是绝对不被允许的。更何况，被付老爷子欺负的女人，还长得那么好看。

好吧，无论叔是个怎么样的人，首先，叔是个男人。

不过，我提出了心里的疑问："你是想我帮你一起找那架飞机吗？可是那个视频……"

唐双认真地盯着我，突然之间，绷不住似的扑哧一笑："那个呀，不重要。"

我完全反应不过来，吃惊道："不重要，怎么会？那个糟老头只要一公布视频，或者把视频给你哥哥、爸爸，就会对你造成不可挽回的影响啊！"

唐双摇了摇头，湿漉漉的发梢粘到我的脸上。

她轻轻一笑说："鬼叔，告诉你一个秘密。"

我继续傻瓜一样张着嘴巴："啊？"

唐双看着我的眼睛："其实，我已经对我爸坦白自己出柜了。"

我的下巴已经掉到了浴缸里："啊？什么？他没把你打死？"

唐双对我激烈的反应很是满意，掩嘴笑道："没那么夸张，付老爷子说得对，我爸是个观念很传统的人，但那是他们认识的那个时候，二十多年前的事了。人总是会变的，到了今时今日，我爸的思想也开放了不少，虽然是，没错，我第一次跟他坦白我的性取向时，他很生气，气得三天都不肯理我，但后来也就好了……说实在的，我每天在公司里穿得就像个男人，大家都不瞎，谁会看不出我是个'T'？更何况那么疼我、那么有智慧的爸爸。"

我感叹道："你们有钱人的世界好复杂。可是你说得那么好，他还是生气了，不是吗？"

唐双微微点头："后来我爸告诉我，他生气的，是我那么迟才向他坦白。他摸着我的头，说我应该在十四岁谈第一个女朋友时，就告诉他真相……"

她的眼神变得柔软而温馨起来，我猜是回忆起了她爸跟她互相交心，共享天伦的时刻……

我咳了一下："好吧，你爸知道，可是你哥呢？他派来监视你的那些人呢？难道说也是演戏？"

唐双从记忆里回过神来，朝我不好意思地一笑："这倒不是，我哥是个败家子，是个混蛋，付老爷子没说错，而且我哥过去是这样，现在也还这样。从小到大他都这么神憎鬼厌，一点儿都没变过，大概也算他唯一能坚持的事情了。但是他也一如既往的傻，看不出我爸跟我的和解，还以为只要能掌握我是'拉拉'的证据，就能说服我爸把公司给他继承。对了，你们是怎么形容这种天真的人的？"

我不假思索道："图样图森破。可是……虽然不怕你家里了，但毕竟那是没穿衣服的视频，就这样发出去好吗？对甜爷也有影响吧？"

唐双点了点头："嗯，谢谢你帮我想了那么多。甜爷这边会有一点儿影响，但我可以处理，她能理解我的。更何况，处理得好的话，反而可以成为炒作的手段，帮她出道预热呢。而且，我仔细看了刚才视频的拍摄角度，她并没有暴露，暴露的只是我……"

我再一次瞪大了眼睛："对啊，是你啊，你不介意把身体给那么多男人看到吗？"

唐双微微一笑，呛道："像你这样的男人吗？鬼叔，说真的，我是真的不介意……我身材不好吗？给你们欣赏一下，对我不会造成任何伤害。"

我瞠目结舌，一时说不出话来，在心里默默地刷新自己的三观。原来在对于激情视频的态度上，那么好看的唐双，跟那么难看的水哥，都可以保持同样豁达的心态。这个世界真是太奇妙了。

我突然想到了什么："不对啊，如果你不介意这个的话，为什么刚才在酒窖里会那么生气，还把酒泼到付老头的脸上？”

唐双看着我，活学活用道：“鬼叔，你也是图样图森破，我不这么做的话，付老头会相信我已经屈服了吗？”

我再一次被震撼了：“你的意思……意思是……刚才你是在演，好让付老头放松警惕？”

唐双微笑着点了点头：“是的，帮爸爸打理了几年公司，什么人我都见过，别的没有，但总算学到了一个技能，那就是对付坏人，你一定要比他更坏。但是鬼叔你千万不要害怕，你是好人，我只会对你好的。”

我小心翼翼地一笑，但在心里持绝对的保留意见。这一刻我确认，面前这个笑靥如花的女人，假以时日会是比付老爷子更可怕的大 Boss。

细思极恐。我暗暗跟自己说，无论接下来发生什么，千万不要得罪这个女人。

唐双不管我心里的小情绪，接着问：“好了，鬼叔，情况我都跟你讲了，所以现在——你愿不愿意帮我？”

我挠了挠太阳穴：“没猜错的话，你要我帮你做的，是去找那架失事的飞机。”

唐双打了个响指：“Bingo（表示太好了），所以你的答案是？”

我苦笑着点头：“愿意，当然愿意，刚才都答应你了，我是个说话算话的人。可是有一个问题，我们可以直接把黄色救生衣拍照，然后发动媒体跟相关机构去找这架飞机就行了，我们冒这个险有必要吗？”

唐双耐心地解释道：“鬼叔，我明白你的顾虑。可是你也知道，讲句真的，一件救生衣是不是能激起媒体的兴趣，连我们心里都没底。而且，如果可以的话，我希望能自己找到飞机，亲自进入机舱，而不是从新闻上看到飞机被打捞起来的照片。我想这样的话，才能真正解决我多年的困扰。”

我点了点头，唐双亲自去找这架飞机的动机，已经足够强了，那么接下来就是如何实现的问题。毕竟这是在印度洋的一个小岛上，那架空客飞机十几年了都没有被人发现，那么一定是在水下无法轻易找到的地方。我们两个人，就算加上隔壁房的那两个，四个人都是人生地不熟，别说找到可以开的船，确定飞机的具体位置，就连大概的方位也没一点儿头绪，该怎么找？这无异于大海捞针。

所以，我接下来的问题是："那就好，我还是照上面说的，会全力帮你找。可是我们该怎么找？"

唐双却胸有成竹地说："我有计划。"

我看着她自信的表情，不由得也振奋了起来："你说说看。"

唐双指着窗外："鬼叔，你留意到天上的月亮了吗？"

我点了点头："嗯，从我们上岛这两天晚上看，月牙越来越小，都快变成月全食了，可是这个……等等，难道说月亮跟潮汐有关，所以海水才退潮得那么厉害？"

唐双欣喜地点了点头："你比我想象中要聪明。"

她的话外之音，是之前都把我当成傻瓜。我来不及跟她计较，而是问道："然后呢？你的计划是什么？"

看来唐双是提前做了很多功课，这时娓娓道来："来之前我让剑桥的一个海洋学教授帮忙算了，在今年的最后几天里，鹤璞岛这个地方会出现 20 年一次的天文大潮，水位将会退到一个难以置信的地步，许多隐藏在海底的东西，在退潮时都会暴露出来。"

我恍然大悟："难怪出发之前，你就坚持一定要在这几天上岛，完全不是因为你的工作安排。慢着，就连鹤璞岛的房间紧张，都是你编出来的吧？"

唐双低头一笑，等于是默认了，然后她继续下一个话题："刚才回来的时候我看了，海水已经到了非常低的位置，明天早上会稍微有点儿涨潮，过了中午继续退潮，预计到了明天晚上，海水就会到达最低的位置。这个时候，我们开飞机……"

听到这里，我不由得打断道："飞机？哪来的飞机？谁又会开飞机？"

唐双没有说话。

我叹了一口气："唉，我前两年就打算去考个飞行执照的，广州就可以学，也才十来万块，可惜拖延症发作一直没去，要不然现在就可以帮你开飞机了。不过我倒是玩过微软的模拟飞行，在GTA（《侠盗猎车手》）里也开过民航客机，你说有没有可能现实里也能开，虽然是有点儿危险没错……"

唐双一直在听我说话，笑而不语。

我突然醒悟道："难道说你的意思是……你会开飞机？"

她歪着头，微微笑着说："我在美国学了固定翼小型飞机，回国又考了个直升机的驾照。而且，昨天我们坐水上飞机上岛的时候，我已经特意观察了型号跟控制台，是我会开的机型，所以没问题啦，交给我就好。"

我瞪着眼睛看着她，也是，像她的家境根本不用考虑钱，自己又对飞机那么感兴趣，去搞个私人飞机驾照，实在是再合理不过了。她没有考民航客机的商用驾照，都算是手下留情，照顾我等穷人脆弱的自尊心了。

这样一来，软件的问题解决了，可是，还有硬件又该怎么弄？

我皱着眉头说："女技师，不对，女机师有了，可是要冲上云霄，我们还差架飞机啊？去哪里搞，要不要我跟水哥去把岛上的水上飞机抢过来？可是鹤璞岛到处都是摄像头，那个老奸巨猾的老畜生，就算相信你已经屈服了，也不会放弃监视我们的。该怎么才能把水上飞机抢过来？"

唐双摇了摇头："这个你也不用担心，明天晚上九点半，我们上岛的那一架黄色水上飞机，会准时停在我们水屋外面。"

她指着窗外的一片海域："大概就在那个位置，明天海水会退得更低一点儿，一直到珊瑚礁的边缘。这样，我们就可以直接走过去，从那里上飞机了。"

我再次瞪大了眼睛，一连串地问了许多问题。

"啊？是谁开过来的？"

唐双微微一笑："不是别人，就是昨天接我们上岛的印度飞机师。"

我吃惊道："那个印度人他为什么愿意帮这个忙？你不怕他报告给付老头吗？"

唐双淡淡地笑着说："很简单，我给他开了个国外银行的账号，里面存了一笔钱，相当于他十年的工资，所以他敢于冒这个险。就算被抓到了，最多辞职不干，靠那笔钱也能舒服过几年了。"

她看着窗外，有点儿感慨地说："鬼叔，这个世界上有钱解决不了的事情，但那毕竟是少数。我有时想想，自己算是幸运的，出生在这样一个家庭，不是说金钱给我带来了什么样的物质享受，而是在很多时候，钱帮我节省了许多时间。"

我点了点头，确实，从她的角度来看，这一番话应该是发自内心的真实想法。

不过，我还有一个问题："可是水上飞机动静那么大，不怕被岛上的人发现吗？"

唐双看了我一眼，似乎是在欣赏我："同样的问题我也问了印度人，他说可以趁着夜黑风高，把灯全部关掉，然后从水上滑行到水屋后面。我们上飞机的时候，他就下飞机偷偷回宿舍。虽然不能确保万无一失，但我们已经想尽办法，尽量把被发现的可能性减到最低。所以，鬼叔不用担心这个。"

我满意地点了点头，突然又想到了什么，开口道："哦，能不能问最后一个问题？"

唐双反应敏捷地说："爱过。"

难得到现在，她还有心情开玩笑，不过这倒说明对于明晚的行动，她充满了信心。

这么一想，我心里也渐渐松弛下来，不过问题还是要问："别闹了，我想说的是，为什么不让印度人直接开飞机就好？"

唐双假装生气道："怎么了，你不相信我的技术？"

我摆手说："不不，我的意思是……"

唐双微微低头："鬼叔，你站在我的角度想一想。那架空客飞机是我多年来的心结，也是我的梦魇，是我不愿意让人知道的弱点，所以，找到这架飞机的时候，我不希望有无关紧要的人在场。”

按照唐双的说法，等于变相承认我是“有关紧要”的人，这么一想，我心里还是有点儿暗爽的。不过……

我皱起眉头问：“那甜爷跟水哥呢？他们去吗？”

唐双摇了摇头：“不，我希望他们也不要去。且不说这次行动不知道会面临什么样的危险，如果真的能够顺利找到飞机，我不知道面对它的时候，自己会不会情绪失控。这样的场景，我并不想让甜爷看见，嗯，也不想让水哥看见。”

我大概能懂她的意思，不想让甜爷看见是怕她担心，不想让水哥看见……是纯粹不想丢人吧。那么我这个被她选中，一起去找她生命中的那架飞机的人，对于唐双而言，在甜爷之下，水哥之上，又是怎样一个角色呢？

不愧是智商情商俱高的唐双，一下就看穿了我心里的想法，手搭在我肩膀上说：“鬼叔，我这次敢求你帮我去找，是把你当成了我的……”

我期待地看着她的眼睛：“嗯？”

她的手在我肩膀上用力拍了拍：“好兄弟。”

我差点儿一口老血都喷了出来。好吧，看来跟她在一起，任何时候都不要想太多，不然受伤的只会是自己。

她收回手，伸到自己背后，我还没有任何心理准备，那件比基尼的上装就掉了下来。

我眼睛直勾勾地看着那对胸器，昨晚看的是远距离，下午看的还隔着一件内衣，这么近距离无码地观赏，还是第一次。

唐双把内衣轻轻扔到浴缸外面，看着我说：“脱吧。”

刚劝自己不要对唐双有非分之想，她就来这么一出，这剧情的起伏也太大了吧？

我肾上腺素暴涨，脑子实在是不够用了：“脱……脱？你是想怎……怎样？”

唐双扑哧一笑，指了指天花板四周："总不能穿着衣服走出浴室吧？傻子也能看出我们是在密谋坏事。"

我松了一口气，希望再一次落空，幸好也已经习惯了。

可是……在这样的情况下脱衣服……身体暴露无遗，而对面是一个对我没有任何兴趣的"T"，这种场面，真的要多尴尬有多尴尬。

我闭着眼睛，咬了咬牙。为了好兄弟，我豁出去了。

我跟唐双一人包着一条浴巾，装出一副疲倦的神色从浴室里出来。因为怕被监听，泄露了计划内容，所以一个晚上，我们没有再说任何相关的话题。

她在床上躺着看了一会儿电视，我打开电脑，脑子里乱糟糟的，胡乱写了几百个字的小说，然后就上床熄灯睡觉了。

唐双还是侧着睡，我怀疑是这里的床垫比较硬，而她的腰臀比太好，所以平躺的话腰无法贴在床垫上，会太累。不过跟昨晚不同的是，这一次，她是面向我侧睡的。

关了灯，房间里只有微弱的一点儿光亮，勾勒出床单下她那诱人的曲线。

暖暖的呼吸，偶尔会吹拂到我的脖子上。

我深深吸了一口气，抑制住抱她的冲动。

这是我的好兄弟。抱着好兄弟睡觉，那是变态。再想想明天晚上要面对的，两人开着一架小飞机，在月黑风高的印度洋上飞行，去找退潮之后露出水面的一架二十多年前失事的空客飞机……简直是《碟中谍》的剧情好吗？

总而言之，还是赶紧睡觉吧，明天才有精力应对挑战。更何况，今天经历了那么多的事情，生理上跟心理上遭受了巨大的冲击，我的身体已经疲倦到了一个极值，急需睡眠来补充体力。

在意识逐渐模糊之前，一个想法却在我的心里清晰了起来。

嗯，就该这样。

就该……

第 十 三 章

四人行

醒来的时候，天色已经大亮，唐双拉开了窗帘，正在梳妆台前打扮。

她换了一件裙子，但还维持着昨天的度假风；妆容跟昨天一样，表情也是平静愉快，从她的外表观察，根本看不出今晚要去办一件大事——探险。我在心里暗自佩服，真不愧是一个好演员。

梳洗穿衣后，她挽着我的手，我们一起走到了吃早餐的 MORNING 餐厅；甜爷跟水哥两个人，已经在餐厅里等着我们了。

我本来要去拿东西吃，水哥却对我挤眼睛，我反正也不饿，就先坐了下来。

甜爷跟唐双刚离桌去拿吃的，我跟水哥异口同声地问："什么情况？"

两人相视哈哈大笑，都知道互相问的是昨晚发生了什么。

水哥先介绍，他昨晚喝了一瓶威士忌，按照他的原话，就是："一分钱一分货，贵的酒就是好喝。"至于甜爷，水哥说是一边担心着唐双，一边喝"巴黎之花"的香槟，喝完也就醉了。两个人并没有发生什么，不过喝了那么好的威士忌，然后不用睡沙发，而是能在床上睡一晚，水哥已经很满足了。

到了我介绍，我如实描述了水下酒窖种种惊人的事物，但是，至于三个人之间发生了什么，我就没跟水哥细说。至于为什么付老爷子会单独请我跟唐双，我的说法是因为他们两家是世交，有缘在岛上见了，当然要约着叙旧一下。至于我嘛，付老爷子以为我是唐双的男朋友、未婚夫什么的，跟着沾光了。我这样的说法，也算是真实情况的一部分，不能算骗水哥。

吃完早餐，我们开始了海岛上的一天行程：海滩闲逛，泳池边发呆，水屋阳台上发呆，其他各种发呆。不过因为海水退得太浅，所以也没有再下海游泳或者浮潜。

在岛上闲逛的时候，我们碰见了一群退房的客人，昨天在吃晚饭的时候也见过的，是六个来自欧洲的游客。

水哥也留意到了奇怪之处：“昨天也看到有人退房，今天又有退房的，不过一个新来的客人都没看到。再这样下去，岛上就只剩我们了。”

对于水哥的问题，我们的大胸管家薄荷是这样解释的：“大家也看到啦，海水退得很厉害，不太适合下海游泳了，而这正是大部分客人来马尔代夫度假的原因。所以为了给客人最佳的体验，每年到了退潮的这个时候，鹤璞岛都会关闭半个月时间。趁着这一段难得的空隙，岛上也可以搞一下装修升级，同事们可以放假休息，庆祝新的一年到来。”

这样一来，等今明两天再走两三批客人，岛上除了工作人员，就只剩下我们。

说完了这些，薄荷看着虽然有点儿涨潮但仍然露出了很多珊瑚礁的海水，也嘀咕道：“听苍鹭说，他们在岛上几年了，也没见过那么厉害的退潮呢。”

我跟唐双互相看了一眼，没有说话。

这个退潮的程度，证明唐双找的那个海洋学教授对于天文大潮的预测是非常靠谱的。这样一来，今晚我们能找到那架空客飞机的概率也就大大提高了。

但愿如此。

白天很快就过去了，吃完晚饭回房之后，我跟唐双开始收拾东西。

好吧，主要是她在收拾东西。

原来她带的那几个 RIMOWA 箱子里，装满了探险要用到的装备，而且都是双人份。像什么带灯的安全头盔、防毒面罩、手套、绳子、折叠式工兵铲……总之，人家可是有备而来。

为了不让付老爷子发现我们的行动，我们特意把房间里的灯都关了，将 iPod 连接了室内的音箱，音量开到最大，以此掩人耳目。

我本来要帮忙收拾，但唐双说我帮不上忙，在一旁等着就好。于是，我在一片嘈杂的音乐声中，百无聊赖地坐在床上，看着黑暗中唐双忙碌的背影。然后，我回想起两个多月前的那一趟出行。

那一次去的是云南德钦一个叫雨崩的原始村落，然后从村子里开始登山，最后差点儿登上了卡瓦格博雪山的峰顶。

那一次，跟我一起结伴而行的妹子，我也以为她是单纯出来旅行的，谁知道她跟唐双一样，也怀着其他目的。

唐双要找的是一架多年前失事的飞机，而上次那个叫小希的妹子，要找的则是她已经失踪了好几年的大学时代的男朋友。最后，小希却永远地留在了卡瓦格博的峰顶。

上次是高山，这次是深海，两个故事的开头却有着相似之处——我深深吸了一口气——但是结局，却一定不能再重复了。无论最后有没有找到那架飞机，我都一定要把唐双安全带回陆地。如果做不到这一点的话，我就干脆陪她死在那里。

这就是我作为一个男人的觉悟。

“鬼叔，在想什么？”

唐双已经收拾好了行李，坐在了我身边。

在震耳欲聋的音乐里，说话太小声听不见，扯着嗓子喊又怕被监听发现，所以我们沟通的方式，都是在手机的备忘录里打字，然后把手机拿给对方看。

我挠着头，在自己手机上打道：“没什么，就想着等一下会发生什么，能不能顺利找到那架飞机。”

唐双指了指手机屏幕顶部的时间，我知道她的意思，是说还有 10 分钟就到 9 点半了。

我们一起看向窗外，夜色像墨水一样漆黑，月牙估计是到了最小最细的状态。唐双刚才跟我商量好了，要到最后一刻才走出阳台，将被付老爷子发现的风险尽量减到最小。

所以这出发前的最后 10 分钟，我们只能坐在房间里干等了。

唐双在手机上啪啪啪打了一行字，然后递了过来：“鬼叔，要不……我们还是放弃吧？”

我扭过脸看她，没想到那么坚毅、那么有主意的一个女强人，也会有犹豫的时候。

确实，这架困扰了她二十多年的飞机，是她生命中的一个重要命题，重要程度不亚于普通人买房、结婚、生小孩。

面对这样重要的事情，会犹豫也是很好理解的。不过，箭在弦上，不得不发。何况我就算跟她讲不要去找更好，她还是一定会去找的。所以，我给的答案是：“不行，你说好了要带我装 × 带我飞的。”

其实我内心真实的想法是，事情都到这个份儿上，不出去找一定会抱憾终生。至于结果，能找到最好，尽力了还找不到，也就没有什么好遗憾的了。

唐双感激地看了我一眼，她懂我的意思。果然，她并不是真的想放弃，只是想从我这里得到更多的支持和鼓励。

就在这时，我们听到了水屋外轻微的动静。

是那个印度飞机师开着鹤璞岛的黄色水上飞机，停在约定好的地方了。

再看看时间，已经是 21 点 28 分。

我跟唐双对视了一眼，互相点头，然后噌的一声站了起来，背起背包直冲阳台。

黄色的水上飞机，我们来了。

黑夜的海上飞行，我们来了。

失踪了二十多年、早就消失在大部分人记忆里的空中客车 A310 系列的某个型号客机，还有机舱里可能有的那些遇难者骨骸，我们来了。

当我们走下平台的楼梯，正如我们预料，海水已经退得一干二净，我们可以直接在珊瑚礁上行走。

户外很黑，幸好唐双准备了手电筒，还有带灯的头盔，所以我们照亮脚下的珊瑚礁，小心翼翼地走着。不然的话，万一摔倒被锋利的珊瑚礁割伤，这次探险就泡汤了。

那架停在珊瑚礁边缘的水上飞机，机翼正闪烁着模糊的灯光。

我们走到离水上飞机十来米的位置时，唐双突然咦了一声："有人。"

我抬头道："是印度飞机师吧？"

唐双摇了摇头："不对呀，我明明让他停好飞机，就从另一边走，不用在这里等我。怎么会……"

我举起电筒，往水上飞机旁边照去，影影绰绰的，那里确实出现了人影，而且不止一个。

是一个瘦子和一个胖子。

"还以为你们不来了。"一副大咧咧的京腔，是我听了好几年的，所以，那个胖的人影是水哥，旁边瘦的那个当然是甜爷，并不是另外一对胖瘦头陀。也就是说，发现我们计划的，不是付老爷子，不是我们的管家薄荷跟苍鹭，而是一起来岛上的小伙伴。

听到水哥的声音，唐双的脚步停了两秒，但还是向前走去。

还没走到水上飞机旁，甜爷就飞奔着过来，一下抱住了唐双。

我最不爱看这种小两口哀怨缠绵的戏码，于是把头扭到了一边。

甜爷开口的第一句话是："你怎么可以瞒着我，自己去做那么危险的事？"

唐双叹了一口气："你也知道这事危险，我不想让你受伤。"

她轻轻抚着甜爷的后背："你听话，乖乖回房等我。"

一直顺着唐双的甜爷，这次却表现出了相当的执拗："不，我一定要跟你去。"

唐双无可奈何地摇了摇头，沉默了十几秒，终于答应道："好吧。"

甜爷开心地欢呼，还在唐双的脸上用力啵了一下。

唐双推开甜爷的肩膀，郑重地交代道："但是，你一定要听我的安排，保护好自己。"

甜爷把头点得像鸡啄米，我都害怕她尖尖的下巴会把自己的胸口戳个洞。

唐双牵着甜爷，我们三人一起走到水上飞机下，水哥正一手扶着水上飞机的浮筒，一边抽着烟斗。那个花和尚造型的烟斗，是我以前送给他的，他原来一直都带在身边，只是一般不舍得拿出来抽。

我拍了拍他肩膀："水哥，你是怎么知道我们的计划的？"

水哥吐出一口烟，还没来得及答话，唐双却扭头对着我说："好啦，鬼叔，不要装了。"

我看了唐双一眼，既然被她识破了，我也不好再说什么，只能嘿嘿干笑着。

确实，在昨晚睡觉之前，我就决定了今天的行动一定要叫上水哥。本来我这次约他一起上岛，就是为了有个照应，他身体里有一个红色的虫子，在卡瓦格博的雪崩里救了大家的命，这一次，说不好紧急关头还会派上用场。

所以，在白天上厕所的时候，我悄悄把这件事跟水哥说了。

水哥虽然受到体内貔貅的影响，变得越来越贪吃，越来越迷恋女色，但是在我需要帮忙的时候，他并没有推辞。什么是真正的好哥们儿，就是平时各种不靠谱，但到了紧急关头，突然靠谱起来的那一个。

我看看唐双，看看水哥，再抬头看看那个如头发那么细的月牙。我有强烈的信心：今天晚上，我们可以顺利找到飞机，然后平安回来。

我们陆续爬上水上飞机，水哥是最后一个上来的，之前还深深吸了一口气，看来是对上岛的时候吐在水上飞机上的经历心有余悸。

上了水上飞机，钥匙如约插在控制台上，唐双把背包安置好，然后施施然地坐到驾驶位上。

甜爷本来想坐副驾驶座，但是被唐双制止了。她的理由有两个：第一，甜爷坐旁边她会分心；第二，她需要我来帮忙找那架飞机。

唐双的原话是："鬼叔眼睛比较贼。"

嗯，就当她是在夸我好了。

按照唐双的吩咐，我在副驾驶落座，不同于汽车，这架水上飞机是有两个操纵杆的，在我前面也分配了一个，所以"副驾驶"这个名称，才算得上名副其实。"然并卵"，我正准备去摸一下操纵杆，唐双马上说："鬼叔，别碰任何东西。"

我耸了耸肩膀，缩回双手："哦。"

跟印度飞机师来时一样，唐双发动了水上飞机，但是没有开灯，我们朝着北边的海域，在水上缓缓滑行。

试想一下，如果现在有一个实时的Google（谷歌）卫星地图，点了鹤璞岛的坐标进来看，会是这样一番情景。

黯淡的星辉下，像竖琴一样的小岛，躺在地图的东西走向，怀抱着一个比海水颜色深很多的潟湖。一架鲜黄的水上飞机，就像速度放慢了100倍的离弦的箭头，从竖琴的中间发射出去，慢慢驶向茫茫然、未知的大海。

我从椅子上转过身，问机舱里的水哥和甜爷："东西呢，都带了吗？"

水哥表情沉重，非常不舍地说："证件跟值钱的都带了，不过你不让我带箱子，只能背个包，东西塞不下啊。光衣服我都扔了好多件，还有那些浮潜装备……"

我吐槽道："你那些衣服，我给你500块，够从淘宝上原样买回来了吧？装备就不要说了，本来就是人家唐双买的好吗？又没要你出钱。"

水哥对我的吐槽不以为然，叹了口气说：“鬼啊，我们真就不回这岛啦？两晚水上别墅，还有免费的早餐啊……”

什么时候了还在想着免费早餐，我对水哥也只能写个“服”字了。

我苦笑了一下，再次说了一遍我们的计划：“水哥，不是跟你说过了吗？最好的情况，当然是我们找到了那架失事的飞机，然后该拍的照拍了，该拿的证据拿了，趁着天亮之前，我们飞回鹤璞岛。如果运气好，动作快，你还能在水上别墅再睡个下半夜。”

水哥看了下手表，点点头：“我喜欢你的这个想法。那如果没找到飞机呢？”

我挠了挠头：“如果你光是想着回去睡觉，其实没找到飞机还更好。这个水上飞机，加满油了也只能飞……多久来着？”

唐双已经戴上了耳机，并没有听到我的提问，我只好凭记忆说：“六七个小时吧，我们十点起飞，到凌晨一点钟，如果没有任何发现，就会准备返航了，回到岛上是在四点之前。”

我皱着眉头继续道：“所以说，真的不回鹤璞岛，只有两个情况：一个情况是被岛上的人发现，我们开着飞机跑了，这样的话印度飞机师会通知我们，我们就直接飞到飞机岛去，搭最近的一个航班走人；另一个情况，就是我们在失事飞机上找到了必须带回但是又无法瞒过岛上人眼睛的东西……虽然我也不知道那会是什么啦。”

我摊开双手：“总之，就这样。”

水哥哦了一下，没有说话，我知道他的想法肯定是：那就别找到吧，哥还要回去睡觉呢。

实际上，我的想法跟水哥差不了太多。如果飞机不回去的话，我的损失要比他大多了，因为我连笔记本电脑都没带，只是把小说都上传到了邮箱。所以，我也没做好不回岛上的心理准备。而且，这次我们冒险出来陪唐双，去找她梦中的那架飞机，就算没有找到，她已经尽力去做了，没有太大遗憾。如果真的找到了，谁知道那上面有什么危险的东西呢。所以，对我跟水哥来说，没有找到飞机，也没有被鹤璞岛的人发现，无惊无险地回酒店睡觉，就是最优的情况。

这时候，甜爷却双手合拢，做了一个少女的祈祷：“那架飞机一定要找到呀。”

我正想说什么，唐双严厉地喊了一句：“鬼叔，绑好安全带。”

我吐吐舌头，赶紧坐好，然后系好安全带。

唐双再次重复道：“所有人员系好安全带，5 分钟后，我们就要起飞了。”

这时候，飞机已经滑行了一段距离，离开了鹤璞岛的珊瑚礁。我坐在副驾驶上，望着窗外一片漆黑的海面，深深吸了一口气。

身旁的唐双正在有条不紊地操作着，神情专注，英姿飒爽。认真的女人，也可以很帅。

水哥希望飞机找不到，甜爷希望能找到。我不禁在心里想，对于唐双来说，那架飞机到底是找到好一点儿，还是没找到好一点儿呢？

唐双的生命，一直跟飞机紧紧联系在一起。按照她的说法，她从三四岁开始就一直做那个水下飞机的梦，然后因此对飞机产生了浓厚的兴趣。如今，她正开着一架偷来的水上飞机，在没有月亮的夜晚飞行，去找那架梦了二十多年的水下飞机。

这个问题，或许只有等找到了那架空客 A310 飞机之后，才能够解答。

被浮筒分开的海水，就像我的思绪一样，都往脑后抛去。5 分钟后，唐双一拉操纵杆，水上飞机便开始从海面爬升。

巨大的轰鸣声中，座椅推着我的背，我慢慢飞到了半空。

天是黑的，海也是黑的，唐双开了水上飞机的灯，飞机像是夹在两片竹炭面包中的一小块蛋黄。

严格来讲，水上飞机是不能在夜间飞行的，因为它的电子辅助仪器不够，基本靠驾驶员目测来控制。放在 10 年前，在这样黑漆漆的晚上开一架水上飞机上天，在茫茫的大海中没有参照物，驾驶员很容易迷路。幸好现在科技发达，各种卫星定位仪都很精确，所以我们基本能够知道自己现在的位置在哪儿，准备去的位置又在哪儿。

不对，我们要去哪儿，只有唐双知道。

当飞机开始平稳飞行后，唐双摘掉耳机，我便提出了这个问题："我们往哪儿飞？"

唐双腾出右手，从背后掏出一个 iPad，扔到我手上："自己看。"

我拿起 iPad："哦，密码是……"

唐双还没回答，背后的甜爷抢着说："我的生日，0624。"

我笑了一下，没想到霸道总裁"T"也搞这一套，用女朋友的生日当密码。

输入 0624，打开 iPad 之后，我就笑不出来了。里面是一张截取了 Google 卫星地图之后，做了许多标记的 DIY（自己动手制作）海图。

在这张海图里，鹤璞岛只占了右下角的一小块，其他地方都是深蓝色的海水，还有一些块状起伏表示海底深度的变化。

在鹤璞岛的北边海岸上，有七个黑色的叉叉符号，都拖着长长的弧形虚线，像是台风的路径图。这七条虚线之间，因为弧度的不同，有三四条分别交汇在三个点上，这三个交汇的点，在周围画上了红色的圆圈，像是靶心跟周围的环。

在三个红圈旁边，从左到右，还分别写了 A、B、C 三个英文字母。有一条黄色的虚线，把三个圆圈串了起来；黄色虚线的一端从鹤璞岛上伸出，另一端又回到了鹤璞岛。

这些都是什么鬼？

我研究了好一会儿，才终于弄明白这张海图的含义。

在海岸上的那些黑色叉叉，就是鹤璞岛发现 A310 的残留物的地点；而它们拖着的黑色虚线，则是根据当时的洋流所推测的残留物的漂流路径。

当然，对洋流只是做了粗略判读，所以 7 条黑色虚线并没有全部交织在一起，而是每 3 条或 4 条形成一个交汇点。这个点就是可能的

A310 客机坠毁的地点，红色的圆圈，则是我们需要巡视、探索的范围。至于串联起三个红圈的黄色虚线，则是我们这架黄色水上飞机的预定航线。

我看懂了这张图之后，不由得倒吸了一口冷气。在鹤璞岛北岸的七个黄色叉叉之中，从左边数起，第二或者第三个，就是下午大黑带着我捡到那件黄色充气救生衣的地点；而剩下的六个叉叉，我不知道唐双是从谁那里得到的信息，是上岛之后才拿到的，还是没上岛时就准备好的？

无论哪一种，都毫无保留地展示了这个女人的超高智商，以及可怕的执行力。先不管对还是不对，能通过这七个黄色叉叉，最后分析出 3 个 A310 客机可能的所在地，代表的都是她强大的逻辑分析能力。

我不由得问自己，如果是我，能不能搜集到这些信息？能不能画出这张海图？能不能开着水上飞机去找海图里标示的地点？虽然很不愿意承认，但 3 个问题的答案都是，不能。

我从 iPad 上抬起头，看着从一开始的紧张里舒缓开来，操作越来越娴熟的唐双。

这个女人，真的是从任何一个方面，都完全把我碾压了。

我在人生的这三十几年里，一向自视甚高，从来没有过什么偶像，作为一个直男癌患者，更是很少去佩服一个女人。唯独这一次，在唐双面前，我深切地感受到自己不过是个自大的“战五渣”[1]。

如果有一天，她会从弯变直，然后神差鬼使地跟我在一起，这大概就是我所能想象的最具挑战、最疯狂、最刺激的人生经历。与跟唐双谈恋爱相比，攀登珠峰，或者跟另一个平行空间的自己对话，又算得上什么呢？

唐双的眼睛仍然直视前方，却对我说了句：“鬼叔，我们快到 A 点了。”

---

[1] 战五渣：“战斗力只有五的渣滓”的缩略语，多用于形容能力不行、战斗力低下。

我还沉浸在跟唐双谈恋爱的疯狂想象中，一时没反应过来："哈？A 点？啥 A 点？"

身后的水哥也跟着起哄："鬼叔，你只知道 G 点。"

我骂了一句："别闹。"

唐双对于我的愚蠢表示出了极大的宽容："你看看 iPad 里的海图，有 3 个可能的飞机残骸所在地，用红色圈出来了，A 点是我们要去的第一个。"

我马上就想起来了，A 点是三条虚线交汇的一个点，离鹤璞岛最近。

所以我们的飞行路径，是从鹤璞岛先到 A 点，然后再到 B 点，等最后到 C 点，刚好是凌晨一点钟左右，如果在 C 点还是一无所获的话，我们就可以打道回府了。

我赶忙应道："啊，是吗？那我来帮你看。"

唐双点了点头："到了 A 点附近，我就减慢飞行速度，鬼叔帮忙看前方跟右方，我来看前方跟左边。甜爷，水哥，你们也从舷窗往外看下，一发现有特别的东西，就喊我。"

甜爷兴奋地喊："好！"

水哥懒洋洋地说："知道了。"

我坐直身子，打起精神，眼睛看五秒前方，又赶紧转过脸来，看着左边的海面，生怕一不小心就错过了什么。

想想也是好笑，刚才起飞之前还分析了一通，如果没发现 A310 飞机，才是对我最有利的情况，但是一旦坐进水上飞机，在黑夜的海面上梭巡，还是打心底希望能找到些什么，经历些什么，才不枉此行。

男人哪，从骨子里就热爱探险。

这次的天文大潮超出了我的想象，海水比正常的时候要浅个十几米；水上飞机已经飞出那么远了，海水看上去还是只有薄薄的一层，有几块地方，甚至露出了海底山的顶峰。如果我们不是来办正事的话，我绝对会让唐双在一座海底山旁边降落，然后爬到山上拍个照片，逼格简直要突破天际。

正当我努力扫视海面时，突然，身后的水哥大喊了一句：“天啊，在那里！”

我还没反应过来，唐双已经敏捷地打了一把方向盘，不，是把操纵杆往右倾斜，水上飞机马上向右倾斜，朝着水哥说的那边绕圈靠近。

我朝右边看去，却并没有发现什么。因为我们都被安全带固定在座椅上，所以也没办法走到水哥右边的舷窗去看，只能通过问水哥来解决。

甜爷紧张地问：“有没有断开两截？”

水哥的声音有点儿困惑：“断开两截？船搁浅了会断开两截？”

唐双和我异口同声道：“船？”

水哥非常无辜地说：“是啊，船啊，你们以为是什么？那里有个渔船，就在那里啊，你们看，可能水退太快，搁浅了哈哈。”

他爆发出一阵爽朗的笑声：“哈哈哈哈哈，这些当地人真笨。”

唐双没有说什么，我却看见她深深吸了口气，估计是在平复情绪。然后她调整了位置，让水上飞机回到我们既定的航线上。

我交代后面的两个人：“看见飞机残骸的话马上喊，别的东西就不要理了，尤其是你啊水哥，不要说是船了，就算是苍井空搁浅了，你都别出声。”

水哥一点儿都不感到羞愧，嘿嘿一笑道：“好啊，可那要是松岛枫呢？”

我差点儿要喊“就算是你妈搁浅了，你也给我闭嘴”。为了不影响队伍的团结，所以只是在心里骂了一遍。

我只不过是个帮手，就能被水哥气成这样；反观唐双这个事主，却比我镇定多了。每逢大事有静气，说的就是她这种人。

唐双看着导航仪：“快到 A 点了，我开始降低高度，各位帮忙看着海面。”

飞机开始缓慢下降，我看了看时间，从起飞到现在不过用了半小时。

再看一眼 iPad 上的海图，从鹤璞岛到 A 点的航线长度，是 A 点到 B 点的一半，也是 B 点到 C 点的一半。也就是说，如果保持同样的速度飞行，我们找完 A、B、C 三个点，要用掉两个半小时。

而从 C 点飞回鹤璞岛的路程，大概有 B 点到 C 点的两倍那么长，也就是两小时左右。两个半小时，加上两个小时，再加上 A、B、C 每个点梭巡需要的半小时，刚好就是六个小时。再考虑到唐双之前跟我说过，这架水上飞机的滞空时间，最多也就在七小时左右。看来，iPad 上的这张海图，以及整个寻找失事飞机的项目细节，都是经过她的精密计算、合理安排的。

难怪唐双的爸爸要把公司交给她打理啊，有这样一个强有力的管理者，他就躺着等公司上市吧。要真到那一天，我一定得去买个几万股，让唐双带我发财带我飞。

不过，话说回来，她现在就在带我飞了。

就在我想着这些乱七八糟东西的时候，飞机已经下降了一半的高度，感觉离海面的距离也就一百米多一点。海水退潮的程度似乎越来越厉害了，从飞机上往下看，就像是下雨天之后的沙地；在这样的高度飞行，其实我心里还是有点儿忐忑的，要是一个不小心掉下去，浮筒摔坏了，水上飞机估计就报废了。这样一来，没找到失事飞机，自己倒先成了失事飞机，可就不好玩了。

唐双稳稳地操控着飞机，在 A 点的红圈范围内绕着圈子梭巡着，力求覆盖几平方千米内的所有可能之处。

估计是我们的一片赤诚感动了上天。好吧，我也不知道马尔代夫的上天是归哪个神管的。总之，这时候风把天上的云雾都吹开了，虽然没有月亮，但满天繁星照亮了海面，让我们用肉眼在进行大海捞针似的这项工作时，变得稍微轻松了点。

我认认真真地盯着海面，比高考时看题目还要走心。虽说是在帮唐双找飞机，其实我也夹带着私心，因为这架失事的空客 A310 对我来讲也有着特殊的意义。毕竟，我曾经梦见过它两次，一次在飞机上，一次在泳池里。而且，我高度怀疑，这架飞机跟我要找的那个平行时空的连接点有着紧密的联系。

可惜，飞机在海面飞了半小时，我们也直勾勾地看了半个小时，什么东西都没发现。

唐双的脸上看不出任何失望的表情，她只是一边拉操纵杆，一边对我们说："A 点没有发现，现在我们去 B 点。路上大概能飞一个小时，如果累的话，你们可以轮流睡一下。"

身后的水哥嚷嚷道："天哪，眼睛都看瞎了。"

我揉了揉眼睛，确实有点儿酸痛。按摩了一下眼珠子，再睁开眼的时候，我却看见有什么东西从眼前飘落。我敏捷地一把抓住，摊开手，发现掌心里有几根断发，而且像是白色的。

这就奇怪了，我的头发一向以黑又硬闻名江湖，都可以去拍洗发水广告的；最近又没有纵欲酗酒什么的，怎么会沦落到掉头发了？

我思考了几秒，得出结论，一定是因为帮唐双生了付老爷子的气，再加上帮唐双找飞机太耗费精力了；等回到国内，要找她报个工伤才行。

既然打定主意要讹唐双一笔，在飞往 B 点的路上，我也就没有休息，一直都认真地看着海面。说不好她的计算出了点儿小问题，失事飞机不是在三个点附近，而是刚好在飞过去的路上呢。

还没一会儿，身后传来一阵奇怪的声音，即使飞机的马达声也没能掩盖。我回头一看，却是水哥睡着了，正在打鼾。他的进化能力也是牛，这一次不但没吐，还能快速入睡，如果再让他坐几次，估计能演化出在水上飞机上吃着火锅唱着歌的功能了。

我再看另一边的甜爷，她却是跟我一样，非但没有休息，还全神贯注地看着舷窗外面。不同于夹带私心的我，甜爷这么认真，纯粹就是为了帮唐双。有这样一个尽心尽力的女朋友，唐双也算是找到真爱了。

虐死单身狗系列。

水上飞机继续在夜里航行，像天地间的一只黄色小虫子。我打开iPad里的海图，现在快十一点半了，也就是说，我们已经在海图上的A点跟B点这条黄色虚线的正中间。

下面的海水已经退得像滩涂，不知道有多少来不及游回海里的小鱼就这样搁浅在沙子里，莫名其妙地没了命。

作为一个对海洋知识完全没有了解的人，我也不知道这样夸张的退潮，到底是正常到每隔几年就会发生一次，还是属于正常人一辈子都见不到的奇观。更不知道那么厉害的退潮之后，会不会出现更厉害的涨潮，甚至海啸什么的。

无论如何，海洋啊，大自然啊什么的，比我们想象中要牛×多了，所以千万别想着跟它刚正面，趁着这次退潮，赶紧找到那架飞机，然后平平安安回到鹤璞岛，完成一次惊心动魄却又有惊无险的旅行。当然，这只是我作为人民群众的一个美好愿望而已，一般来说，都会被现实残忍地打脸。

在从A点飞往B点的过程中，我全程都看着下面，可惜仍然是一无所获。

就快要到B点的时候，唐双已经开始降低高度了，水哥这才醒了过来，心满意足地打了个哈欠：“爽，睡得真舒服。”

我不禁骂道：“睡舒服了就赶紧帮忙看着，我们这一路上可……”

我话还没说完，水哥突然大惊小怪地又喊了一句：“天哪！那是啥？”

甜爷制止道：“水哥，搁浅的船什么的就……”

水哥喊道：“不是船，人，是个人！”

我也向着右边看去，但因为角度不同，视线被飞机外壳挡住了，所以什么都没有看到。

我皱着眉头分析道：“是不是哪里有船搁浅了，所以船上的人走下来了？”

水哥急了:“不不，是个女人……”

我哈哈笑道:“水哥，你是想女人想疯了吗，松岛枫真搁浅在下面啦?”

他用力跺了一下脚，骂道:“什么松岛枫，是个女人躺在水里，穿着，穿着……”

他仔细辨认后说:“红色泳衣！”

我心里一惊，浑身汗毛倒竖。

穿着红色泳衣的女人，那不就是在岛上的第一天凌晨，在水屋下面以诡异姿态游过，然后第二天又想要装成唐双，引诱我游出外海的东西吗?

我刚想制止唐双，她已经一拉操纵杆，飞机向右倾斜，朝着水哥说的方向飞去。

开飞机不像在地上开车，可以直接打死方向盘掉头，要转弯只能够倾斜机身，慢慢修改角度，靠近目标。

在几次角度变换中，我也看见了水哥所说的那个穿着红色泳衣的女人。我倒吸了一口冷气，再次确认，那就是我在鹤璞岛上见过两次的东西。那个东西套在一件传统的红色连体泳衣上，此刻似乎正在浅水里挣扎，哗啦啦地溅起白色的水花。

我心里百分之百确定，那玩意儿肯定不是个人。我们现在的位置，离最近的鹤璞岛也有上百千米了，没有人可以游到那么远的地方。更何况是人的话，早就用脚站起来了。

那么，那个东西到底是……

飞机在绕了几圈之后，终于掉转了方向——那个红色物体现在处于机身左侧。

这次，换成坐在唐双身后的甜爷，大声喊道:“那不是人，不是……是一条……鲨鱼！”

她的声音里充满了难以置信:“鲨鱼穿着红色泳衣！”

这时候，飞机已经下降到离海面只有二三十米，这样一来，可以更清晰地看到下面的东西，但是相对来说，飞机掠过海面的速度也更快了，所有物体都是一闪而过。

水上飞机再次转换角度，这一下，那个红色物体清楚地出现在水上飞机的正前方，落在我和唐双的视线里。

红色物体在我们眼里只停留了半秒不到，水上飞机便从它上方飞过了。

但是这就够了，我跟唐双对视了一下，异口同声道："鲨鱼。"

真的就是一条鲨鱼，不知道是什么品种，体型巨大，在它背鳍到尾鳍中间，套着一件旧式的红色连体泳衣。

这是什么玩意儿？鲨鱼怎么会穿人的泳衣？

确定了那是一条鲨鱼之后，唐双重新拉起操纵杆，飞机回到原来的高度上，继续朝 B 点飞去。

虽然一条穿着泳衣的鲨鱼搁浅在沙地上活蹦乱跳，这样的场景确实足够神奇，但这并不是我们今晚要找的东西。不过……我皱着眉头想：在失事飞机可能出现的地方，出现了一条穿着泳衣的鲨鱼，应该不是巧合那么简单。

身后传来水哥的声音："这是鲨鱼精啊！"

看来，他也发现了穿泳衣的不是女人，更不是松岛枫，而是一条活生生的鲨鱼。

甜爷像是发现了活的美少女战士月野兔，声音里更多的是兴奋："好厉害！好厉害！你们看见没有，鲨鱼穿着泳衣！是反着穿的！"

唐双认真地开着水上飞机，只是轻轻地回答了一句："看见了。"

甜爷在后面叽叽喳喳地说："真的好厉害啊，不是亲眼看见的话肯定不会信！哎呀，可惜了刚才没来得及拍照。对了，你们说是谁给鲨鱼穿上泳衣的啊？"

水哥心有余悸，声讨给鲨鱼穿泳衣的人："就是，到底哪个孙子干的好事，吓死哥了，还以为可以来个英雄救美。"

我皱眉想了一会儿，说出了我的分析："我觉得，那泳衣不是人给鲨鱼穿上的。”

水哥哼了一声，不屑道：“那还能是它自己穿的？”

我点了点头：“你说得没错，还就是它自己穿的。”

甜爷的声音像林志玲一样惊奇道：“怎么会？”

我看了唐双一眼，她微笑着点了一下头，看来是赞同我的推断。

我于是信心十足地开始分析：“你们看过宣传保护海洋生态的纪录片吗？现在人类往海里扔了太多垃圾，像塑料什么的是不会降解的。我看过海龟的前肢被套上塑料袋，很小的时候就钻进去，一直挣脱不开，结果长大了勒着前肢，在海里游泳都是斜着的，那叫一个惨……”

甜爷连声道：“看过，看过，还有海豚肚子里的塑料袋！”

水哥大概知道了我要讲什么：“你是说，这鲨鱼也跟海龟一样？”

我点点头：“嗯，我的推论是，有人把连体泳衣扔海里了，这条鲨鱼还小的时候，不知道是不是被红色吸引了，钻过去的时候泳衣卡在鳍上，挣脱不了。随着鲨鱼越长越大，就只能一直这么穿着了。其实，我在岛上的时候，也见过这鲨鱼，当时快吓尿了。”

水哥咦了一声说：“我也……”

甜爷爱心泛滥地说：“啊！那怎么不去救那鲨鱼，帮它把泳衣脱下来！”

她的说法如此有道理，我一时竟无言以对。

海龟那么温顺的是好救，可一条活蹦乱跳的大鲨鱼，你想给它把泳衣脱了，再拖到水深的地方……

对动物有爱心是一回事，怎么表达爱心就是另一回事了。

唐双虽然在认真开着水上飞机，但其实也在留神我们的辩论，这时候她从另一个角度开解她的女朋友：“宝贝，刚才那里的水太浅了，我们的飞机没办法停。就算在深水区找到地方停，再涉水过去，一是太危险了，二是未必能找到。”

甜爷还是在心疼那条鲨鱼：“可是……”

我帮忙安慰道：“甜爷，你放心吧，刚才那些水够泳衣鲨鱼活下去，撑到涨潮的时候。你想想，这退潮也不是第一次吧，如果这样就能挂，它也长不了那么大一条了。”

我没说出来的话是：大到一口咬掉你的腿，骨头都不带吐的。

甜爷半信半疑地问：“真的吗？”

唐双非常真诚地说：“鬼叔说的是真的，我在牛津大学的那个教授朋友也这么说，所以不要担心了，宝贝。”

我自己都不知道是不是真的，唐双还拉了个牛津大学教授来担保，看来她一本正经地胡说八道的本领，也是颇为高超。

怕甜爷还提这件事，我尝试转移话题：“要我说，鲨鱼身上穿的泳衣，不一定是谁扔进海里的，也有可能是那架失事飞机上的乘客的行李散掉了，鲨鱼刚好过去……”

我吞掉了“过去吃尸体”这个猜测，继续说道：“翻弄那些行李，然后就不小心套上了。”

水哥也受到启发：“我看有可能，那泳衣是连体的，像刚有卡拉 OK 那会儿，粤语歌伴唱带里穿的。你们说的那飞机，也是九几年掉的吧，时间刚好对得上。”

甜爷终于也转移了注意力：“啊！是说飞机就在附近吗？”

唐双总结道：“不排除这个可能，宝贝，鬼叔，还有水哥，我们现在已经到了 B 点上空，帮忙看一下海面。”

我们三人相视点头：“嗯！”

我转过身来，深深吸了一口气，然后开始紧张地看着海面。鲨鱼的活动范围很大，能从这里游到鹤璞岛去，所以我不觉得它的出现跟失事飞机有什么必然联系。不过，认真找总是没错的。

不知道是已经过了退潮的最顶点，现在开始涨潮了，还是因为我们飞到了海床比较深的部分，总之，我感觉飞机下面的海水开始变深了。

我挠了挠头，然后发现自己又掉了一把头发，全都是白的。

第十四章

死里逃生

可惜，在 B 点的圆圈范围内仔细地巡视了半个小时，仍然是一无所获。

唐双恢复了飞行高度，开始朝 C 点飞去，吩咐我们可以休息一下。

水哥骂了一句：“还是没有。”

甜爷也有点儿沮丧：“只剩最后的 C 点了。”

最失望的应该是唐双，可是她不但没说什么，从她的脸上也看不出什么表情。

唐双还是认真地开着水上飞机。大型客机可以定速巡航，交给电脑操作，机长这时候吃个零食，看个报纸，问题都不大。小飞机可就没这功能了，全程都需要人肉操作，所以唐双有一点儿松懈都不行。

我欣赏了一会儿她那张认真的侧脸，再回过头来看着前方茫茫的黑色海面，突然，困意汹涌而来。现在快到当地时间凌晨一点，这几天又没休息好，会困也是正常。那就睡一会儿吧，我对自己说，等下到了 C 点才有精神找飞机。

然后，我马上就看到了那架飞机，在梦里。

这是我第三次梦见这架飞机了，前两次分别在民航客机上，以及酒店的游泳池里。

在梦里的我，清晰地感受到自己对同样梦境的厌烦。

天哪，又是这个梦——梦里的我想着。

不过是第三次而已，我已经这么厌烦，可想而知每个月都要做相同的梦，二十多年来重复了一两百遍的唐双，是有多么困扰跟煎熬。

我跟唐双一同梦见的这架客机，像上两次一样，正躺在平静的海水之下。

可能因为醒着的时候，唐双给我补充了一点儿飞机可能的相关型号，所以在这次的梦里，飞机的外观要比前两次清晰得多。

没错，这就是一架空客 A310，跟唐双 iPad 里的资料一样。

可是……眼前这架飞机上的航空公司标志，镰刀跟铁锤交织在一起，两边都长了翅膀，充满着冷战时期社会主义阵营的味道。在标志下面，还有看不懂的罗马字，并不是英文单词的拼法。梦里的我确定，唐双没有给我看过这个标志，或者更确切地说，我从来没有在任何醒着的时候看过。

眼前突然模糊了，梦里的我用手擦了一下潜水镜，视线又恢复了清晰。我这才意识到，自己正穿着整套的潜水衣，戴着厚厚的潜水镜，甚至还背着氧气瓶。潜水衣紧紧地贴在身上，皮肤感觉到的水压如此真实。

梦里的我在想，这架飞机沉没在很深的水底。突然，飞机机翼上的两个引擎开动了，机舱里的灯光也亮了起来，机翼的左右两边分别亮着红色跟绿色的灯。我摆动脚蹼，游到了客舱中间的舷窗旁。朝里看去的时候，我发现这一排的座位上，正坐着一家三口。

最外面那个是愁眉苦脸的中年男子，中间的则是一个满面怒容的女人，比男人要年轻一些。至于在靠着舷窗的位子上，坐着一个三四岁的小女孩。虽然年龄相差了二十多岁，我还是一眼认出，这个小女孩就是唐双。她用力地拍着舷窗，我听不见她的声音，但从口型来看，赫然是“Help me”。

一阵无比强大的水流，把梦里的我裹挟进去，我徒劳地挣扎着，仍然被冲得远离了那架客机。

“鬼叔。”

我从梦中醒来，急促地呼吸着，感觉心脏快从喉咙里跳出来。

唐双，二十多岁的唐双，正坐在她的驾驶座上关切地问：“鬼叔，你怎么了？”

我摸一摸额头上的冷汗，手里又粘上了几条白头发，勉强镇定道：“没、没什么，做了个梦。”

唐双像刚才两次那样通知我们：“快到C点了，五分钟后我会下降高度，鬼叔，你真的没……”

她转过头来看我，剩下的那些话，震惊得没有说出来。

我摸着自己的脸：“怎么了？啊？”

唐双的眼神里充满了诧异：“鬼叔，你、你的头发……”

我也是第一次看见她稍显惊慌的样子，心里就更害怕了，手从脸往上摸到了头发上。

没什么呀！

唐双不可思议地说：“鬼叔，你的头发全白了。”

身后的水哥听见唐双的话，竟然解掉安全带，站起来看了一眼，然后大声嚷嚷：“真的啊，你是怎么回事？”

我没有随身带镜子的习惯，驾驶舱里也没有汽车上那样的镜子，情急之下，我狠狠从头上拔下一小撮头发。

发囊松垮垮的，竟然没有我想象中的痛。然后，在我的手掌里，静静躺着十几根白发。不是夹杂着黑的灰白，不是普通的白，而是半透明的银白，像是八十岁老人才有的那种。而今天洗澡的时候，虽然没有特别留意，但我确定自己是一头正常的黑发，不然早就吓尿了。即使在一两个小时前，我掉的头发也只是灰白的而已。到底是什么原因，让我在短时间内头发全部变白了？难道说，刚才那个梦不光是梦，而是我做了某种形式的时间旅行？然后由于某种原因，我的头发没能完全回到时间旅行前的状态，而是莫名其妙地变成白色？

这里面的道理，我一时还想不通。

唐双看着我的头发，咬着下唇想了一会儿，还是对我说道："鬼叔，你刚才一直在喊一个数字。"

我紧张得语无伦次："什么数字？ Help me？"

唐双并没有纠结"Help me"根本不是数字，表情严肃地说："你一直在重复 2063，2063，2063……"

我更是用力地挠头，2063，这是什么鬼？

突然白了的头发，毫无印象却在做梦时一遍遍重复的数字，这些到底是什么鬼？是不是我以为自己醒来了，其实还在梦里？

我看着手里的一撮白发，突然想到，2063 会不会指的是 2063 年？到那时候叔就 80 岁了，确实会有一头白发。

旁边的唐双自言自语道："2063，是个质数。"

我确实有一个怪癖，就是特别偏爱质数，比如听歌时候，一定要把音量定在 11、13、17、19、23 这样的质数上，要不然心里就会很难受。但是对于 100 以上，尤其是 1000 以上的质数，叔就没有什么印象了，毕竟谁都不会把质数表都背下来。

可是，为什么会在梦里的时候，偏偏念叨着一个自己都没印象的质数？难道只是个巧合？

在我纠结着白头发跟质数时，唐双第三次提醒道："我们已经到了 C 点，你们都知道了，这是我画出来的最后一个点，如果这里还是没有的话……"

她调整了一下呼吸："总之，拜托大家了。"

我转过去看了她一眼，唐双脸上的表情是明明心里很难受，却偏偏假装坚强的那种。这种表情的杀伤力，比直接哭出来还要大，但凡是个心理正常的男人，看见这种表情，都会完全丧失抵抗力吧。于是，我暂时把白头发跟质数都抛到脑后，认认真真地开始搜寻海面。

A 点跟 B 点都没有任何发现，所以虽然大家没说出来，但心里下意识都觉得，C 点应该也找不到了。

坐了那么久的飞机，我甚至已经在脑补，水屋的床躺上去是什么感觉，今晚失落的唐双又该怎么安慰，是借肩膀还是胸肌给她会好一点儿……

然后，我就在海面上发现了什么。

这里的海水颜色更深，在那一坨静止的物体周围，海浪拍打着，在星光下反射出浪花的白色。那坨物体横在我们左前方的海面上，同样呈白色，不同于浪花，是人工制造的白，且体型巨大，一头是断掉的边缘，另一头似乎是椭圆形……飞机头。

我指着那东西，还没来得及发出声音，唐双已经猛地一拉操纵杆，机身左倾向那边靠近。

尽管表现得再云淡风轻，当这架梦了二十多年、出现了一两百次的飞机，真真切切地出现在眼前时，她的情绪还是无法控制。毕竟，再怎么强悍，她也只是个二十多岁的姑娘。

我深深吸了一口气，看着因为水上飞机不断变换角度，时而出现在视野里，时而消失的飞机残骸，试图揣摩唐双的心情。然后，水上飞机就降落在了海面上。

照理说，如果原本沉睡的飞机残骸这时候露出了海面，那么这里的海水应该跟刚才一样，浅得无法停下水上飞机。奇怪的是，此处的海水却足够深。

此时那飞机残骸正停在我右侧 20 米开外，从前窗玻璃看出去，能看到一角。随着海浪的波动，水上飞机正在不停地颠簸着，我们四人坐在上面，商量着下一步的行动。

空客 A310 体型巨大，但是跟无边无际的大海比起来，比泳池里的一根针还要渺小。唐双仅仅凭着鹤璞岛上残留物的上岸地点，以及她对洋流的分析，竟然就真的找到了飞机的残骸。不仅我们三人难以置信，就连唐双本人也会有不敢相信的感觉吧。

但是，事实就摆在眼前。不过，这架，不，半架摆在我们面前的飞机，却跟我的想象有点儿差距。因为无论是在唐双的梦里，还是在我的梦中，这架失事飞机都是一个完整的形态；如今找到的，却是一架头尾分离的残骸。

而且，这半架残骸的姿势，跟我脑海画面中的也不一样。我们梦中的飞机是稳稳地“停”在海底一片平坦的沙地上，这半架残骸，却是以一个二十多度的斜角卡在露出海面的一块礁石上。

但是话说回来，这再正常不过了。唐双之前就分析过，大型客机成功迫降在水面的可能性很小，更别说失事了二十多年的沉没在海底的飞机还会保持完好。

我们共同的梦，即使再逼真，也不过是个梦而已，没有什么参考意义。

水上飞机上响起了一阵啪啪声，那是我们四人都解开了安全带。

水哥第一个按捺不住，说道：“真找到飞机了。”

我也感叹了一个：“唐少不是开玩笑的。”

甜爷更是欢呼雀跃：“老公好棒！”

相比之下，最镇定的却是唐双自己。虽然找到失事飞机这个目标，在没达成时像是一个不可能完成的任务，但是一旦达成了，对于唐双来说，就是已经确认的一步，成为前提的一步，没有太多思考的价值。

像唐双这种人，具有明确的目标和与之匹配的行动力，她永远是在朝前看的。

此刻的唐双，皱着眉头，提出了我们要面对的下一个问题：“我在想，我们要怎么接近那飞机。”

水哥奇怪道：“这水上飞机不是能在水上走吗，开过去就行了。”

唐双摇了摇头："水哥，刚才降落的时候，我注意到飞机残骸是搁浅在一块海底的礁石上的，你也可以把它理解成海底的山，跟陆地上的山峰一样，海里的山峰也应该不是孤立的，旁边很可能有稍微矮点儿的山峰。现在是晚上，能见度很低，海浪又开始大了起来，如果我们贸然把水上飞机开过去，不小心碰坏了浮筒或者机翼，那……"

甜爷紧张地说："那就惨了，我们怎么回去呀！"

唐双点点头："所以，这里是水上飞机能到达的最接近的位置了，接下来，我们只能凭人力过去。"

我故作轻松地说："简单，我们游过去。"

水哥瞪起了眼睛："鬼，你可没说行程还包含游泳。"

甜爷更是被难住了："我不会游泳啊，怎么办？"

唐双像是早就预料到了他们的反应，看了我一眼说："我跟鬼叔去就好了。"

她又看着水哥说："有劳水哥你了，留在水上飞机上，照顾好甜爷。"

甜爷一听就不愿意了："不嘛，我也要去……"

唐双只是轻轻地说了一句："宝贝，你乖。"

甜爷就噘着嘴巴，没有再出声了。

我见气氛紧张，打趣道："甜爷放心，我会保护好你夫君的。"

其实我心里想的是，放心个鬼啊，这夜黑风高，潮涨潮退的，一片本来是无人能到达的海域，现在硬生生要游过去，谁知道会不会遇上什么奇怪的东西啊。

唐双对我笑了一下，她上扬的嘴角仿佛有一种魔力，缓解了我内心的焦虑。

感激的话她没有说出口，但我完全 get（接收）到了。还能说什么呢，我深深吸了口气，然后站起身来。

唐双跟我各自找出水上飞机上的救生衣，然后穿到身上，再戴上有头灯的探险头盔。

水哥正在安慰甜爷，甜爷担心地看着唐双，而我在她前面，打开了飞机的舱门。

风比想象中要大。

水上飞机下面是黑漆漆的海水，不知道有多深，淹没一个人是足够了。

我看了看不远处的飞机残骸，再摸摸身上穿的救生衣。

不能。

赐予我力量吧，我是希瑞！然而，身体浸入海水的一刹那，我就后悔了。

海水那么冷是正常的吗？

我试着用脚去够海底，果然，什么都碰不到。而那个停在黑漆漆礁石上的飞机残骸，在头盔灯光的范围外，感觉远比它的实际高度要高得多，像是一座不可攀登的高山。

上刀山，下火海，为的是一个……一个"T"。

想想我又何必！

但是，到了这个时候，想认已经太晚了。

唐双也从水上飞机上下来了，这时候游到了我的身边："鬼叔，你行吗？"

男人是不可以说不行的，我咬咬牙："走着。"

身后传来甜爷担心的喊声："你们小……"

她的声音被海浪卷走，变成细碎的浪花。我仍然采用笨拙的蛙式，双脚用力一蹬，耳朵里除了海浪的波动、海风的呼啸，就只剩下自己的呼吸声。

在经过了一段比自己想象中还要艰辛的游泳后，我到达了礁石的下方。

唐双不愧是业余游泳比赛的冠军，她已经在礁石下"呆"了有一两分钟。

真的是“呆”了一两分钟。

当我双手按着礁石突出的部分，跟她一样向上张望时，我也一样傻眼了。

那礁石上面，我们以为是民航客机头部、驾驶舱的飞机残骸，残骸倒是真的，但跟飞机可没有什么关系——这不是飞机残骸，而是船的残骸。

从外观上看，这应该是一艘小渔船，沉在海底也有些年月了，我们俯瞰能看到的船底四周，都布满了藤壶和其他各种贝类。

这艘船之所以沉没，也不是因为普通的撞到礁石之类，因为船体原来应该连接尾部的地方，现在是一个巨大的窟窿。我们观察那窟窿的形态，是从内到外扩散开，呈爆炸状，像是被炸药炸开，或者被鱼雷击中。如今，那被炸开的窟窿，就像一张巨大而丑陋的嘴，要对我们这两个人诉说一点儿什么。

我跟唐双对视了一眼，虽然看不清她的脸，但我知道她的眉毛也拧成了麻花，就跟我自己的一样。

突然，她用力拽了一下我的肩膀。我猝不及防，淹到海水里呛了几口。

刚要问唐双是干吗，突然，右侧传来轰隆一声，一块轮胎那么大的金属疙瘩从船体里滚落下来。

我赶紧往唐双身边靠过去。只见那金属疙瘩狠狠地砸在海里，溅起巨大的水花。如果不是唐双拉了我一把，说不好刚才溅起的不是咸腥的海水，而是我温暖甜腻的脑浆。

还来不及跟她道谢，唐双大声喊道：“上面！”

我抬头看去，不由得倒吸了一口冷气。

那礁石上的一半船体，本来泡在水里时可以保持平衡，现在却开始松动，正在顶上摇摇欲坠。船体晃动，发出难听的吱呀声，还有碎屑纷纷撒落。

刚才的金属疙瘩只是前戏，现在这玩意儿，是要整个砸下来啊。

我赶紧埋进水里，拼命往水上飞机那边游去，十秒钟之后才发觉，唐双没在我身边。回头一看，她却还呆呆地站在礁石下面，抬头仰望那慢慢倾斜、即将整个滑落的船体。

她这是要干吗?

来不及想那么多，我在水里猛一个转身，向唐双游了过去。

等我一把拉住她的救生衣时，她却伸出右手，指着那破船的大窟窿："你看。"

此时船上的各种金属部件、小块的礁石，还有白色的不知道是什么生物的骨头，都从那窟窿里吐了出来。我顶着漫天的碎屑，抬头看去，发现唐双要指给我看的，却是一个早已腐朽的行李箱。

行李箱挂在窟窿旁边的一条金属管上，在重力作用下，像贝壳一样慢慢打开。行李箱里，被海水浸泡了不知多少年的个人物品像天女散花一样纷纷散落。

在黯淡的星光跟头盔的灯光下，我认出一件暗红色的风衣，啪嗒一声掉到了旁边的海里。唐双不知道发了什么神经，竟然挣脱我的右手，想要游过去捡那件风衣。而摇摇欲坠的船体，就像一个倾覆的碗，眼看就要整个盖下来。

危急关头，我的肾上腺素疯狂飙升，仿佛从天而降的神力，让我在一秒间追上了唐双，再用右手一把箍紧她的腰，然后转身朝后游去。整套动作都在电光石火间完成，用了不到三秒。

唐双一开始还挣扎了两下，但很快清醒过来，跟我一起朝着水上飞机游去。

身后发出金属跟礁石摩擦的疯狂响动，一阵风夹杂着波浪往外推，我们却都不敢向后望，只是疯狂地朝前游。原来人在危急关头是可以突然领悟新的泳姿的，比如说狗刨式。

我竟然能以同样的速度跟曾经是业余游泳冠军的唐双齐头并进，这让我在慌忙逃命之余，竟然有了一点儿谜之骄傲，直到听见“砰”的一声，以及唐双的一声闷哼。

我停止了“优雅”的狗刨式，向右看去，唐双整个人脸朝下，泡在水里不动，她旁边有一块石头，正在往海里沉去。

我瞬间明白发生了什么事情——有一块礁石弹射到唐双背上，直接把她砸晕了。

我用了一秒钟决定要怎么做——把唐双翻过来仰面朝上，右手抓着她救生衣，左手继续狗刨前进。

幸好，我们离水上飞机不远，只有10米而已。

甜爷跟水哥已经发现了这边的动静，关键时刻，水哥总算没掉链子。他从水上飞机上下来，扑通一声跳进海里，游过来接应我。

我们两个人拖着昏迷的唐双，一起游到水上飞机的浮筒旁，又齐心合力要把她弄上去。

轰隆一声巨响！那该死的破船整个砸进了海里，一秒钟之后，掀起了一股不小的海浪，我们的水上飞机被推得猛烈摇晃！

差一点点，我们三个就掉到了海里。幸好，甜爷死死地拉住了我的手。

关键时刻，一根稻草可以压垮你，也可以把你从水里拉起来。我并不是说甜爷的胳膊细得像稻草，并没有这个意思，真的。

现在，我跟唐双两个人像死狗一样躺在机舱里。唐双还在昏迷中，甜爷跪在她身边，焦急地呼喊着她的名字。

我勉强坐起身来，水上飞机被波浪推得歪了起来，我差点儿撞到旁边的椅子上。

那半艘船整个掉下来之后，礁石似乎也要松垮了，海浪一波波袭来，让水上飞机不停地猛烈摇晃。要是再不把水上飞机开起来，被海浪推着撞到海底，或者是被天知道怎么能飞那么远的礁石砸中哪里，我们就倒霉大了。可是，唯一会开飞机的唐双却还是昏迷不醒。

水哥跟我们一样，浑身湿漉漉的，此刻正紧紧扶着旁边的椅子，以免在剧烈的晃动中摔倒。他喘着粗气，对着唐双大喊："姑奶奶，快醒醒啊！"

我看着唐双苍白的脸，摇了摇头说："她一时半刻估计是醒不过来了。"

水哥跺脚骂道："她不赶紧起来开飞机，我们都得死这里了。"

我摘掉戴着的头盔，摸着自己湿漉漉的头发，突然不知道哪里来的自信，说出了这样一句："没事，我会开。"

水哥瞪了我一眼："别闹。"

我伸出双手，脑子并没有下达什么指令，十指却在不由自主地动作着："我真的会。"

水哥看着我说："你是认真的吗？我可从来没听你说学过开飞机啊。"

我深深吸了一口气："我真的会。"

水哥还是完全不相信："你别闹了，模拟飞行跟真的开飞机可不……"

礁石那边传来轰隆一声，水上飞机又被一阵海浪掀得快要侧翻了。

我跟水哥赶紧弯下身子，甜爷更是整个人趴在唐双身上，保护着她，防止唐双再次撞到哪里。

时间不允许我再犹豫了。我趁着机身短暂的平静，站起身来，走向驾驶位。

当我坐在唐双来时的位子上，手指碰上操纵杆时，一股熟悉的感觉油然而生。不是模拟飞行，更不是GTA，脑子里像突然通了电一般，闪现出各种开飞机的记忆片段。

我真的会开飞机。

这种感觉非常特别。

我明知道自己三十多年的生命中，根本没有哪一段时间可以插入

“学习驾驶飞机”这一段经历，但是脑海中偏偏就有关于学开飞机的记忆。就好像有人硬生生地往我脑子里塞进去了开飞机的记忆卡片。又好像，你去到肯德基，跟服务员点了一份麦当劳才有的麦辣鸡翅，然后，服务员真的给了你一份。

明明知道这不合常理，但事情就这么发生了。这种感觉有多诡异，就有多真实。

不过，我并不是第一次有这种体验。

之前我有过从高维智慧空间俯瞰人类所处的低维度的体验。所有的平行空间，就好像一条条被切开的管道，我可以看到不同空间里的每一个自己。

在不同的平行空间里，蔡必贵有着不尽相同的面貌和大相径庭的职业；而且在一闪而过的片段中，我不仅看到了现在的蔡必贵，还看到了年幼时以及年老时的自己。

让我庆幸的是，即使是七八十岁的那个我，也没有变成秃头，而是有着满头的银发。

风中飞舞的白色头发……

水上飞机又是猛烈地一阵抖动，水哥破口大骂：“你要是会开，倒是赶紧开啊！”

我深深吸了一口气，在把操纵杆往前推的一刹那，伴随着水上飞机发动机的轰鸣，我的大脑也飞速运转起来。

我突然明白了，开飞机的技巧，或者说关于如何驾驶飞机的记忆，来自另一个平行空间的我。

突然变白的头发，还有睡梦中不停重复的质数 2063，都是我跟另一个平行时空的自己发生交错，然后获得了另一个自己的部分记忆的表象。或许我得到的记忆还不止这些，但是现在的情景需要我开飞机，所以只唤醒了开飞机这个技能。

如何开飞机，技能 get。所以，趁着现在，赶紧运用我的隐藏技能吧。

我轻松地驾驶着水上飞机在水面滑行着转弯，然后在又一次波浪的推动下，加速，起飞。

随着机头慢慢抬起来，浮筒离开水面，水哥难以置信地喊道："天啊，你真的会开飞机啊！"

就连心思全放在唐双身上的甜爷，也对我表示了赞赏："鬼叔好厉害！"

水上飞机稳稳地上了天，我用眼角的余光看到，刚才的礁石已经山崩地裂，随着一声可怕的巨响，一波两三米高的海浪，席卷了刚才水上飞机停留的位置。如果不是在千钧一发之际我把水上飞机开了起来，现在的我们，估计都被打翻掉到了海里。

真是险透了。

十分钟后，导航仪上的卫星定位，显示我们正沿着唐双规划的那条回程航线，返回鹤璞岛。

在我比唐双更专业的驾驶技能下，水上飞机已经飞了一半的路程。再有不到一个小时，我们就可以回到岛上，刚好是凌晨三点。

虽然脑海里有很多开飞机的记忆，但是这个平行空间里的我，身体真切地开着飞机，却是踏踏实实的第一次。我表示，很享受开飞机的感觉，比玩模拟还要爽。

身后传来甜爷的欢呼："醒了！"

我技巧娴熟地开着飞机，却有种感觉，那就是双手并不是受我的头脑控制，而是像机器一般，正在执行自动操作。所以，我可以分神回头去看唐双。

她醒来之后的第一句话，并没有对谁在开飞机提出怀疑，也没有问自己为什么晕了过去，而是说了一句莫名其妙的话："红色风衣。"

甜爷不明就里："什么红色风衣，老公，你没事吧？"

她又问我道："鬼叔，唐少刚才撞到了哪儿？"

我看着甜爷苦笑道："没撞到脑袋，你放心。"

唐双却像是真的疯了一样，突然冲到驾驶座后面，按着椅背，头伸到我脸旁问：“看见了吗，你看见了吗？”

我知道她说的是那件红色风衣，点头道：“看见了。”

她的语速更加急促：“红色风衣，你记得我跟你说的梦吗？坐在我右边的骷髅，让我不要吵的那一个？”

我皱着眉头问：“嗯，怎么啦？”

这是她第一次如此失态，声音近乎歇息底里：“那个骷髅，就穿着红色风衣！”

最后四个字她是喊出来的，音调高得像女人被老鼠吓到。

唐双的尖叫声在我耳朵旁边爆炸，我受到惊吓，猛地回过头去，右脚下意识地用力一踩；幸好飞机上并没有刹车，要真是在开车的话，这下子估计都甩尾漂移了。

双手似乎不受控制般地有条不紊地在操纵着飞机，但我的脑子里却是乱哄哄的。

拼图一样的碎片，在黑漆漆的底板上逐个浮现。

穿着大红风衣的骷髅。

“不要吵！”

镰刀、铁锤、翅膀组成的航空公司标志。

在海里飞行的空客 A310。

“这暴脾气，跟你妈可真像啊。”

酒窖里一阵悠扬的钢琴声，是苏联歌曲《喀秋莎》。

“我妈是大家闺秀。”

众多纷杂的碎片在脑海里浮现，争先恐后、吵吵闹闹，却拼不成一副完整的图画。

我突然觉得头开始剧痛，然后甜爷突然一声叫喊：“头发，你的头发在变黑！”

有些记忆从我脑子里抽离，像是那些拼图碎片被赶走了一般。我发现，自己不会开飞机了。

对啊，我怎么可能会开飞机呢！几秒钟前，还熟练地握着操纵杆的手，突然之间就不知道要放哪里了。手忙脚乱间，水上飞机猛地急速下坠，在突然的失重之中，我感觉自己的胃快要跳到胸腔。

甜爷跟水哥同步发出了尖叫。

唐双虽然刚才处于迷乱的状态中，到了紧急关头，却能一秒就苏醒过来。她一个箭步冲到副驾驶坐下，对着我喊："你别动！"

我赶紧松开了操纵杆，就像那是高压电线一般。

我也是一个很爱演的 Boy，明明接近吓尿的状态，竟然还学着冲上云霄里的机师，说了一句："You take control（你来控制）。"

唐双皱眉回了句："I take control（我来控制）。"

然后她拉起操纵杆，水上飞机减缓了下坠，慢慢平着飞了一会儿，又抬升到了原来的高度。

我擦了擦额头的冷汗——吓死我了。

甜爷跟水哥也吁了口气，水哥更是不满地骂道："鬼，你搞什么啊？"

我想起甜爷关于我头发的评论，便去抓自己的头发，想像刚才一样拔几根下来看看。但是直到发痛，也才能扯下两根，在眼前一看，果然恢复了之前的乌黑浓密，简直可以去拍洗发水广告了。

我皱着眉头，这说明那个 2063 年会开飞机的另一个平行空间的蔡必贵已经被挤走，离开了我的身体。幸好，还有一个会开飞机的唐双在我身边。

此时此刻，一架黄色的水上飞机正在回程的路上。天跟海还是一片黑漆漆的，就像夹着一点儿黄色芥末的两片竹炭面包。

我抬腕看了看手表，现在是凌晨两点四十五分，再过十五分钟，我们就会飞回到鹤璞岛。

那个印度飞机师并没有发来通知，也就是说，岛上的人没有发现飞机被偷。这么一来，我跟水哥的愿望真的实现了，我们可以偷偷把水上飞机还回去，安然无恙地回到水上别墅，然后一觉睡到大天亮。

可是……

水哥非常信任唐双的驾驶技术，把安全带都解掉了，凑过来问："鬼，刚才海里是怎么回事？"

我挠了挠头说："那个，那个飞机头，不对，那不是飞机头，是艘烂船。"

水哥疑惑地问："船？搁浅的船？跟我第一次看见的那艘一样？"

我摇了摇头："不，那是一艘很破的船，泡在海里很多年了，退潮了才刚好露出来。"

甜爷也插嘴道："啊？那是怎么一回事啊？"

水哥揶揄道："唐少算错了呗，什么飞机啊，根本不在那儿。"

甜爷不愿意了："才不会呢，我老公那么厉害，怎么可能算错。"

我沉吟了一会儿，说道："你们都没错，但是换一种说法，你们都错了。"

水哥骂道："你别卖关子。"

我像入水前一样长长地吸了一口气，才开始分析道："是这样的，甜爷说得对，唐双的海图确实没有算错，从那些漂流到鹤璞岛的残留物，结合洋流，推算出来的 C 点位置是正确的。但是呢，水哥也没有错，因为那玩意儿是艘破船，飞机确实不在那里。"

我换了口气："所以我推断，事情是这样的，漂流到岛上的东西，正是从那艘破船上掉下来的。"

水哥右手当槌，左手当砧，一敲下去道："原来是这样，你小子还可……不，不对呀，如果是这样的话，下午那件黄色救生衣又是怎么回事？你们可都说那是飞机上的啊，船上怎么会有飞机上的救生衣？"

我一下子被问住了："这个……"

正在开着飞机的唐双这时候加入了话题："水哥，你说得没错，那件救生衣是飞机上的。"

甜爷关切地问:“你没事了吗?”

唐双刚才被砸得那么狠,不可能没事,但现在却笑着说:“没事,别担心,宝贝。”

我也在纠结那件救生衣:“唐少,那你说是怎么一回事?”

唐双像是早就思考过这个问题,不假思索道:“唯一的可能性,是有人带着空客 A310 的充气救生衣上了那艘船,在船失事后,救生衣跟别的残留物一起,先后漂到了鹤璞岛上。”

我们三人互相看了一眼,没有说话。

虽然唐双的假设包含了比较多的巧合,但是排除其他可能性,根据逻辑分析,还是比较合理的。

好,现在问题来了。

水哥先开口了:“那到底有没有失事的 A310 飞机?”

我接着往下问:“有的话,会在哪里?”

一直都那么自信、那么强悍,一直知道要怎么做、往哪走的唐双,现在的声音里、表情上,却是前所未有的迷惘。

她的声音也是一样的空洞:“我也……不知道。”

水哥还要说什么,被我凌厉的眼神制止了。毕竟找不到那架 A310 客机,我们都无所谓,最难受的就是唐双自己。现在去问她飞机在哪里,为什么找不到飞机,就好像一个人养的狗刚死,你跑去问他狗死得痛不痛苦,有没有抽搐,有没有口吐白沫一样,太不合适了。

第十五章
空客 A310

这时候，时间已经快到凌晨三点，不知道从哪里的缝隙吹进来的风，让我们湿漉漉的三个人浑身冷得发抖。在经历了一场历时六个多小时的徒劳无功的冒险之后，我们马上要回到鹤璞岛了。

那个竖琴形状的岛屿，已经出现在挡风玻璃下面。

不对……

我倒吸了一口冷气。

有什么奇怪的地方。

从两百米的空中俯瞰，因为退潮的缘故，鹤璞岛旁边的海水后退到了珊瑚礁的边缘，让岛的体积瞬间增大了十倍，看上去陌生而又怪异。但是，我的关注点并不在这里。这个像竖琴一样的岛屿原来环抱的地方，是一个巨大的墨绿色潟湖。如今，因为退潮的原因，潟湖里的水竟然也不见了，就好像浴缸里的水从塞子里流走，裸露出陶瓷的底部。潟湖的湖底，除了沙子，还有别的东西。在星光的照耀下，我们发现了一条笔直的飞机跑道贯穿潟湖的正中间，一架白色的、巨大的、完整的民航客机，正停在跑道的东边尽头。

按照道理来说，客机降落后，在跑道上从西滑行到东，那么应该是头朝东，尾朝西的，但是这架客机却是反过来的，头朝着西边，尾巴朝着东边。

没有想到，我们飞离鹤璞岛一百多千米要去找的东西，其实就深藏在离我们水屋不到一百米的那个每天都能看见却完全没有留意的潟湖里。

如果不是亲眼看见，我们根本不会往这里想。这就是老话所说的“灯下黑”。

是啊，一个珊瑚岛上的潟湖，怎么会藏着一架民航客机呢？这个剧情一点儿都不合理，一点儿都不科学，脑洞再大的编剧，也不敢这么写。

可是，飞机如同构成它自身的金属一般硬邦邦的，就那么不和谐地停在潟湖底的飞机跑道上。

这都怎么回事？

甜爷发出了一声尖叫：“快看！”

水哥下巴都快要掉到地板上：“老天！”

我默默地看着唐双，就如同她默默地看着湖底的飞机。

好了，接下来要怎么做呢？要怎么做，才能搞清楚一切谜题？

说到底，飞机为什么会在湖里？

虽然唐双看上去很镇定，我却知道她也乱了方寸。

因为我们的这架水上飞机，已经飞过了跟印度飞机师约好的交接水域，笔直地朝着鹤璞岛的本岛飞去。

而发动机巨大的轰鸣声，在沉静的夜里显得格外刺耳，岛上的人应该全部都被吵醒了吧？从窗口往外望，他们就会发现一架黄色的水上飞机正在月牙跟星辉之下，越过天际。

这些国籍各异的工作人员，会用不同的母语在心里想：“这不是我们岛的飞机吗？”

总而言之，我们偷飞机这件事情，已经无可挽回地穿帮啦。

岛上的人反应比我想象的更快，一分钟不到，我们刚飞到鹤璞岛上空，几道强烈的光柱，就往我们水上飞机这边照了过来。那几道光柱，就像是几根胡搅的筷子，让机舱里乱成一锅粥。

甜爷不愧是小女生，在适当的时间用适当的力度惊慌失措起来:“怎么办？我们被发现了！”

水哥出了个馊主意:“要不我们往回飞吧，反正不落地，他们就没办法。”

我皱着眉头说:“不行啊这，油箱里的油还能坚持多久？”

唐双看着仪表盘:“半小时不到。”

我挠了挠头，就算硬着头皮往机场岛飞，靠剩下的油也够悬的，万一飞到半路没油就麻烦大了。可是就这么灰溜溜地在鹤璞岛降落，被抓起来询问个半天，肯定是没跑的了。付老爷子可不是省油的灯哪。

我们三个人都没了主意，一起看着唐双，最后的决定权，就像水上飞机的操纵杆一样，都握在她的手里。

甜爷的声音里带了点儿哭腔:“怎么办哪？”

一轮极细的月牙挂在前方，照着唐双经过短暂的慌乱后变回坚毅的面容。她深深吸了口气，缓慢但不容置疑地说:“我要去 A310 那里。”

我当时就蒙了，相信甜爷跟水哥的想法也差不多。

唐双现在的逻辑，就像是小偷要偷一样东西，被事主发现了，然后破罐子破摔，干脆改成抢。可是，好吧，就算你想抢，不对，想去潟湖里的那架 A310 旁边，又该怎么实现呢？

如果是停靠在鹤璞岛的北面，也就是我们住的水屋这一边，且不说因为退潮，我们必须停靠在珊瑚礁外的深水区，然后再步行进去；岛上的工作人员又不傻，一早就会在岸上等着我们了，凭我们四个人，很难冲破他们的防线。而如果是停在鹤璞岛南面，也就是潟湖外的区域，就不说岛上的人了，光是爬上潟湖的“围坝”，也就是珊瑚组成的斜坡，半路就能被刺得鲜血直流。

但是唐双的想法，明显比我高明得多，也疯狂得多。

水上飞机本来是从北往南飞，以 90 度直角切入鹤璞岛的，现在在唐双的操纵下，右倾了一个角度，向着鹤璞岛东边飞了过去，离开了鹤璞岛的范围。

水哥疑惑道：“不是说油不够吗，咱这要飞去哪儿？”

唐双没有说话，再一个右倾，水上飞机慢慢调整角度，开始与鹤璞岛的东西走向呈一个水平方向。

我有点儿领会到她的用意了。

因为潟湖里的那条飞机跑道在湖底正中间，也是跟鹤璞岛的岛体平行，呈东西走向的。那架 A310 停在跑道的最西边，而如果我们能从跑道东边降落，经过落地的滑行后，最顺利的情况下，可以直接到达 A310 旁边停下。

可是，我说的是“最顺利”的情况。要知道，我们乘坐的是一架水上飞机，它并不是被设计成在陆地降落的，所以并没有起落架，没有轮胎，有的只是两个皮划艇形状的浮筒。硬要用浮筒在跑道上降落，谁知道会发生什么事。剧烈撞击、起火、爆炸，什么都有可能。

我想，就连唐双心里也没底，如果不是为了梦了二十多年的一架飞机，在任何情况下，她都不会冒这个险。

真是疯狂的举动。不过，也正因为这个计划够疯，所以鹤璞岛上那帮人也是万万想不到我们会这么做的。等他们反应过来，从潟湖旁边爬下来的时候，我们估计早登上了那架 A310。

从这个角度考虑的话，在湖底的跑道降落，倒是一个能够达成我们目标的绝佳方案，更何况……我们根本没有资格否定这个方案。

操纵杆都握在唐双手里，除了她，这里没人会开飞机了好吗？那个该死的白头发的 2063 年的蔡必贵，早不知道滚回哪个平行世界去了。

水上飞机这时已经修改好方向，果然如我所料，从东往西，笔直地向着湖底那条黑漆漆的跑道飞去。

这个时候，唐双没时间也没必要跟我们解释她的计划，只是不容分说道：“大家坐好，绑紧安全带，弯腰抱住头。”

甜爷习惯了听话，没问什么就照做了。

水哥一脸错愕地问:“这是要搞……”

我提高音量喊道:“想活命就照做！”

水哥估计也猜到了唐双的计划，骂骂咧咧却也毫无办法，只能乖乖坐回座位，绑好安全带，双手抱着他锃亮得如一颗卤蛋的光头。

飞机开始失速下降，我看着越来越近的跑道，深深吸了一口气，也用力抱住了自己的头。

如果这次没死的话，我一定要教给未来的儿子一条人生道理——珍惜生命，远离霸道“T”。

在水上飞机冲上跑道的那一刻，我选择闭上双眼，屏住呼吸。着陆的剧烈撞击，比想象中来得要激烈。砰的一声，我感觉五脏六腑都移了位，水上飞机上没有固定好的物体全都飞到了机舱顶，然后又噼里啪啦地往下掉，砸到我们身上。我的耳朵开始嗡嗡轰鸣，什么都听不见了。

巨大的惯性推着水上飞机在跑道上快速地前进。

我睁开眼睛，看着飞速向后退去的湖底景物，心里产生了一点儿侥幸心理：说不定会成功呢?

但是显然，我高兴得有点儿太早了。浮筒果然不是被设计这么着陆的，一阵巨大的金属断裂声之后，水上飞机的右边，也就是唐双坐的副驾驶那一边，突然猛地向下塌陷！整个机体失去了平衡，左边的浮筒跟右边的机身着地，水上飞机被巨大的惯性推动着，在跑道上飞速地转起了圈！我们四人像是被困在陀螺里的蚂蚁，随着水上飞机一起转圈，要不是勒得胸口剧痛的安全带，我们都被离心力甩出机舱了。在这生死存亡的一刹那，我心里只有亿万个感叹号。

水上飞机转着圈离开了湖底跑道，在凹凸不平、到处积水的湖底摩擦着，终于在我被彻底转晕之前停了下来。我感觉胸口剧痛，肋骨似乎被安全带勒断了几根，四肢已经完全失去了控制。幸好脖子够粗，不然整个头都被甩出去了吧。

这么想着，我向右转过头，看着下面的唐双。

是的，因为水上飞机的右边浮筒掉了，所以右边机身着地，左边高高翘起有三四十度，所以现在唐双的位置正是在我下面。她的头向下歪着，一动不动。

刚才水上飞机的右边被猛地一撞击，又摩擦着地面转了那么多圈，她受到的冲击肯定比我更大。再加上她背部本来就被礁石砸了一下，所以，现在是她这次探险的第二次昏迷。

光昏迷还算好的，可千万不要出人命啊。

我这么想着，一下就急了，吸气时用力大了一点儿，就剧烈地咳嗽起来，胸腔一阵刀刮似的痛。幸好，这么一痛之下，手脚倒是恢复了知觉。

我赶紧去解安全带，但是因为慌乱，再加上手指还是有些麻痹，所以一时解不开。

身后响起甜爷的声音：“唐少，老公，老公！”

然后是水哥的闷哼：“老天……”

这两个被我忘掉的乘客，因为都在机舱后部，所以看起来并没什么大碍。

我尝试了好多遍，终于解开了安全带，扶着椅背想要慢慢滑到唐双那里，没料到双脚绵软无力，咚的一声滚到了她身边。

这个时候，甜爷跟水哥也设法爬了过来，我们三人都看着唐双，喊着她的名字。

唐少，你可别死啊，唐少，那架你梦见了一两百遍的飞机——空客 A310，就在离你不到 20 米的地方呢。

这一次，我看清楚了，这次不是什么破船，千真万确，就是一架 A310。朝着我们这个方向的，是真正的驾驶舱，虽然玻璃上布满了水草跟贝类，但是能明显看出飞机外壳的轮廓。

我倒吸了一口冷气，这是一架——如同我们共同的梦里——躺在平坦的海底，被咸水浸泡了二十多年但依然完好无缺的 A310 民航客机。

仿佛听到了我的内心独白，唐双似被电击般猛地吸了两口气，胸腔里发出风箱般可怕的声音，然后脖子一挺，醒了过来。

甜爷喜极而泣：“唐少！”

水哥也颇为欣喜：“幸好你没死，不然这飞机谁赔？”

唐双却说不出话来，左手绵软无力地摸着胸口。

我马上猜到她是被安全带勒住了，透不过气，赶紧去帮她解开。双手在她腹部动作的触感，还是颇为奇特的，但我跟自己说不要在意这些细节。

解开安全带之后，唐双呼吸终于顺畅了一点儿，又深深吸了几口气，但仍然没有力气说话，只是看了我一眼，眼神里信息量很大，有感激，有后怕，还有……兴奋。

我倒吸了一口冷气，看样子，她是要去那架 A310 上探个究竟啊。

甜爷看唐双有气无力的样子，眼泪啪嗒啪嗒就掉了下来：“老公，你……”

砰！水上飞机猛地又往下一坠，我的头狠狠撞到了唐双的肩膀上，甜爷则滚到了水哥怀里。

浮筒支架本来就毁了，现在我们四个人又聚在一起，重力都集中在一侧，所以就坏得更厉害了。总而言之，现在不是闲话家常的时候，无论下一步怎么做，当务之急是要先撤离。

我跟水哥先合作，他推，我拉，把唐双从副驾驶的座位上弄了下来。

水上飞机右侧的舱门被挤压得变了形，幸好还能钻出去。更加幸运的是，虽然机身是倾斜的，舱门跟湖底的珊瑚非常接近，但没有完全封死，还留着一个长达半米多的空隙，坐在地板上像溜滑梯一样，就可以从舱门直接掉到珊瑚上。当然了，一定要小心站好，不然屁股直接落地，会被尖锐的珊瑚刮得皮开肉绽。

我们商量了一下，决定了出舱的次序。水哥皮厚肉糙的，就由他来开路。

水胖子一开始不太乐意，不过看着甜爷可怜兮兮的小脸，一咬牙也就答应了。

看着水哥从舱门溜出的时候，我很担心他屁股会卡在那里，幸好这并没有发生。不过他脚一着地，还是骂了一句："妈的！这珊瑚！"

甜爷也出去之后，我在机舱里拖着唐双，慢慢地放下去给水哥；因为满地锋利的珊瑚，他直接抱起唐双就走了。

我把机舱里能拿出来的背包全部扔给甜爷之后，也从水上飞机滑了出去。

跟甜爷两人走到飞机跑道上时，水哥已经把唐双平放在跑道上一个离 A310 不到 10 米的地方。

跑道是用水泥造的，虽然被潟湖的水浸泡了那么多年，已经变得坑坑洼洼的，但是跟湖底的珊瑚比起来，已经是非常舒适的了。而且，这次退潮真的是超级厉害，估计潟湖跟外面的海有相通的地方，所以连湖水也消失得一干二净，如果不看那些水草跟贝壳，跑道上坑洼里的水看上去也只像是雨后的积水。

我抬起头来，盯着 10 米外的庞然大物，皱起了眉头。

当年不知道是谁出于什么目的，费心费力地在一个海岛的潟湖底部铲掉了珊瑚，再修了这样一条跑道。好吧，现在还不是探究这个的时候。

唐双静静地躺在跑道上，紧闭着双眼——刚才的这一番折腾，让她又昏了过去。

我跟水哥、甜爷三个人暂时脱离了危险，这才发现刚才穿过湖底的珊瑚丛林时，身上多多少少都挂了彩。我跟水哥还好，不过就是手上有些血痕，裤子也破了几条缝。最惨的是甜爷，女孩子细皮嫩肉的，又穿着短裤，右腿被珊瑚刮出了一道很深的口子，白花花的皮肤翻卷着，血珠大滴大滴地往外渗。

她还是要出道当歌手的啊，腿上要是留疤，以后就跳不了热舞了。

我跟水哥看着都心疼，可是甜爷却好像毫无知觉，她只是跪在地上，手垫着唐双的后脑勺，轻轻地喊着她的名字。

甜爷这忘我痴情的模样，看得我都于心不忍，所以，果然异性只是繁殖后代，同性之间才有真爱？

大概是甜爷爱的呼唤起到了作用，加上唐双的底子好，在这次冒险里第三次晕过去的她，又一次醒来了。

甜爷扶着唐双坐了起来，动情地要去亲唐双。眼看虐死单身狗的戏码就要上演，我正要识趣地扭过头去，唐双却一把推开了甜爷。

我跟水哥错愕不已，只见唐双伸出右手，笔直地指向湖边斜坡的某个地方。

此时，我们正在贯穿湖底东西方向的一条飞机跑道上，而唐双的方位，是真正的坐南朝北，空客 A310 在她右边，我们三人在她身边环绕，被撞得稀烂的黄色水上飞机则在路的南面。

她手指的方向，是鹤璞岛本体最南边原本被湖水掩埋的一片斜坡。在凹凸不平的珊瑚丛林中，出现了一件不该有的东西——灯光。

一大片平整的玻璃，还有后面一个坐在椅子上的身影，不，确切地说，是坐在轮椅上的身影。

我倒吸了一口冷气。

昨天晚上从水下酒窖的玻璃入口下去，走过玻璃走廊的时候，就在想方位到底是指向哪里。原来，不是正南方向，也不是正东方向，而是以一个东南的走向，一直通到潟湖的东部。

这么做，当然是为了看着水下的 A310。

我突然醍醐灌顶，岛上一些奇怪规矩的逻辑，变得通顺起来。

鹤璞岛封锁东部不让游客进入，是怕他们发现这架水下飞机的遗迹；付老爷子要在晚上而非白天邀请我们去酒窖，也是因为阳光下湖水透彻，这一架 A310 飞机有被发现的风险。

没有谁能想到，这一架消失了二十多年的 A310 客机，最后竟然是以这样近乎疯狂的方式出现在我们面前。

除了唐双一直盯着那酒窖的玻璃窗，我们三人面面相觑，没人知道接下来该怎么做，也没有人说话。

我突然想起一件事情，所以说，昨天晚上离开酒窖之前，我看见机翼上的红绿闪光，并不是幻觉？如果是这样的话，那我梦中的水下飞行呢，难道也是真实的？

扭过头去看那架 A310 客机，虽然机体完整，但是底部的起落架早已腐朽，是用三座锈迹斑斑、长满水草的铁架支撑着，分布在头部、中间、尾部。机体本身也是水草遍布，连舷窗上都附满了贝壳，根本不像能够启动的样子，更别说飞了。

我正想走过去仔细看那飞机，水哥却突然喊了一句："好多人！"

我不以为然地说："放心，他们一时半会儿下不来。"

甜爷焦急地说："不，有电梯！"

我吃了一惊，回头看向酒窖的玻璃窗，只见轮椅上的付老爷子身后人影幢幢，不断向一边走去，像是在排队等候什么。再仔细一看，这些人身下十几米处的湖底赫然有一个金属大门，门口有一块平地。原来那天布帘后面的付老爷子出入酒窖所搭乘的电梯，不光能通往地面，还能通往湖底。

原以为这群人从岸边爬下来，要经过狼牙棒丛林一般的珊瑚，怎么也得花个一两小时，没想到世间竟有如此厚颜无耻之人，早就把电梯建好了，只怕一分钟时间就能到湖底，过来抓住我们也是分分钟的事。

酒窖里的人要下来，与此相反，有什么东西正要上来。

是海水。

唐双是坐在地上的，所以她第一个感受到涨上来的海水。

我们刚来的时候，跑道上的湖水退得一干二净，湿润感只像是夏天暴雨后的地面。可是现在，湖水以肉眼可见的速度逐渐涨了起来，几分钟内，就没过了唐双的手掌。

上有老不死的追兵，下有水漫金山。我叹了口气，看起来，我们今晚小小的探险要结束了，剩下的只有束手就擒。

但是，还有人不服输。

唐双用双手撑着地面，艰难地站了起来，然后说出了一个正常人不可能想出来的方案。她先是用手搭在甜爷肩膀上，借此平衡身体，然后说："宝贝，帮我做件事，好吗？"

甜爷作为她的女朋友，当然猜到了唐双要说什么，此刻噙着眼泪，猛地摇头。

唐双深深地吸了一口气："我很少要求你做什么，就这一次，当我求你了。"

甜爷开始啜泣："不，我不要……"

唐双的声音虚弱得像是随时会再晕过去，但与之相反，她的态度却无比坚决："你一定要。"

甜爷哭出了声："可是你……"她哽咽着，说不下去了。

水哥看着脚下倒灌进来的海水，已经淹没了他的橡胶厚底。他急躁地说："姐两位，你们到底是要怎样？赶紧的呀，我可不想在这里被淹死。"

我突发奇想道："水哥，让你身体里那貔貅出来，把海水都吸光。"

水哥瞪了我一眼："你以为那是吸尘器，说开就开啊？我也不知道这祖宗什么时候才会出来啊。"

唐双显然没有把希望寄托在那虚无缥缈的上古神兽身上，她的计划更具有现实性："水哥，你帮忙带着甜爷走到酒窖下面挡住电梯门，帮我们争取点儿时间。"

她从水哥的角度考虑，说道："这样的话，水要真是大了起来，你们也好赶紧搭电梯上去。"

水哥很满意唐双的安排，点了点头，拉着甜爷就要走。

甜爷怎么都不愿意抛下爱人，抱着唐双的手："可是你……"

唐双摸了摸她的脸，拿出了最有说服力的一个笑容：“我答应你，一定会没事的。”

水哥算得上够义气了，他捡起地上的几个背包，对我扔下一句：“鬼，保重。”然后他一手拿着背包，一手拖着甜爷，朝着北边的酒窖走去。

甜爷不舍地一步三回头，但最终还是跟着水哥走了。毕竟感情再深，她也不一定能下决心为爱殉情，陪唐双死在这里。

不对啊，那难道要陪唐双死在这里的，是我？

这么想着，我紧张得膀胱都涨了起来。

唐双看着甜爷不再回头，身子一软，却像要倒了下去。

我赶紧扶着摇摇欲坠的她：“我……你……那个，你有什么打算？”

她的脸色在星辉下显得一片苍白。她看着我，勉强一笑道：“鬼叔，对不起，连累你了。”

我嘴角有点儿抽搐：“我说，要不咱也先上去吧，跟付老爷子好好求情，以后再回来看这飞机。”

唐双苦笑了一下：“鬼叔，你真的这么想？你觉得付老爷子会答应我们？”

确实，我刚才的话连自己都不信，只好皱眉摇头：“不会。”

她的视线越过我的肩膀，盯着那架 A310，眼神坚毅：“要弄清真相，这是我们唯一的机会。”

我忍不住用力地挠起了头发，话是这么说没错，但是“然并卵”，该怎么做呢？

我也回头看着那架民航客机，喃喃自语道：“连个梯子都没有，这该怎么上去啊？”

唐双轻轻地笑了一下，在这样的环境下，显得异常诡异：“鬼叔，我有办法。”

我挠着头说：“什么办法啊……飞机下面的铁架子面积太小了，就算爬上去，也只能摸到客舱底部，没有任何能攀缘的地方，不可能爬到舱门啊。啊，你是想说搭人梯吗？可是我们加起来也不到两米半，舱门离湖底总得有个五六米高吧，不可能够得到的。”

唐双没有说话，只是虚弱地笑，静静地看着我。

我突然起了一阵鸡皮疙瘩。我想，我明白她的意思了。

她是疯了吧？

她一定是疯了。不然的话，不会想出这样的办法的。

我像吃了半斤摇头丸，猛地摇头道："不不不不不，行不通的，不可能的……"

唐双深深吸了一口："鬼叔，这是我们唯一可行的有可能成功的方法。"

我眉毛皱成耳机线："别闹了，你是认真的吗？"

唐双点了点头："是认真的。"

她的腰离开了我的手臂，站直身子，介绍计划的详细步骤："鬼叔，我们先回水上飞机那里，把救生衣拿下来穿上，然后一起跑到 A310 的舱门下面，等水漫起来了，就浮上去，尽快打开舱门，进入机舱，在水淹没机舱之前出来，游回湖边。"

唐双又补充了一句："我怕一个人打不开舱门，你只要帮我打开了，就先走。我进机舱看看就行，三分钟就出来，一定，你不用担心我。"

我头都大了，这简直是我这辈子听到的最疯狂、最荒唐、最不合理的计划。

很难想象，平时做事那么有条理、那么冷静的唐双，竟然会制订这么不理智的计划，而且准备去实施。看起来，那个做了二十多年的梦，是真的快要把她逼疯了，不然唐双没有理由冒着生命危险，非要到那个机舱里一探究竟。

我深吸了一口气，尝试用最冷静的语气说："可是万一出了什么问题呢？我们，不，你会死在这里的。"

唐双要做的事情是如此疯狂，但她脸上的表情却是截然相反的镇静:“鬼叔，我一直以来的处事方法很简单，只分三步。首先，分析情况，接着，做出选择，最后，承担后果。现在，我的选择就是要留下来，要进机舱，如果后果是死在这里，真的，我也愿意承担。”

她拍了拍我的肩膀:“鬼叔，别婆妈了啊，你又不是妹子。”

我看着已经浸到脚踝的湖水，确实，现在的情况不允许我们婆妈。

我咬了咬牙，心想死就死吧。

在今天出发之前，我已经想好了，绝对要保证唐双的安全，虽然她不把自己当女人，但在我这种直男癌眼里，她就是个女人。我宁愿自己死在这里，也不能让她死在这里。

唐双说得很好，做人无非就三件事：分析情况，做出选择，承担后果。我的情况是，不会让雪山上的那一幕重演，不会眼睁睁地看着唐双像小希一样离开这个世界。不然的话，我这辈子都会活在悔恨和对自己的鄙视中，这种后果，我是绝对无法承担的。或者换个角度说，怕死是一种懦弱，怕活在悔恨里，是另外一种懦弱。

我狠狠地踢了一脚水，咬牙切齿道:“还等什么，走！”

唐双跟我面对面，盯着我足足有十秒钟，星光下，她的眼神复杂得难以言喻。

她几次启齿，几次欲言又止，最后说出来的是:“走吧。”

我看着唐双踉跄的样子，想要扶着她，她却执意拒绝了。只能跟在后面，随时准备着，万一她倒下的话就赶紧扶着。我在心里默默想着，要是她再次昏过去，就不管那么多，扛上肩往电梯那里跑。但是她非但没有倒下，反而越走越稳，越走越快。

第十六章

英雄救美

我们离水上飞机不过几十米，却走了有 10 分钟，这时候倒灌的海水已经浸到裤腿了。唐双还要逞强钻进去拿救生衣，我用身体挡住了她，一边往舱门里爬，一边吩咐：“你等着。”

水上飞机的机舱里黑漆漆的，幸好刚才两个人穿的救生衣没在刚才做陀螺运动时被甩出去，而且都在容易拿到的地方。我拿到两件救生衣后，就又像滑滑梯一样出了水上飞机。唐双倒很听话，扶着损坏的浮筒支架，乖乖地在飞机外面等我。

情况不允许我们再拖延，穿好了救生衣，我们就往 A310 那边跑。唐双也真是天赋异禀，才不过一会儿工夫，体力已经恢复了七成，跑起来虽然没我快，但比大部分上班族也要好一些了。

当我们跑到 A310 旁边时，海水已经淹到了脚踝上面。

我朝北边看去，酒窖下面的那部电梯到现在还没有开门。水哥跟甜爷的身影在电梯门口晃动着，不知道是他们成功阻止了电梯开门，还是电梯久未运行，真的要那么久才能启动。

不过，总而言之，如果要进入 A310 的客舱，一定要抓紧时间。不然的话，只要电梯一开门，水哥跟甜爷挡不了多久，而且那群人从电梯门跑到这边，用不了 10 分钟。到时如果想不被他们抓住，周旋个把小时还是有可能的，但想要在那么多人的把守下再进入 A310 飞机，那就是不可能完成的任务了。

毕竟，我不是“美国队长”，唐双也不是“黑寡妇”。

这么想着，我低头去看脚下，自言自语道：“这海水赶紧淹起来，不然等那帮人下来，就麻烦了。”

话音刚落，唐双踉跄了一下，我刚要去扶她，她却连连摆手，指着我身后。

什么东西啊，值得这么大惊小怪。我回头一看，吓得差点儿一屁股坐在地上。

一道两三米高的巨浪，顶端是粗粗的白线，正向我们席卷而来。

刚想着海水要大一点儿，这就真的大起来了。许别的愿，怎么就不见这么灵呢？

巨浪是从西、南两个方向朝我们推进，估计珊瑚礁的外围密度不同，底部密，上面疏；外面的海水开始涨潮后，一开始只是慢慢流入，等海水涨到一定程度，超过了比较密的底部后，就会大量灌入，形成这样的巨浪。

巨浪裹挟着海水的咸味、震耳的声响，还有潮湿的水汽，正向我们席卷而来。

现在我跟唐双的处境，就像是浴缸底部的两只蚂蚁，然后突然有人把水龙头开到最大。

我吞了一下口水，看这巨浪的移动速度，大概 30 秒后就会冲到 A310 这里。

唐双的注意力却不在巨浪上，而是扭头看着酒窖下的电梯那边。我跟她一起看去，电梯门刚好打开了，甜爷想朝我们这边跑来，却被水哥一把拖进了电梯，然后门又缓缓关上了。

这下好了，甜爷跟水哥都安全了，鹤璞岛那帮人也是要命的，暂时不会过来捣乱，那我们就可以专心面对这个巨浪……

但是，该怎么面对啊？

我深深吸了一口气，对唐双说：“这浪那么大，会把我们冲走的。”

她点了点头：“要找东西抓住。”

我们看着四周，却并没有什么能抓的东西，除了 A310 下面用来支撑的三座铁架。而巨浪越来越近，还有 15 秒就会到达，已经容不得我们多想。

我感到湖底都在抖动，水已经冲到了我的小腿上。

唐双转身就朝客机下面跑：“鬼叔，快。”

我跟在她后面：“不行啊，这样水淹上来，我们穿着救生衣，会被困在飞机下面的。”

可是唐双在那么短的时间内已经规划好要怎么做：“我们先抓住飞机头部下面的这个铁架，等水到了一定高度，就赶紧往外游，然后你帮我打开舱门，就大功告成了，你赶紧往北边游。”

我皱着眉头，她这计划怎么听怎么不靠谱，可是现在……

“鬼叔，快给我！”

轰隆的水声淹没了她的吼声，那巨浪比预计的来得更快。唐双左手抓住铁架，回身拉住我刚尽力递过去的右手，两人就这样被卷入汹涌的海水里。

巨浪劈头盖脸地打在我身上，水的巨大力量把我往另一边冲，幸亏唐双紧紧死命抓住，不然我就被冲走了。

第一波浪打得我根本无法呼吸，胸口一阵闷痛，幸好等浪头过后，之后的水流稍微和缓了些。

我跟唐双双脚离地，靠着救生衣勉强浮在水面上。在她的帮助下，我使出吃奶的力气使劲蹬腿，终于也游了过去，抓住了铁架子。

这架子上面长满了水草，唐双刚才是用左手臂弯死命勒住架子，这才能在巨浪的冲击下拉住两个成年人的体重，没有被冲走。

这时候，巨浪的最前锋已经冲到了湖的最东边，反过来跟后面的浪抵消，水流变得平缓起来。然后我才发现，从唐双的左上臂流出了红色的液体。

我皱着眉头，倒吸了一口冷气：“唐双，你的胳膊……”

原来她刚才为了拉住我，手臂被铁架划破了，鲜血正咕嘟咕嘟往外流，被咸得要命的海水这么一泡，想想就不是正常人能忍受得了的。

她勉强一笑：“没事。”

我把脸凑过去一看，怎么可能没事！

我在水流中尽量保持身体稳定，深深吸了口气，苦口婆心地劝道：“你这样下去，等下会失血过多的，要不然我们还是先回去？”

如我所料，她拒绝了。

唐双甚至没有回答我，仅仅是用眼神跟表情，就表达了她坚定的想法。

其实我也清楚，照唐双的个性，我是不可能说服她放弃的。

我叹了口气，开始去解裤子。嗯，把沙滩裤的那条松紧带拆出来，刚好能给唐双简单包扎下，减少上臂的出血。

唐双却没有留意我在做什么，只是全神贯注地盯着水面跟飞机底部的距离。

时间一分一秒地过去，水面缓缓地升高。

我们什么时候游出去，这个时机非常重要。如果出去太早，够不到机舱门，而外面没有东西能抓住，要维持在舱门附近，自己游会花费大量体力，不游又会被水冲走。如果出去太晚了的话，水淹到机舱门，由于水压的关系不好打开，即使打开了，水一灌进机舱，能停留在里面的时间也就很短了。

在这样诡异的环境里，我们泡在水里，我包扎着，她盯着，都没有言语。

我帮唐双包扎好，她说了一声：“好了。”

我刚想说不用谢，她却已经开始往外游了。原来人家说的好了，是指水位已经好了，是游出去的时候了。

确实，海水现在已经淹没了铁架，跟客机底部只有30厘米的距离。我们凭救生衣浮在水面上，如果再不出去，等下被卡在下面就麻烦了。

我深深吸了一口气，跟着唐双往外游。水越来越高，救生衣的背部摩擦着布满贝壳的机舱底部，到最后我都不是用腿在水里蹬，而是用手抠着机舱底那些牢牢的贝壳，像攀岩一样往外移动的。

等我游出机舱下面，水已经淹没了整个底部，唐双已经在飞机头部那个平时我们上下飞机的前舱门的位置了。

她在水面漂浮着，朝我招手："来帮忙。"

我游了过去，原本以为要帮她用力推拉舱门，她却说："鬼叔，辛苦你了，我要骑你身上。"

我吃了一惊："哈？"

在那么宽的大床上躺了两晚，浴缸也一起进去过，你都没想着要干吗，现在这么恶劣的环境，才想起要骑我？这脑回路也太奇葩了吧……

我正胡思乱想着，她拍拍我的肩膀："骑你肩膀上。"

我挠挠头："为啥？"

唐双指了指机舱门上面："看见没，那里有个阀门，拧开了就能打开舱门。但是这里滑溜溜的没地方能爬上去，所以……"

她不好意思地看着我："辛苦鬼叔啦。"

我摆摆手："还客气什么，来吧。"然后我转过身去，背对着她。她一边手扶着舱门，一边就往我肩膀上骑。要在不断流动的水中完成这个动作，难度还真的不小。

等她整个人坐在我肩膀上后，一件救生衣支撑两个人的体重，确实有些勉强，我往水里一沉，嘴巴都快浸入水中，勉强靠着手跟舱门的一点儿摩擦力支撑着转过身去，让唐双面对那上面的阀门。我的半张脸在水里沉沉浮浮，难受得要死；这是我尝试过的最辛苦的一次"女上位"了。

想着这舱门在水里泡了那么久，也不知道要花多少时间才能打开，甚至能不能打开都是未知数，幸好，唐双竟然花了不到两分钟就大功告成了。

她在上面兴奋地喊："鬼叔，你往后退一点儿，我要开门了。"

我手推着舱门，脚也在水下蹬着，勉强后退了一点儿距离。

唐双坐在我的肩膀上，竟然还能保持平衡，可见腰腹肌肉之发达；她随着我后退，双手一用力，竟然就把舱门打开了，一股尘封的气息，像水一样涌出。

我双手抱着唐双的小腿，从我这个角度看去，只能看到里面是黑漆漆的一片。

唐双在上面说："鬼叔，你再坚持一下。"她双手扶着舱门，一边说，一边就往机舱里爬。

我感到身子一轻，胸口以上都浮出了水面，唐双已经爬到机舱里去了。

唐双惊喜地说："里面是干的！"

我上半身也撑在舱门上，果然，机舱的地板是干燥的。这飞机在水下放了那么久，竟然没有进水，不知道是因为飞机本来的构造使然，还是经过付老爷子的某种改装加固。如此一来，这一架 A310，就成了一个掩藏在水下的二十多年前的博物馆。只是，里面摆放了什么藏品呢？

我皱眉问唐双："那么黑，什么都看不见啊。"

她的声音里有一点儿调皮："嘿嘿，看这个……"

一阵窸窸窣窣的声音后，一道光柱亮起，唐双竟然不知道从身上的哪个部位掏出了一个防水的小手电筒。

我手撑在舱门上，刚想也滚进机舱里，两个人好有个照应，唐双却恳求道："鬼叔，你别进来。"

我奇怪道："啊？"

唐双语气柔软地说："求求你。让我自己待一会儿。"

我心里一软，听她这么说话的时候，我都忘了面对的是一个"T"。

好吧，那还能怎样呢。我猜她是想独自一个人面对自己魂牵梦萦了二十多年的场景，以免失控的姿态被我看见；或许她的梦里还有些别的什么，唐双并没有跟我坦白，现在也不想让我知道。

无论如何，在这个时候，我选择尊重她。我放松双手，身体重新沉入水中，点头道："好，你快去快回。"

唐双嗯了一声，便拿着手电筒，向机舱里面走去了。

我上半身趴在舱门上，下半身继续浸泡在海水里。

说来也怪，海水涨到这里，就减缓了上升的速度，似乎是刻意要留些时间，让唐双在机舱里好好探索一番。

我把舱门向着左边努力推过去，让它紧紧靠着飞机外壁。这样一来，我才能更好地观察着机头所朝的方向，也就是刚才巨浪打过来的西边。如果还有什么动静，我就赶紧进去，把唐双拖了就走。

我盯着。

盯着。

脖子有点儿酸。

盯着。

好困……

想想现在应该有凌晨四五点，我怀疑再过一阵子，天都快亮了。

折腾了那么久，会困也很正常。

我手放在舱门，下巴枕在手上，眼皮子耷拉着，马上就要睡着了……

突然，咚咚咚！

我吓了一跳，整个人惊醒了，却发现声音是从右边传来的。皱眉看去，机翼旁边的一个舷窗里，传出了手电筒的光柱，应该是唐双叫我过去吧。

我没有多想，便顺着飞机的外壁，朝那个露出光线的舷窗游了过去。游到那里的时候，刚抬起头，光柱就照了下来，让我差点儿睁不开眼。光柱移开之后，看见的是唐双兴奋的脸。虽然听不见她的声音，但是那张脸洋溢着快乐的表情，我想她应该是找到了什么了不得的东西，可以解开困扰了她二十多年的梦魇。

我大喊着："好了没？"

看起来，她并没有听到我喊的是什么，因为我同样听不见她的回复，只能看见她的嘴巴一动一动的，兴奋地跟我描述着什么。从她的口型，我能勉强看出安全、马上、很好等字眼。

我挠了挠头，总而言之，看来她这趟冒险没有白折腾，应该是把重要的问题解决了。这样的话最好，她高兴，大家都高兴，趁现在水还没涨起来，赶紧出来游回岸上……

这么想着，我不经意地往西边看去。

这一次，我差点儿尿了。不，因为下半身是被海水浸泡着，所以我也不知道，自己是不是已经尿到了水里。

西边是一波滔天巨浪，比刚才的还要高，还要来势汹汹。

这下惨了。

我支起身子，用力拍着舷窗，大喊道："唐双，快出来！"

她转过脸，用耳朵贴着舷窗，想要听明白我说的是什么。

我深深吸了一口气，在起伏越来越大的海水中，用最大的音量喊："浪来啦！"

唐双应该是听到了，眉毛皱成一团，转身就往舱门的方向走。

我刚准备回去接应，眼角的余光却看见舷窗里她的身体突然向后一倒。我张大了嘴巴，想了两秒，才回过神来——唐双又晕了。

毕竟她今晚背上被石头砸中晕了一次，水上飞机降落时晕了一次，被水哥扛到路上时又晕了一次，这种状态下，正常人早就躺倒了，怎么可能像她这样闹得那么欢腾?

不过现在看来，她也是凭着意志力死撑，其实体力早就透支完了。刚才在机舱里不知道看见什么，狂喜了一阵，现在又听我说海浪来了，心里太紧张，一口气没接上去，整个人就晕倒了。

我也急得要晕倒了，但这个时候，作为一个男人，不允许我晕。

我深深吸了一口气，朝着舱门游去。巨浪推着我身下的水也从西向东快速流动着。我把头埋进水里，用力蹬着脚逆流而上，但是身体移动的速度，让我怀疑自己是在水里倒退。

抬头看一眼那巨浪，已经迫在眉睫。

这个时候，脑子里有个声音对我说，蔡必贵，你其实可以放弃。趁着水位变高，爬到飞机上面，然后顺势而下，被冲到西边的岸上，再爬上去就好了，生命没有太大危险。

蔡必贵，你何必拼了这条老命，跑到机舱里去救一个认识不到一个月的“拉拉”？别痴心妄想啦，她对男人没兴趣，救了她也不会跟你在一起的。更何况，就现在的形式，你确定进去了还能再出来？

脑袋里的声音还在继续说着，每句话都有十足的说服力。

我深深吸了一口气，然后用力扇了自己一巴掌。右边耳朵嗡嗡的一阵轰鸣，刚才那个唠叨的声音果然闭嘴了。

其实它说得有道理，我确实可以选择逃避，丢下唐双，一个人逃命。只是这样一来，我又重蹈了雪山上的覆辙，眼睁睁地看着身边的妹子——虽然没有深厚感情，但起码互相有好感，认可对方——离开自己的世界，剩下我活在后悔中。如果我真的这么做了，可能在接下来的二十年里，会像唐双一样，重复做一个悲伤又可怕的梦吧。

我会想起唐双说的话，做人不过就是判断形势，做出选择，承担后果。我想清楚了，窝囊地活下去，是我无法承担的后果；相比之下，英勇赴死还更容易接受一点。

更何况，还未必会死呢。

那巨浪已经越来越近，水位也变得高了起来，我突然想到一个办法。既然在水里难以游动，我干脆脱离水面，手抓着舷窗一个个地挪过去。

这么想着，我也这么做了。

果然，虽然舷窗突出的部位很少，手指抓得很累，手臂接近在双杠上挪的动作更累，但这么一来，比在水里游要有效率得多。

一个、两个、三个……等我移到舱门旁边时，看见水面早已淹过了底部，开始往机舱里涌了。

糟了，唐双……

我左脚努力往舱门那边够去，可在马上就要踩到的时候，突然巨浪涌到了面前。我猝不及防，舷窗更不像底下的铁架子那么好抓，我一下就被卷进了浪里，往后冲走了。

巨浪带着一些水草、珊瑚碎片快速向东冲去。在水流的对比下，原本静止不动的 A310 客机，竟然像是在水里逆流而上，往相反的方向起飞了。我也像是飘浮在空中的人，看着 A310 从身边飞过，心里猛然一动，这不就是我在梦里看到的情景吗？

巨浪猛烈地砸在我脸上，把我整个人砸进了水里。幸好身上有救生衣，我在水流里翻了两圈，又慢悠悠地浮到了水面上。

突然“砰”的一声，我拦腰撞在了什么东西上。是飞机尾翼。原来水流那么湍急，在几秒内就把我从飞机头部冲到了尾部。我双手死死抓住尾翼，以免被冲得更远，再定睛往驾驶舱那边看去……

刚才一个巨浪，让水面整整升高了两米，整个机舱门已经被全部淹到了水里。在这样的情况下，相信整个机舱也已经灌满了水。

唐双还在里面！

我倒吸了一口冷气，脑子里那个声音又响了起来：“蔡必贵，放弃吧，她已经被淹死啦。”

我咬着牙，摇了摇头。

不，不一定的。

水既然是猛地冲了过来，而不是慢慢地灌进去，那么在机舱的天花板跟舱门之间，应该还有空气没来得及跑掉，所以留着一点儿空隙。唐双虽然晕了过去，但是身上穿着救生衣，能让她浮到水面跟天花板的空隙之中。救生衣救了她的命，可是，救生衣也会要了她的命。

别说唐双现在晕了过去，就算已经清醒了，身上穿着的那件救生衣也会让她无法潜入水中，进而被舱门顶部卡着，无法游出来。所以为什么坐飞机时，空姐会强调要出了机舱才能给救生衣充气，就是这个道理。

那么，既然这样，就需要有外部的力量去把唐双拖出机舱。而这个外部力量，只能是我。

我深深吸了一口气，心存侥幸地看向酒窖那边，希望会有追兵出现。

不，现在应该叫救兵了。鹤璞岛那帮家伙如果能现在出现，把唐双救出来，再把我们抓回去，爱关多久都随意啊。就算不给 Wi-Fi，我也认了。可是，水面上空空如也，并没有我想要看到的水上摩托、救生艇什么的。

这样看来，危急时刻还是只能靠自己。

幸好，跟刚才一样，这第二波浪到达东边的湖岸之后，也反弹了回来，所以水流反而变得和缓了。与此同时，水面上升的速度也在变缓，似乎静止不动了。

我放开飞机尾翼，用力朝着机舱门游去，这时比刚才轻松多了，两分钟就到了舱门的上方。

就在我想潜进水里去时，也遇到了一样的问题：救生衣的浮力很大，我根本没办法往下潜。

我看着脚下隐约可见的舱门，如果要钻进去，只有一个办法，那就是脱掉救生衣，往下潜。可是，如果真的这么做，等下拼了老命把唐双拖出来，自己还有没有力气游回岸上，就真的是个未知数了。

我环顾四周，这里也完全没有能把救生衣脱下来之后暂时固定的地方。

舱门里咕嘟咕嘟冒出几个大气泡，说明在水压的作用下，空气已经开始往外跑，唐双的生存空间正在慢慢变小。

时间已经不允许我多考虑了。我闭上眼，深深地吸了一口气。

拼就拼了吧。

我三下五除二地解下救生衣，用力往飞机尾翼的地方一抛，寄望于它能刚好挂在那上面——虽然我也知道机会很渺茫。

我深深吸了一口气，憋在胸腔，然后就猛地往水里一扎！

当手能抓到机舱门的上边框时，就好用力多了，我顺势往机舱里面钻。感觉快要透不过气时，整个人终于都钻进了机舱里。万幸，我刚才的判断是正确的，在水面跟天花板之间，还有不到 20 厘米的空隙，仰着头让脸跟天花板平行，还能够勉强换气。

我深深吸了一口不那么纯净的空气，再次扎进水里。

机舱里黑漆漆的，幸好刚才唐双带进来的小手电还亮着，在水流的裹挟中翻滚着，光柱变换之中，照到了水面漂浮的长条状物体上——那是唐双。

我心里松了一口气，虽然看上去她还在昏迷中，但幸好刚才没被机舱里的座椅什么的钩住，而是顺利地浮了上来。

来不及想太多，更来不及观察这被水淹了大半的机舱是什么样子，我拼了老命，朝大概十个座位外的唐双游去。

到了唐双跟前，我不由得大呼侥幸。可能是上天没打算让她死在这里，或者是这机舱里谁的灵魂在保佑她，总而言之，她正面朝上，并没有因为水淹而窒息。唐双的头朝着我这边，我用手指探到她鼻子下，很好，虽然微弱，但是感觉到了呼吸。既然上天要她活下去，那我就来助上天一臂之力。

事不宜迟，我一只手拖着她，一只手扒拉着往外游。好不容易到了舱门，这时水位比刚才我钻进来时又稍微高了一些。

唐双穿着救生衣，整个身体都浮在水面上，就比舱门的上边框，高出了足足有 20 厘米。

这该怎么把她弄出去？

看着水位慢慢变高，行不行都只能这么做了。

我深深吸了最后一口气，然后潜进海水里。我的右手仍然抓住唐双的救生衣，以防她漂走，身体却往舱门外钻，整个人都埋在了水里。然后，我双脚用力踩着舱门旁边的飞机外壁，咬紧牙关，拼命把她往水里拖。

最艰难的是一开始——我简直把牙龈都咬出了血——等把她拖进水里，救生衣卡在上门框时，就要容易一点儿了。我在水下没办法呼吸，又不敢浮到水面换气，只能拼着继续把她往外拖。而她的脸上也出现了难受的表情，嘴巴无意识地张开，咕嘟咕嘟往外冒气泡。

我拼了死命，她的胸出来了，上半身出来了，膝盖出来了……脚踝卡在了门框上。

我眼珠子都快瞪出来了，心脏狂跳着，也要蹦出胸腔，耳朵里嗡嗡的什么也听不见。用尽肌肉里最后一点儿ATP（腺嘌呤核苷三磷酸是一种不稳定的高能化合物，水解时释放出能量较多，是生物体内最直接的能量来源），往外一扯，终于，她整个人都从门里出来了。

在救生衣的作用下，她开始往上浮。而如同刚才她骑在我肩上一般——只有一件救生衣，不够浮起两个人。

我在最后一刻，勉强把她身体翻转了一下，让她正面朝上，这样浮出水面后她才能顺利呼吸。而筋疲力尽的我开始往水里沉下去。

我双手徒劳地往上抓，当然什么也抓不到，眼睁睁地看着那个身影，穿着红色的救生衣，离我越来越远。水面的上方，已经有微微发白的光亮，那适合人类生存的陆地上，已经迎来了第一抹晨光吧？

一个场景在我脑海里浮现，那是在雪山之巅，另一个身穿红色衣服的女人，也是这样往上，再往上，离绝望的我越来越远。不过幸运的是，我实现了自己的承诺。

上一次，那个姑娘往上飘，是去赴死，把活下去的机会留给我；这一次，唐双往上漂，她可以活下去，而我将会死在这里，也算死得其所吧。

我绝望地闭上了眼，意识开始模糊。渴望氧气的嘴巴，开始不由自主地张开，咸腥的海水止不住地灌入，即使我用力掐住自己的脖子，也是无济于事。

身体翻转了一个方向，脸朝着黑漆漆的湖底沉去，沉去……离那条莫名其妙的飞机跑道，越来越近。

这个时候，已经没有任何人能救我了。

我就要死了呀，浑蛋。

除非……

在意识完全丧失之前，我微微睁开的眼睛里，看见一头黑色的魔鬼，在水里像天使一样拍动翅膀，向我靠近。

是幻觉吧？果然是梦啊。

第十七章
真相大白

我在松软的大床上醒来，看见的是窗帘透进来的太阳光。

我猛地要坐起来，才发现自己根本动弹不了。

浑身的每寸肌肉，没有一寸属于自己。

我想要问自己是怎么了，张口说出来的一个字却是：“水。”

“给。”

我接过床边的一只手递过来的水杯，微微支起脖子，猛地一口气灌了进去。

淡水通过食道的感觉，真好。

我把杯子还给那只手，用被海水腌得像咸肉一样的嗓音说：“谢谢。”

然后我发现，那是一只皱巴巴的手。

再一看，从窗帘透进来的光线里，那个在床边坐着轮椅，伸手接过水杯的人，赫然就是——付老爷子！

我马上就吓得全醒了，所有的记忆也一瞬间回到脑里。

我从床上蹦了起来，身体往后倾，大喊道：“唐双呢！你把她怎么了！”

付老爷子阴阴地笑着，没有说话。

我想要扑上去抓住他的衣领，给他丑陋的脸上来一拳，但是软弱无力的肌肉拖住了我。

限制我行动的，还有身后传来的一个熟悉的声音：“我在这儿呢，鬼叔你醒啦，上个厕所发生了那么多事。”

我回头看去，在浴室的门口，倾泻而入的猛烈阳光中，站着一个优雅的人影，像是曙光女神。

唐双，她怎么会……一阵眩晕袭来。

在彻底晕过去之前，我想唐双晕了四次，我这才晕第二次，不算太丢脸吧？

再次醒来时，我看见的是唐双温柔的脸，她正坐在床边，两只手里握着我的手。

果然，付老爷子不过是个噩梦而已。

她看着我笑：“鬼叔，你醒啦，要喝水吗？”

我点点头，然后发现窗帘已经拉开，自己正睡在水屋的床上，躺在洁白的床单里。

我深深吸了口气，发现自己的精神已经好了很多，接过唐双递过来的水，依然是一口喝光。

把杯子还给她的时候，我把胸中的疑问一连串都吐了出来：“唐双，我是怎么了？谁救了我？谁救了你？甜爷跟水哥呢？付老爷子呢，对了付老爷子呢？他怎么会放……”

“世侄，我在这儿。”

我又吓了一跳，然而这不是幻听，也不是梦，朝着床尾那边看去的时候，付老爷子正坐着轮椅，沐浴在落地窗透进来的阳光里。

这到底是怎么回事？

唐双温柔地扶着我的腋下，让我坐起身来，靠在床头。她还帮我拿了枕头，垫在腰后。

我扭头对她说：“谢谢。”

她看了我一眼:“我才应该谢谢你，谢谢你救了我。”

果然是因为我的英勇行为感动了唐双，让她温柔得像个女人。好吧，她本来就是个女人……

付老爷子干巴巴地笑道:“你们都该谢谢大黑，不是它的话，两条小命都要丢喽。”

我皱着眉头，感觉脑子里乱成了一团糨糊:“这到底是怎么回事?我们是怎么得救的?你，唐双，你跟付老头，不，付老爷子，又怎么能那么友好地在一间房子里?那水上飞机都烂在湖底了吧，你们……”

我突然警觉起来:“你们是一伙的?”

唐双嗔怪地看了我一眼:“乱七八糟地说些什么呢?鬼叔，前晚是你救……”

我吃了一惊:“前晚?我睡了多久?”

她的表情稍微有一点儿心疼:“两天一夜，鬼叔，是这样的，你救了我，大黑又救了我们俩，当然还有薄荷跟苍鹭，他们开船把我们捞起来的。甜爷跟水哥都很好，现在吃午饭去了。具体细节，以后我慢慢跟你说。现在嘛，我想请你听一个故事，听完之后，你就会知道我跟付老爷子是怎么和解的，我们俩又是什么样的关系了。”

唐双看向了付老爷子，两人交换了一个温暖的笑容。

我看着他们的表情，下巴都掉在了地上:“付老爷子是你亲爹?”

唐双跟付老爷子面面相觑，呆了三秒，然后一起爆发出了剧烈的笑声。

我一头雾水，茫然不知所以。

付老爷子笑得都咳嗽了起来:“哈哈，小蔡，不，老头子还是叫你世侄吧，世侄啊，不愧是写小说的，脑坑……”

唐双提醒长辈:“是脑洞。”

付老爷子点头:“对对，是脑洞，世侄的脑洞很大啊。”

我先看看唐双，又看看付老爷子，这两人前几天还是仇人，现在却好得像同穿一条裤子。这不是一伙是什么？虽然并不知道唐双这么搭上性命地玩我，到底是图个什么，或许有钱人的兴趣比较奇葩……

唐双的手在我头发上摸了一下：“别瞎想了，我们讲给你听吧。”

据唐双说，她在机舱内部找到了一本厚厚的人事档案。档案众多的人事资料里重复出现 KGB、克格勃这样的字眼。对此，唐双感到很困惑，她在心底打了一个大大的问号。

真正让唐双激动不已的是，这沓人事资料里夹着一张照片。她在那张照片里找到了较为年轻时的付老爷子，还找到了一个跟自己小时候长得很像的一个小女孩。小女孩依偎在一个长相英气的女人身边。

不知道是不是自己长得跟那女人有几分相像的缘故，看着那个未曾谋面的女人，唐双心底油然而生起一种亲切之情。

后来见外面发生了意外，在自己疲惫得晕厥之前，唐双及时将那张作为证据的照片收在了身上。至于那些同样重要的人事资料，面对外面的巨浪，唐双有想保护的心，奈何力不足，最后只能果断放弃。

奇迹般得救后，苏醒过来的唐双凭着脑子里记下来的关键信息，以及那张铁证如山的照片，对付老爷子进行了质问。

唐双停止了讲述，她看向付老爷子：“老爷子，剩下的事情还是您来讲吧。”

我皱着眉头问：“为什么非得要付老爷子来讲啊？”

话刚问出口，我就后悔不迭。我猜事情的真相想必有些残忍，唐双暂时仍无法接受，否则她不会抵触亲口讲述。

我还没来得及收回问题，付老爷子就代替唐双回答道：“那段过往过于残忍了，老头子给侄女讲第一遍的时候，她就哭了。讲完第一遍，侄女要求老头子我再讲一遍，讲第二遍的时候，她也哭了，而且哭得比之前更厉害。不过侄女真不愧是她的女儿，有一股英气，这不早上一觉醒来，情绪就缓和得差不多了，现在都会照顾你了嘛，还能跟你打情骂俏……哎，老头子又扯远喽，这人年纪一大啊……所以说，现在你让她亲口讲一遍，无异于往伤口上撒盐。”

唐双帮他刹住了车：“您开始说吧，二十多年前……”

这时，愚钝的我才发现唐双的眼圈早已泛红了。

付老爷子尴尬地一笑：“啊，世侄啊，老头子捡你好理解的，尽量长话短说。你要是一时明白不了呢，没关系，先记着，以后慢慢想喽。”

我不知道他们葫芦里到底卖的什么药，但是看起来一没有要把我关岛上，二没有要我赔水上飞机的钱，不就是听故事嘛，你讲一百个我也愿意听的。

唐双看着我说：“故事有点儿长，你好好听，别打岔。说不定哪一天，你还能把它写进小说里呢。”

我看了眼唐双，又看着付老爷子，郑重地点了点头：“好，您说，我不打岔。”

付老爷子欣喜地看了我一眼，说出来的第一句话就让我完全无法理解：“1991 年，苏联解体……”

我忍不住叫了起来：“什么什么？苏联解体？这也扯太远了吧？”

唐双抚摩着我的肩膀：“不是说好不打岔吗？”

付老爷子摇了摇头，像是早猜到了我的反应，并没有理会，而是继续往下说：“KGB，也就是克格勃，相当于美国的中情局，开始召回潜伏在世界各地的间谍。”

我的眼珠子都快掉到床单上了，这画风突变啊，什么鬼，又是苏联又是美国，又是克格勃又是中情局的，间谍！什么鬼！拍《007》还是《碟中谍》？

付老爷子没有管我的反应，自顾自地往下说：“我们这些间谍啊，3 年后，也就是 1994 年，就集中到了某个中立国家，不属于任何一个阵营的，搭乘苏联航空的班机，两百多号人啊，满满一飞机的间谍，啊，对喽，那是他们唯一一架引进的空客飞机，刚交付不久，全球没多少人知道，更没几个人坐过，这里面呐……”

唐双像是家中小辈，撒娇地对付老爷子说：“您说正事。”

付老爷子不好意思地干笑了两声，把话题引回正路：“都说让我们回国，解除职务，安排其他工作，但是谁相信啊？都不信的喽。有个在北美工作的同志搞到一份绝密情报，说是飞机一旦降落，荷枪实弹的士兵会等着我们，就地枪决。”

他闭上眼睛，似乎沉浸到那段岁月里：“我们哪，没那么天真，早有准备。从三年前就开始准备——轮换人手在这座岛，当时这里还不叫鹤璞岛，这个名字是后来才起的，当时是个无名荒岛，在这里的潟湖底部，把水排干之后，修了一个机场。”

我听得头痛欲裂，这都是什么跟什么啊，脑洞最大的编剧都不敢这么编。

唐双帮我轻轻按着太阳穴，示意我少安毋躁；她这么善解人意，手指又柔若无骨的，让我简直都忘了她是个“T”，要开始爱上她了。

付老爷子咳了两声，继续讲他那该死的故事：“世侄你知道，不论什么民航客机啊，苏联的也好，美国的也好，在水面迫降都是要死人的，所以没办法，我们只能在湖底修个跑道，等安全降落后再灌满水，不让卫星看见喽。这样呢，就可以伪造一个飞机失事掉海里的事故，我们这群人呢，也不用回去送死喽……”

我错愕地摇着头，付老爷子说的每个字，都灌进我耳朵里去了，但脑子里乱糟糟的真的就像进了水，一个字都理解不了。

我侧过头，用手拍拍耳朵，可能真的就是灌了海水，还没流干净吧？

付老爷子饶有趣味地看了我一眼，继续说道：“总之，飞机最后就安全降落在这座岛上。我们都从湖底上来，湖水也重新灌入，遮住了跑道跟飞机。我们准备在这岛上隐姓埋名生活几年，然后再各自离开，分散到世界各地去。反正苏联都解散了，等风头过去，也就没人再追究这件事了。说到底，不过是两百多个没用的间谍啊。可是呢，这里面出了点儿小岔子。”

付老爷子的视线从我身上挪开，抬高，挪到了唐双的脸上。他的眼神里带着探询的意味，像是在请求唐双的许可，以便能继续讲下去。

我发现，唐双的脸上是从来没有过的平静，那下面掩藏着巨大的忧伤。

然后，唐双点了点头。

付老爷子像是松了一口气，又整理了下思绪，慢悠悠地开口道："有个别同志，准确来讲是一对夫妻，再确切地说，是侄女的亲生父母，尤其是当妻子这一个，不同意我们这种苟且偷生的做法。她脾气本来就差，这个时候就开始闹了。她说，本来上这架飞机，就是受了老公的骗，骗她是回国的。"

他叹了一口气，神态突然变得苍老："她呢，不相信祖国会枪毙我们。他们这辈人跟老头子不一样了，都是克格勃从世界各地搜罗的孤儿，从小被其抚养长大，思想里都是绝对相信国家的。所以，她坚决要求回国。"

我双手抓住床单，在二十多年后，就连我这个不明就里的局外人，都知道这个女人——我看了眼唐双——这个唐双的亲生母亲，她的决定会给岛上的人带来多大的困扰。

不，应该是灭顶之灾吧。

付老爷子苦笑了一下："世侄，你也猜到喽，我们不可能让她回去，不然的话，她一被严刑拷打，不，根本都不用拷打，她就会和盘托出的，这样一来，我们这些在岛上的人，全部都得被抓回去。"

他又看了一眼唐双："有的同志啊，不，应该说大部分同志吧，为了确保安全，都认为要把这个女人处死。但是她的丈夫，还有老头子千方百计，终于保住了她的性命，只是把她关了起来。"

他摇了摇头："她的业务能力是最强的啊，怎么可能被一间小屋子关住喽，第四天就逃了出来，竟然找到了所有的行李，而且偷了岛上一艘渔船，准备出海。她丈夫呢，无奈之下，一边不想妻子在岛上受罪，一边想着跟着她一起走，一路上劝，有可能让她回心转意，最起码不要说出岛的具体位置喽，这样就跟着她一起上了船。”

付老爷子说到这里，脸上露出了痛苦的表情：“在船上，她做出了最不可原谅的事，就是按下了那个微型炸弹的遥控开关。她以为啊，那炸弹是在老头子住的小房子里的，可是机缘巧合，哦，机缘巧合喽……”

他重复了两次这个词，而且脸上微妙的神态，让我察觉到这一定不是“机缘巧合”那么简单。

像唐双这么聪明的人，更不可能没看出来，但她却依然保持着沉默，脸上毫无表情。我也就没有提出疑问。

付老爷子接着说道：“那个炸弹是在渔船上的，所以，反而把船炸喽。那个女同志跟她丈夫都受了点儿伤，虽然穿上了从A310上带的救生衣，最终还是在海里因饥寒交迫死喽。”

说到这里，他脸上的表情无比复杂，有震惊，有愤怒，有同情，还有些我看不出来的。一个久经风雨的间谍，在二十多年之后，垂垂老矣，说起这件事竟然还有强烈的情绪，说明当年发生的事情对他造成了极大的冲击。

付老爷子努力平复情绪，缓缓地说：“女同志以为，炸弹是放在老头子住的小房子里的，可是小房子不光老头子住，还有个当年才三岁的小女孩。”

他抬起头来看着我，我心里无比震惊，一脸难以置信地看着他：“世侄，你猜对了，那个小女孩就是你身边的姑娘，唐双。是女同志的亲生女儿啊，跟她一起坐飞机到了这座岛上。三岁的小女孩……”

他苍凉地笑道：“纵然我们双手染满鲜血，可是三岁的小女孩有什么错啊。”

付老爷子闭上眼睛，缓缓地舒了口气，像是讲这么一个故事，已经耗尽了他原来就不多的生命力。

唐双同情地看了他一眼，深深吸了一口气，把这个故事接着讲了下去。

唐双脸上的神色比付老爷子还镇定，看起来，在昨天之后，她已经消化了故事里面的种种元素，把伤感或者愤怒都深深埋进了心底，不准备让世界上任何一个人看见——就像潟湖里的那架 A310。

她眼睛看着窗外，像是把自己抽离出来，在讲述一个别人的故事："然后，我在岛上住了两个月，就提前跟着另一位女间谍，也就是我现在的妈妈，离开这座岛，辗转到了香港，后来嫁给了我现在的爸爸——唐嘉丰。这还要谢谢付伯伯，因为我爸爸在乌克兰做生意的时候，受了付伯伯很大的帮助，他把娶我妈妈为第二任妻子当成是报答付伯伯的恩情。"

听到这里，我眉头皱了起来："恩情？可是他千方百计阻止你去找 A310，还拍了那样一条视频，是不想你知道，你亲生妈妈的死跟他有关吧？"

唐双摇了摇头："我宁愿这么理解，老爷子是在保护我，远离残忍的真相。在信仰跟亲生女儿之间，他选择了前者，为了前者，甚至宁愿亲手杀掉后者……"

我目瞪口呆，无论是付老爷子、唐双，或者是唐双的亲生妈妈，都把人性的复杂展现得淋漓尽致。

唐双笑了一下，笑容那么清澈，却又包含了太多成分，就像一滴海水："然后呢，我改了名字，年龄也被报大了两岁，忘掉了所有的一切，开始了崭新的生活。所有的一切都变了，除了那个梦……"

她的笑容渐渐蒸发，像晒干的一滴海水："如果我再做那个梦，也不会困扰，不会害怕。因为我知道身边那个骷髅，就是我的妈妈，亲生妈妈。她对我那么凶，她说我吵死人了……"

泪水从唐双的眼角奔腾而出，看上去比前天晚上的巨浪还要触目惊心。

唐双情绪终于崩溃："她对我那么凶，可我还是，好想她！"

她再也说不下去，脸伏在我肩膀上，放肆地哭了起来。我轻轻地拍着她的后背，这个时候，除了借她一个肩膀，我还能帮她些什么呢?

不知道什么时候，付老爷子开着他那辆电动轮椅，已经离开了这个房间。

印度洋的风，从落地窗的缝隙，蹑手蹑脚地溜了进来，吹起唐双的头发。温暖的黄色阳光，亘古不变，照耀着浅蓝和深蓝的海域。

时间过得那么快，再多的爱恨，在这颗渺小的行星里，不过是更渺小的一粒尘埃。

在我怀里的那个女人，不知何时停止了哭泣，但是她却没有从我怀里挣脱，而是用一种奇异的声音说一些更奇怪的话。

鬼叔，你还记得我跟你说过的梦吗?

我说，梦里有个潜水的男人，从飞机舷窗的外面看着我。他会像个英雄，救我一命，而且还能治好我的病。

我从小就觉得，自己只能喜欢同样性别的人，是一种奇怪的病。

我爸爸，当然是现在的爸爸，一直希望我能风风光光地出嫁，他说等着喝这杯喜酒，等了好多年。

现在，我好像，好像能够，有一点儿……

喜欢男人了。